Claudia Bardelang

# *Schwarz ist der Wald*

*Der erste Fall für Johann Briamonte*

Kriminalroman

Kampa

*Für den Blick hinter die Verlagskulissen:*
*www.kampaverlag.ch/newsletter*


www.kampaverlag.ch
Lektorat: René Stein
Satz: Tristan Walkhoefer, Leipzig
Gesetzt aus der Stempel Garamond LT / 220160
Druck und Bindung: Friedrich Pustet, Regensburg
Auch als E-Book erhältlich
ISBN 978 3 311 12046 9

*Für Georg*

## 1

Er hat es nicht bei sich! Außer sich vor Zorn, durchsuchte er sein Opfer, dann richtete er sich schwer atmend wieder auf. Den Schlüssel steckte er ein. Wenn er ohne zurückkam, war sein Leben keinen Pfifferling mehr wert. Er musste also suchen. Wütend versetzte er seinem Opfer einen Tritt. Es wäre ganz leicht, hatten sie gesagt. Ein leichter Job, hatten sie versichert ... von wegen! Er hatte ihn erst aufspüren müssen, den verdammten Verräter, und im abgelegensten Winkel dieses verdammten dunklen Scheißwaldes war es ihm endlich gelungen! Er lachte hämisch. Aber jetzt musste er noch dieses verfluchte Ding finden, sonst konnte er nicht zurück! Mittlerweile war es fast ganz dunkel, eine Amsel schlug Alarm, und in der Ferne waren die Glöckchen der Ziegen zu hören, als er ins Auto stieg und über den Waldweg wieder verschwand, den er gekommen war.

## 2

Endlich war er da. Briamonte bog nach Menzenschwand ab, in Richtung Vorderdorf, und kurbelte das Fenster des Sprinters herunter. Vertrauter Geruch der herbstlichen Wiesen und Wälder am frühen Abend. Lange nicht mehr gefühlte Euphorie machte sich breit, als er langsam durchs Dorf fuhr, die ewig lange Straße bis ins Hinterdorf, wo ganz hinten links sein Haus stand. Briamonte stellte den Kastenwagen vor dem verfallenen Gartenzaun ab, kletterte steifbeinig vom Sitz, ließ seinen Hund heraus, der auf dem Beifahrersitz saß, und stand dann entgeistert vor seinem neuen Zuhause. Der Hund markierte gleich das Gartentor. Als er die Tür endlich aufhatte und auch im Inneren des Hauses gesehen hatte, was er sich für zweihundertfünfzigtausend Euro angeschafft hatte – ein Kleinod im Südschwarzwald, dreihundert Jahre alt, romantisch, Liebhaberobjekt –, dämmerte ihm, dass er spätestens nach der Beschreibung »Liebhaberobjekt« hätte aussteigen müssen, oder aber einen Fachmann zu Rate ziehen sollen. Hätte er sich denken können, dass es bei einem solchen Schnäppchen nicht nur einen Haken gab. Seufzend zog er die Tür wieder ins Schloss, rief den Hund, wendete und fuhr ein paar Straßen weiter.

»Hallo Mama! Überraschung!«

## 3

Nur einen knappen Kilometer Luftlinie entfernt saß der Mann bereits seit zwei Stunden auf dem Hochsitz und wartete auf ein Stück Schwarzwild. Der aufgehende Mond beleuchtete schwach die leichten Nebelschleier über den modrig feuchten Wiesen, und es war empfindlich kalt. Totenstille. Kein Blätterrascheln, kein Kauz, kein Wild, nur das leichte Plätschern des Krunkelbachs. »Gopfedori, was isch hüt los!« Er war genervt. Keine Entspannung heute, Dauergrübeln und Rückenschmerzen, und dann noch kein Jagdglück. Doch plötzlich hörte er das typische Rascheln sich nähernder Wildschweine, unten in der Senke, in der ein Bach verlief. Endlich! Er hob das Fernglas mit Nachtsichtgerät – *da seid ihr ja! Blödes Viechzeug!* – zielte nur kurz und schoss. Der Knall zerriss die Stille. Geräusche einer flüchtenden Rotte. Grantig kletterte er vom Hochsitz, knipste die Taschenlampe an und stapfte in Richtung der erlegten Sau. Der Lichtstrahl tanzte durch die hereinbrechende Dunkelheit, und nach zehn Minuten wurde er fündig.

»Jesses Maari!«

Im Lichtkegel lag kein Wildschwein, sondern die Leiche eines jungen Mannes. War das da ein Einschussloch auf seiner Stirn? »Mischt! Verdammter Mischt!« Erschrocken, erkannte er auch, wer da vor ihm im feuchten Gras lag: Gianrico irgendwas! Sein eigener Kellner, sein Sargnagel, ein junger Italiener, der seit einem halben Jahr bei ihnen arbeitete und seiner Jüngsten den Hof gemacht hatte! Dem er erst gestern gedroht hatte, ihn zu erschießen, wenn er die Finger nicht von seiner Tochter ließe, und so viel Deutsch hatte der Spaghetti verstanden. »Herrgottsakramenter! Was suecht jetz dä do?!« Was jetzt? Er zog sein Taschentuch hervor, nahm die Kappe ab, wischte sich umständlich die Stirn und sah sich verstohlen um. Die Polizei konnte er unmöglich rufen. Die würden sofort denken, er hätte ihn absichtlich erschossen. Und seine Tochter erst! Nein, ausgeschlossen, er würde ihn hier liegen lassen und so schnell wie möglich seine Büchse entsorgen. Fluchend stapfte er zu seinem Auto zurück und fuhr auf abgelegenen Wegen tief in den Wald, um seine Waffe in einem alten Abflussrohr zu verstecken.

## 4

Kriminalhauptkommissar Briamonte musste feststellen, dass die Wiedersehensfreude seiner Mutter nicht so groß war, wie er erhofft hatte.

»Johann?! Wo kommst *du* denn her? Was machst du hier? Wo ist Anne? Du hast einen *Hund*??«

»Darf ich reinkommen?«

»Äh, ja, natürlich … Aber nimm bitte den Hund an die Leine. Der Kater ist alt geworden.«

Sie war offenbar im Begriff auszugehen. So hatte er sie noch nie gesehen. Im kleinen Schwarzen, mit eleganten Schuhen und hochgesteckten Haaren. Die Musterung ihres Sohnes entging ihr nicht: »Orgelkonzert im Dom«, erklärte sie gerade, als jemand die Treppe herunterkam: »Schatz, hast du meine Fliege gesehen?«

»Johann, darf ich dir meinen Lebensgefährten vorstellen: Georg, das ist mein Sohn …«

Ein Mann im Leben seiner Mutter? Warum hatte sie das nie erwähnt?

»Wo wohnst du? Im Fuchsen?«, fragte sie und legte ihren Mantel an.

»Äh, eigentlich dachte ich, ich könnte hier …«

»Oje, Johann, warum hast du nicht angerufen? Wir haben erst letzte Woche dein altes Zimmer geräumt, weil wir das Bad erweitern wollen.«

»Äh …« Briamonte verstummte. Erst die verrottete Bruchbude und jetzt das.

»Aber du kannst auf der Couch schlafen, wenn du magst. Du weißt noch, wo Bettwäsche und Handtücher sind? Wir müssen los … Wir reden morgen, ja?«

Als sie weg waren, stand Briamonte in der offenen Haustür und starrte in die anbrechende Nacht.

Müde saß er am nächsten Morgen mit seiner Mutter am Frühstückstisch. Ihr Lebensgefährte hatte sich zum Holz hacken zurückgezogen, Hund und Kater lagen einträchtig in dem noch schlafwarmen Bettzeug auf der Couch.

»Magst du noch einen Kaffee?«

»Ja, gerne …«

Sie schenkte ihm ein und betrachtete verstohlen die grau werdenden Schläfen und den verbitterten Zug um den Mund ihres Sohnes. Er sah seinem Vater ähnlicher denn je. Es war sonnenklar, dass etwas passiert sein musste, und sie seufzte innerlich. Er hatte sich immer schwergetan im Leben. Als das »Italienerkind« hatte er immer eine Sonderstellung gehabt im Dorf, so wie sie, die gegen den Widerstand der Eltern ihre große Liebe geheiratet hatte, einen jungen Mann aus St. Blasien, der aus einer Familie stammte, deren Urgroßväter einst als Gastarbeiter zum Bau der Höllentalbahn aus Italien gekommen und geblieben waren. Hundertzwanzig Jahre hier, und immer noch »die Italiener«.

Sein Vater kam bei einem Arbeitsunfall ums Leben, da war Johann gerade eingeschult worden. Das ohnehin schon ruhige Kind wurde noch ruhiger, beinahe unsichtbar, ängstlich und zu einer Herausforderung für seine Schulkameraden. Während der gesamten Grundschuljahre verbrachte er seine Zeit lieber zu Hause als draußen, er las und bastelte an seinen ferngesteuerten Autos herum, statt mit den anderen Kindern in Feld, Wald und Wiesen zu spielen. Als er dann aufs Gymnasium nach Waldshut ging und nicht wie seine Schulkameraden auf die weiterführende Schule in St. Blasien, hatte er gar keine Berührungspunkte mehr. Er war endgültig der Sonderling, der Streber, da halfen auch der Musikverein und die Bergwachtjugend nichts mehr. Und gleich nach dem Abitur hatte er endgültig Ade gesagt: erst zum Jura-Studium in Freiburg, dann auf der Polizeihochschule in Villingen-Schwenningen und schließlich in Frankfurt am Main. Dass ausgerechnet der scheue und zurückhaltende Junge ein Kriminalbeamter geworden war, der sich auf organisierte Kriminalität spezialisiert hatte, war kaum zu glauben. Aus dem schmächtigen Kind war ein großer, markanter Mann geworden, den keiner mehr erkannte, wenn er auf seinen seltenen Stippvisiten seine Mutter besuchen kam.

»Was ist passiert?«, fragte sie und stellte die Kaffeekanne wieder ab. »Es ist doch etwas passiert?«

Briamonte drehte die Kaffeetasse in seiner Hand. Am liebsten wäre er aufgestanden und gegangen. Er war so frustriert, dass er tatsächlich einen Kloß im Hals hatte.

»Du und Anne, ihr habt euch getrennt?«, fragte sie vorsichtig.

»Ja.«

»Das tut mir aufrichtig leid! Wann? Gerade erst?«

»Nein. Schon vor einem Jahr.«

»Was?! Du hast mir nichts erzählt!«

»Ja, nein, also … tut mir leid.«

Jetzt musterte sie ihn noch genauer: »Sohn, du weißt, wenn du etwas auf dem Herzen hast, kannst du es mir sagen. Egal was. Nicht, dass du mir je erzählt hättest, was dich beschäftigt, aber vielleicht magst du es ja jetzt tun?«

Ihr leicht ironischer Unterton entlockte ihm ungewollt ein Lächeln: »Ich bin kein guter Sohn, stimmt's?«

»Wenn du mit ›gut‹ meinst, ein Sohn, der regelmäßig seine arme alte Mutter anruft, sie hin und wieder besucht, sie ansonsten im Großen und Ganzen an seinem Leben teilhaben lässt und darüber hinaus ab und zu fragt, wie es ihr so geht – nein, bist du nicht.«

Briamonte grinste schief und in dem Moment ließ der schlafende Hund deutlich vernehmbar einen fahren.

»Vielleicht fängst du mit deinem furzenden Hund an?«, fragte sie launig, obwohl ihr nicht zum Scherzen war: »Wo hast du den her?«

»Aus dem Tierheim.«

»Du hast dich nie für Tiere interessiert …«

»Jetzt schon.«

»Wie heißt er?«

»Keine Ahnung. Hund.«

»Du schaffst dir einen Hund an und gibst ihm keinen Namen?! Das ist traurig!«

»Es gibt Schlimmeres, Mama, glaub's mir.«

Briamonte spürte, dass er noch nicht für eine ausführliche Lebensbeichte bereit war. Er stellte seine Tasse ab und stand auf: »Danke für den Kaffee. Sag, darf ich ein paar Tage bleiben? Ich habe ein Haus gekauft und kann noch nicht drin wohnen …«

»Du hast ein Haus gekauft?!«, fragte sie überrascht. »Wo?«

»Hier ums Eck. Hinterdorfstraße …«

»Wirklich? Welches? Als Ferienhaus?«

»Nein, ich werde da wohnen … Ich erzähl's dir später, ja? Jetzt geht's nicht.«

Er erhob sich, rief seinen schlafenden Hund und ließ seine irritierte Mutter stehen.

## 5

Im Frühstücksraum des Hotels Zum Roten Fuchsen saßen um dieselbe Zeit die Gäste beim Frühstück und machten Pläne für den Tag. Es war fast wie jeden Tag, aber nur fast.

»Heute ist er auch nicht da.«

»Vielleicht hat er gekündigt?«

»Nein, sicher nicht!«

»Was macht dich so sicher?«

»Die Kleine. Hast du nicht bemerkt, wie sie sich ansehen? Die sind verliebt. Aber heute hat sie verweinte Augen.«

»Was du alles bemerkst …«, spöttelte Mantovani und köpfte sein Frühstücksei.

»Jaaa«, erwiderte sie gedehnt, »zum Glück, denn *du* hättest nie im Leben bemerkt, wie anbetungswürdig ich dich finde …«

Das junge italienische Paar war seit einer Woche Gast im Hotel und versuchte Arbeit und Langeweile unter einen Hut zu bringen. Caterina Mantovani hatte einen ersten Job als Kunsthistorikerin und recherchierte für einen Artikel über die Malerbrüder Winterhalter, während ihr Ehemann Salvatore Mantovani, der Urlaub genommen hatte, um seine Frau zu begleiten, sich in der Zwischenzeit so gut es ging beschäftigte. Dumm für ihn, dass es in dem kleinen Ort ein kleines Museum über die sogenannten Fürstenmaler gab, das von einer ebenso umtriebigen wie sympathischen Direktorin geleitet wurde, mit der sich seine Frau auf Anhieb blendend verstanden hatte und mit der sie nun von morgens bis abends zusammensaß und den unendlichen Anekdoten und Geschichten lauschte – mithilfe eines Übersetzerprogramms, das so seine Mühe mit dem hiesigen Dialekt hatte. Mantovani fühlte sich überflüssig, und nach zwei Tagen ostentativen Gelangweiltseins, das seine Frau geflissentlich übersah, hatte er sich aufgerafft und begonnen, das Tal und die Umgebung zu erkunden. Zu Fuß, per Fahrrad und dann noch – provokante Krönung – per Gleitschirm, was eine mittlere Ehekrise heraufbeschwor.

»Mantovani!!! Sei matto? Bist du verrückt? Un parapendio?!«

»Warum nicht? Ein Tandemflug.«

»Das ist gefährlich!«

»Ist es nicht …«

»Du hast Höhenangst!«

»Zeit, sie zu überwinden …«

»Du bist ein Angsthase.«

»Jetzt nicht mehr.«

»Mantovani, ich lasse mich scheiden!«

»Ich sterbe vor Langeweile!«

»Uffa! Mantovani, du hast doch die letzten Tag Spaß gehabt?«

»Jaaa, alleine und verlassen im Wald …«

»Das ist nicht fair. Das ist mein erster Job, und ich muss den machen! Ich habe dich nicht gebeten mitzukommen, im Gegenteil: Du hättest ja zu Hause bleiben können.«

Da hatte sie recht. Er hatte aber unbedingt mitkommen wollen, um den sagenumwobenen Schwarzwald zu sehen. La Silva Negra, den schwarzen Wald, den sich, der Legende nach, selbst Cäsar nicht zu betreten getraut hatte. Mantovani hatte, wie es seine Art war, im Vorfeld alles gründlich recherchiert, was das Internet über den Schwarzwald hergab: die geologische Entstehungsgeschichte, die typischen Landschaften, die Besiedelung, die Forst- und Weidewirtschaft, das Schwarzwaldhaus, die Bedeutung der Klöster, die althergebrachten Berufe, die Glasbläserei, die Kuckucksuhr, den Bollenhut, die Schwarzwälder Kirschtorte und nicht zuletzt die zahlreichen touristischen Angebote. Nur die Winterhalter-Brüder hatte er ausgelassen. »Das ist mein Job!«, hatte ihm seine Frau entschieden verkündet. »Alles andere ja, die beiden nein!« Und so hatte er sie bombardiert mit Informationen, bis sie schließlich nachgegeben hatte – also gut, er solle halt mitkommen, aber sie werde keine Zeit für ihn haben, das müsse ihm klar sein!

Das Frühstück war genau nach Mantovanis Geschmack, und er langte ordentlich zu: »Vielleicht hat er sie verlassen …« Der abwesende Kellner, ein junger Landsmann, mit dem sie am Abend ihrer Ankunft so nett geplaudert hatten, war gestern schon Gesprächsthema gewesen.

»Das glaube ich nicht, so verliebt wie die beiden waren.«

»*Sind* …«

»Sind?«

»Du hast in der Vergangenheitsform gesprochen, aber die beiden *sind* verliebt.«

»Stimmt, es sei denn, ihr Vater hat ihn erschossen … Hast du kürzlich sein Gesicht gesehen? Mamma mia! Che furore … was für ein Zorn! Der war nicht begeistert von dem jungen Glück.«

Mantovani lächelte und legte seine Hand auf ihre: »Zum Glück hat *dein* Vater nichts gegen mich gehabt. *Der* hätte mich sicher erschossen.«

## 6

Briamonte wütete wie ein Berserker. In hohem Bogen flogen Bretter, rostige Werkzeuge, kaputte Stühle, modrige Matratzen und Berge verrotteter Schindeln in den Vorgarten. Nachdem er seinen ersten Impuls, gleich nach Frankfurt zurückzukehren, unterdrückt hatte, war er in den nächsten Baumarkt gefahren und hatte sich mit Arbeitskleidung, Stahlkappenschuhen, einem Brecheisen, einer Axt, einer Campinglampe und einem Gaskocher nebst Campinggeschirr ausgerüstet. Das wäre doch gelacht!

Das Haus war in einem erbärmlichen Zustand. Es war ein typisches Schwarzwaldhaus, ein Eindachhof mit tief gezogenem Walmdach und einer grasbewachsenen Rampe in die Scheune. Das Dach war zum Teil eingestürzt, die Hauswände waren mit dunkel verwitterten Schindeln bedeckt, aber es hatte »Potenzial«, wie es so schön hieß. Es stand seit über zwanzig Jahren leer, und er würde ihm jetzt wieder Leben einhauchen. Ja, verdammt! Und er würde eines Tages mit dem eigenen Traktor in die Scheune hochfahren, so hatte er sich das vorgestellt, in den schlaflosen Nächten in Frankfurt. Am Montag würde der Container kommen, und gegen

Ende der kommenden Woche hoffte er, das ganze Haus entrümpelt zu haben. Er musste vollkommen den Verstand verloren haben! Aber er spürte, dass ihm die körperliche Arbeit guttat, so gut wie das Boxtraining, an dem er in Frankfurt regelmäßig teilgenommen hatte. Er entspannte sich zunehmend, und je mehr er schwitzte, desto deutlicher sah er wieder seinen Zukunftsplan vor sich. Der Schutthaufen wuchs an, und der Hund buddelte im Garten tiefe Gräben.

Um die Mittagszeit beobachtete er, wie mehrere Polizei- und ein Krankenwagen ins Tal fuhren. Gott sei Dank ging ihn das nichts an, sein Dienst begann erst in drei Wochen. Am zweiten November. Die Zeit hatte er sich gegönnt. Doch am frühen Nachmittag läutete sein Telefon.

Eineinhalb Stunden später saß er im Büro des Staatsanwalts in Waldshut-Tiengen und lauschte, zusammen mit seinem künftigen neuen Chef und einem Kollegen, widerstrebend den Informationen über seinen neuen Fall. Die Obduktion hatte noch nicht begonnen, da der Tote noch auf dem Weg ins rechtsmedizinische Institut nach Freiburg war, aber die Tatsache, dass die Leiche einen Durchschuss im Kopf aufwies, ließ den Staatsanwalt keine Zeit verlieren und bereits jetzt eine Sonderkommission bilden, um den offensichtlich fremdverschuldeten Tod des jungen Mannes rasch aufzuklären. Suizid konnte aufgrund der Auffindesituation ausgeschlossen werden. Briamontes Laune war unterirdisch: »Wer hat noch mal die Leiche gefunden?«

»Ein Wanderer.«

»Haben wir die Personalien?«

»Ja.«

»Gibt es einen ersten Hinweis auf den Todeszeitpunkt?«

»Der Rechtsmediziner meint, ohne Gewähr natürlich, dass er mindestens seit gestern Abend dort gelegen hat. Näheres nach der Obduktion.«

»Sie sagten ein Kopfschuss?« Briamonte, den die durchwachte Nacht einholte, hatte Mühe, sich zu konzentrieren.

»Ja.« Der Kollege reichte ihm ein Foto, das gerade gebracht wurde.

»Weiß man schon, wer er ist?«

»Nein. Er hatte keine Papiere bei sich.«

Briamonte betrachtete den Toten. Ein junger Mann, circa fünfundzwanzig bis dreißig Jahre alt, kurze, gut geschnittene dunkle Haare, gepflegter, kurzer Bart. Ein südländischer Typ. Das Einschussloch war klein, sauber und mitten auf der Stirn. Briamonte musste sofort an einen Scharfschützen denken, behielt aber den Gedanken für sich.

»Wie war er gekleidet? War er ein Wanderer?«

Der Kollege nahm die Kamera: »Ich habe die Fotos vom Tatort noch nicht alle ausgedruckt. Sehen Sie hier …«

Briamonte klickte am kleinen Bildschirm die Fotos durch. Nackte Knöchel in weißen Turnschuhen, Jeans, olivgrüner Parka und ein schwarzes Kapuzensweatshirt. Wie ein Wanderer sah er nicht aus. Ein Einheimischer? Er gab die Kamera zurück: »Wir sollten einen Aufruf ins Lokalblatt setzen. Vielleicht kennt ihn jemand? Oder vielleicht gibt es Zeugen?« Briamonte schob seinen Stuhl zurück: »Ich werde mich in der Zwischenzeit etwas umhören. Mit wem werde ich an diesem Fall arbeiten?«

»Kollege Schopferer hier wird vor Ort alles recherchieren und in die Wege leiten, was Sie ihm auftragen, und Frau Polizeioberkommissarin Precht wird sie vor Ort unterstützen.«

»Und wo ist sie?«

»Auf dem Weg.« Er machte eine unbestimmte Handbewegung. »Sie können schon ein paar Fotoabzüge mitnehmen. Die Spurensicherung ist noch immer vor Ort. Kollege

Schopferer wird Sie über alles andere auf dem Laufenden halten.«

Briamontes Miene nötigte ihn zu ein paar aufmunternden Worten: »Ich weiß Ihren Kaltstart zu schätzen, Briamonte! Ich lasse Ihnen einen vorläufigen Dienstausweis ausstellen, Ihre Dienstwaffe können Sie jedoch gleich mitnehmen ... Waidmanns Heil!«, dröhnte er kumpelhaft und hieb Briamonte auf die Schulter.

»Waidmanns Dank«, sagte er und dachte: Oh Mann!

Es war bereits dunkel, als er aus Waldshut zurückfuhr, über Höchenschwand, Häusern und St. Blasien – ein Vorgeschmack auf seinen künftigen täglichen Weg von der Arbeit. Vor neunzehn Uhr wäre er nicht zurück, aber er könnte immerhin noch die Hotels und Pensionen abklappern. Vielleicht war der Tote ja doch ein Tourist?

Da er noch nichts gegessen hatte, beschloss er, Arbeit und Leibeswohl zu verbinden und parkte vorm Roten Fuchsen. Das Rehragout dort war köstlich, glaubte er sich zu erinnern, und wurde stets vom Chef persönlich erlegt. Der Seniorwirt des Gasthofs bejagte den hinteren Bezirk von dreien, was er noch von früher wusste, als er sich, als Sechzehnjähriger, für die älteste Tochter der Wirtsleute interessiert hatte. Um ein Haar hätte er den Jagdschein gemacht, um ihr zu imponieren, aber er scheiterte an seiner unüberwindbaren Schüchternheit. So erfuhr die junge Schöne nie, wie glühend sie von ihm verehrt wurde.

Das Restaurant war gut besucht an diesem Samstagabend. Briamonte sah sich um.

»Guten Abend. Haben Sie noch einen Tisch für mich?« Er stellte fest, dass sein ehemaliger Schwarm ihn nicht erkannte, aber durchaus interessiert musterte.

»Eine Person?«

»Ja.«

Sie blätterte in dem Belegungskalender. »Einen freien Tisch habe ich leider nicht mehr, aber vielleicht wollen Sie sich dazusetzen?«

»Gerne.«

»Bitte hier entlang.«

Sie platzierte ihn an einen Tisch, an dem ein junges Paar saß, das schon beim Dessert war. Briamonte grüßte freundlich und stellte erfreut fest, dass die beiden Italiener waren. Er bestellte das Rehragout, dazu ein alkoholfreies Bier, und war kurz darauf in ein angeregtes Gespräch mit den beiden vertieft. Sie kamen aus Mailand und waren in erster Linie beruflich hier. Sie schrieb für ein Kunstmagazin über die beiden Winterhalter Brüder, die hier im Ort geboren und aufgewachsen waren – als »einfache Bauernsöhne«, wie sie mit ehrfürchtiger Bewunderung betonte. Zwar wäre auch Italien nicht arm an künstlerischen Talenten, die aus einfachsten Verhältnissen stammten, aber der Schwarzwald, so ein düsterer Ort und ganz anders als die lichtdurchfluteten, lieblichen Landschaften Italiens! Un miracolo! Briamonte hatte keinen Schimmer von den berühmten Brüdern seines Heimatortes, wie er freimütig zugab. Von einem Museum, das im alten Schulhaus untergebracht war, hatte er ebenfalls noch nie etwas gehört, aber er hatte dem Dorf ja auch vor zwanzig Jahren den Rücken gekehrt.

»Sie sprechen hervorragend Italienisch! Come mai? Wie kommt das?«

»Mein Vater war Italiener.«

»Wirklich? Woher?«

»Von hier. Er ist hier aufgewachsen, na ja, ganz in der Nähe, in St. Blasien. Seine Vorfahren sind vor hundertzwanzig Jahren aus dem Trentino gekommen und geblieben.«

»Er spricht noch immer Italienisch?«

»Nein, er lebt nicht mehr, schon lange nicht mehr, aber ja,

er hat mit mir Italienisch gesprochen, doch meine Kenntnisse habe ich erst letztes Jahr wieder aufgefrischt. War nicht mehr allzu viel übrig.«

Das Bier kam, und er prostete den beiden zu: »Salute!«

Das Essen verlief in angenehmer Plauderei, und Caterina Mantovani erzählte von Elisabeth Kaiser, der Direktorin des besagten Museums. Briamonte war amüsiert von ihrem Temperament. Sie war eine bildschöne, üppige Brünette, mit langem lockigem Haar und ansteckendem Lachen, und er bemerkte, wie verliebt der junge Mann seine Frau ansah. Die beiden wirkten frisch verheiratet, und Briamonte spürte einen schmerzhaften Stich. Er und Anne hätten – von der Trennung einmal abgesehen – auch längst verheiratet sein können, aber er konnte sich nicht erinnern, dass er sie je so verliebt angesehen hatte wie dieser junge Italiener seine hübsche Frau. Vermutlich mit ein Grund, warum sie sich vor einem Jahr getrennt hatten, nach beinahe acht Jahren Beziehung. Einvernehmlich zwar, und ohne große Emotionen, aber Briamonte mäanderte seitdem im freien Raum herum, auf der Suche nach seinem Leben und seinen Träumen. Er wurde bald vierzig, und was hatte er erreicht bisher? Er hatte immer gekämpft, immer geackert und geackert, aber erst nach der Trennung war ihm aufgefallen, dass er versäumt hatte zu leben. Zu genießen, zu lieben, albern zu sein und zu träumen. Es war nett gewesen mit Anne, ruhig, unaufgeregt, zuverlässig, aber keine Schmetterlinge. Jeden Freitagabend essen gehen, wenn es sein Dienstplan zuließ, und einmal im Jahr Badeurlaub in der Karibik oder in einem anderen exotischen Reiseland. Brav und spießig, obwohl Anne neun Jahre jünger war und erst kürzlich ihr Studium abgeschlossen hatte. Nach der Trennung fühlte er sich zunächst erleichtert, verfiel aber bald in blinden Aktionismus, mit zu viel Arbeit, viel zu viel Sport, diversen Kursen und gefühlt hundert Dates. Nach einem Jahr hatte er schließlich schlapp gemacht und war von seinem Vorgesetzten in die Zwangspause und zur psychologischen Beratung geschickt worden. Da hatte er sich, das erste Mal überhaupt, mit sich selbst und seinen ganz eigenen Bedürfnissen auseinandersetzen müssen. Und in dem Zusammenhang hatte er herausgefunden, dass er sich, tief im Innersten, nach seinem Heimatdorf zurücksehnte, nach der Geborgenheit des Dorfes, einer sinnvollen Arbeit, die ihn nicht zerfleischte, einfachem Landleben und einem eigenen Haus. Und dass er sich nach einer liebevollen Partnerin auf Augenhöhe sehnte, das wurde ihm in diesem Moment auch wieder bewusst.

Er räusperte sich. Zeit, an die Arbeit zu denken! Briamonte gab ein Zeichen, dass er zum Bezahlen nach vorne kommen würde, und verabschiedete sich: »È stato un vero piacere conoscervi! Es war wirklich ein Vergnügen, Sie beide kennengelernt zu haben! Ich hoffe, wir sehen uns wieder! Wie lange werden Sie bleiben?«

Vorne an der Theke war er wieder ganz der Polizist. Nachdem er bezahlt hatte, holte er das Konterfei des Opfers hervor, das ein Kollege in Waldshut netterweise mit Photoshop bearbeitet hatte, sodass man das Loch in der Stirn nicht sah. Dennoch war unschwer zu erkennen, dass der Mensch auf dem Bild nicht schlief, sondern tot war.

»Eine Sache noch. Darf ich Ihnen etwas zeigen? Kennen Sie zufällig diesen Mann?« Er hielt ihr den Ausdruck hin.

Sie wurde weiß, wie die Wand.

»Sie kennen ihn also?«

»Darf ich fragen, wer Sie sind?«

»Ich bin von der Polizei, mein Name ist …«

»Papa! Kommst du mal?«

Der Gerufene kam durch die Küchentüre, und Briamonte beobachtete genau seine Reaktion – die seiner Tochter fiel ja eindeutig aus. Er trocknete erst die Hände ab, bevor er den Ausdruck in die Hand nahm. Es war sonnenklar, dass er überlegte, ob er den Mann kannte oder nicht, dieser Fuchs! »Ja. Den kenn ich. Des isch unser Kellner. Gianrico Wasweißichdenn … Wa isch mit dem?«

»Seit wann arbeitet er bei Ihnen?«

»Traudel, kunsch du mol?«, rief er nach seiner Frau. »Die kann ihne meh sage …«, sprachs und schickte sich an, in die Küche zu verschwinden, als Briamonte eine Nuance lauter wurde: »Herr Mayer, ich bin noch nicht fertig …«

»Wa denn no?!«

»Wollen Sie denn nicht wissen, warum ich mit einem Foto Ihres Kellners hier stehe?«

»Sie werres mir sowieso gli sage.«

»Er ist tot, Herr Mayer. Erschossen. Nicht weit von hier im Tal. Fällt Ihnen dazu etwas ein?«

»Wänn Sie mich froge, ob ich dä Kerli erschosse ha?« Er reckte provozierend das Kinn.

»Das werde ich, Herr Mayer, das werde ich. Alles zu seiner Zeit.«

In dem Augenblick kam die Chefin, und der Alte nutzte die Gelegenheit zu verschwinden.

»Frau Mayer, ich bin Kriminalhauptkommissar Briamonte und habe ein paar Fragen zu Ihrem toten Kellner.«

Sie erbleichte, genau wie die Tochter: »Ist er tot?!«

»Ja. Das tut mir leid. Sie scheinen ihn sehr geschätzt zu haben, Sie und Ihre Tochter?«

»Äh … ja.«

»Wie heißt er genau?«

»Gianrico Masiero.«

»Hatte er heute frei?«

»Nein.«

»Dann hätte er heute Dienst?«

»Äh, ja.«

»Haben Sie ihn nicht vermisst?«

»Doch schon …«

»Was haben Sie gedacht, wo er ist?« Die Frage schien sie in Verlegenheit zu bringen, aber eine Antwort erhielt er nicht. »Wie lange arbeitet er schon bei Ihnen?«

»Ich kann Ihnen die Unterlagen holen, wenn Sie wollen, ich bin gleich zurück.«

Briamonte merkte, dass die Gäste tuschelten.

»Hier, bitte. Das sind seine Unterlagen.« Sie hielt ihm einen schmalen Ordner hin, und Briamonte blätterte ihn durch. Ein Lebenslauf und etliche Empfehlungsschreiben von verschiedenen Hotels in der Schweiz. Der Tote stammte offenbar aus Sorrent.

»Darf ich das mitnehmen?«

»Ja, sicher.«

»Wo wohnte er?«

»Hier im Haus. Wir haben vier Zimmer für Hausangestellte.«

»Dürfte ich bitte sein Zimmer sehen?«

Die Chefin bejahte und ging vor. Briamonte bereute, dass er vorhin so viel gegessen hatte, und ächzte hinter ihr das Treppenhaus hoch.

Sie schloss die Türe auf und machte Licht: »Hier, bitte. Ich lasse Sie allein. Wenn Sie etwas brauchen, rufen Sie mich, ja?«

Briamonte sah sich um. Schlicht, aber nett eingerichtet. Viel Holz, Dielenboden mit Flickenteppich, ein Einzelbett, ein großer Einbauschrank und zwei Sessel um ein Beistelltischchen. Rot-grün karierte Vorhänge und reproduzierte Schwarzwaldgemälde. Außer einer Jeans, einem Pullover und einem T-Shirt lagen keine persönlichen Gegenstände herum. Kein Buch, kein Foto, kein Computer. Im Schrank fand er neben Unterwäsche eine Jeans und drei Trachtenhemden sowie Hosenträger und zwei verschiedene Halstücher. Man legte Wert auf Tradition in diesem Haus, weshalb alle Angestellten und selbstverständlich auch die Eigentümerfamilie stets in Schwarzwälder Dirndln respektive Trachtenhemden unterwegs waren. Nachdem Briamonte den Inhalt des Schranks inspiziert hatte, stieß er mit dem Ellbogen die Tür zum Bad auf. Auch dort nichts Spektakuläres: Rasierer, Zahnbürste, Zahnpasta, Deo, Duschgel und Kamm. Das musste sich die Spurensicherung genauer ansehen.

Als er wieder herunterkam, erwartete ihn die Chefin an der Rezeption.

»Waren Sie zufrieden mit Ihrem Mitarbeiter?«

»Ja. Sicher. Sehr.«

»Sprach er gut Deutsch?«

»Äh, er machte einen Kurs …«

»Wie kam er zu Ihnen? Haben Sie inseriert?«

»Nein. Er stand im Frühjahr vor der Tür und fragte nach, ob wir Arbeit für ihn hätten.«

»Und Sie hatten Arbeit?«

»Ja, sicher. Sonst hätten wir ihn nicht angestellt.«

»Haben Sie ihn gefragt, warum er ausgerechnet nach Menzenschwand wollte, wo er doch …«, Briamonte schlug den Ordner auf, »zuletzt in Lugano in einem Grandhotel gearbeitet hat? Der höhere Lohn kann es ja nicht gewesen sein?« Briamonte betrachtete sie fragend, und sie wurde unsicher:

»Äh, nein, das habe ich nicht gefragt. Ich meine, seine Referenzen waren hervorragend … Haben wir etwas falsch gemacht?«

Briamonte winkte ab: »Nein, nein, reine Neugierde. Ist Ihnen je etwas aufgefallen?«

»Aufgefallen? Inwiefern?«

»Hatte er merkwürdige Angewohnheiten? Seltsame Freunde? Besondere Wünsche bei den Arbeitszeiten? Hatten Sie Streit?« Bei seiner letzten Frage merkte er ein leichtes Zögern.

»Nein, nein, gar nichts. Er war ein zurückhaltender, fleißiger, angenehmer junger Mann. Die Gäste und Mitarbeiter mochten ihn. Nie hatte er Streit mit irgendjemandem. Wirklich! Es tut mir sehr leid, dass er tot ist, und ich kann mir beim besten Willen nicht vorstellen, wer einen Grund gehabt haben könnte, ihn zu töten.«

Briamonte nickte und notierte seine Telefonnummer auf die Rückseite eines alten Kassenzettels, den er aus der Jackentasche gefischt hatte. »Falls Ihnen noch etwas einfallen sollte, rufen Sie mich bitte an. Und gehen Sie nicht in sein Zimmer und fassen Sie nichts an! Informieren Sie bitte auch Ihr Personal. Die Spurensicherung wird morgen vorbeikommen, danach können Sie das Zimmer wieder betreten. Danke! Gute Nacht!«

Dann machte er sich auf den Weg zum Tatort.

## 7

Als Briamonte weg war, eilte die Seniorwirtin ins Zimmer ihrer jüngsten Tochter. Die Älteste war schon da und wiegte die weinende Schwester im Arm. Sie setzte sich neben die beiden aufs Bett und nahm die kalten, schlaffen Hände ihrer Tochter in ihre. Ihr Hals war so eng, dass sie nichts sagen konnte. Aber für das, was passiert war, gab es ohnehin keine Worte des Trostes. Das arme Mädchen hatte seine große Liebe verloren, wie könnte sie sie trösten? Sie wechselte einen Blick mit ihrer Ältesten und stand dann auf, um ein großes Glas Cognac zu holen, den sie der Jüngsten dann in kleinen Schlucken einflößte, bis sie in einen unruhigen Schlaf fiel. Sie deckte sie zu, dimmte die Nachttischlampe und wandte sich zum Gehen.

»Komm jetzt. Ich werde nachher noch mal nach ihr sehen.«

»Mama, glaubst du, dass er …«

»Kind! Das darfst du nicht einmal denken!«

»Aber er hat doch …«

»Ja, ich hab's auch gehört, aber das hatte nichts zu bedeuten! Er hatte einen zu viel intus, und du kennst ihn ja, wie er manchmal ist.«

Ja, sie kannte ihn, aber so hasserfüllt hatte sie ihn nie erlebt. Und sie war froh, dass sie nicht in der Haut ihrer Schwester steckte.

## 8

Weit nach Mitternacht saß Briamonte mit Hund und Kater auf der Couch. In der Rechten einen schottischen Single-Malt-Whisky, aus einer der rund zwanzig verschiedenen Flaschen, die er im Wohnzimmer entdeckt hatte, und in der Linken sein Smartphone. Er hörte sich die Sprachmemos noch einmal an, die er am Tatort gemacht hatte: *Opfer stehend erschossen – große Entfernung – Austrittswunde am Hinterkopf – Kollege will keine voreiligen Aussagen machen, aber Distanz für eine Jagdwaffe ungewöhnlich weit – Scharfschützengewehr? – Schusslinie reicht an den Waldrand oben am Rabenfelsen – Spurensuche geht morgen früh weiter – Kugelriss am Tatort, wird noch gesucht – Schweißspuren gefunden – vermutlich Wildschwein: Haarschnitt, Blut und Pansenreste – Jäger ausfindig machen, der zuletzt dort gejagt hat – Hochsitz hundert Meter Luftlinie vom Tat-*

*ort – Zeuge!? – zwei unterschiedliche Fußspuren, abgesehen von denen des Opfers, einmal groß, einmal kleiner – zwei unterschiedliche Reifenspuren – Revierförster befragen, Revieraufteilungen der Jäger, Hochsitzbelegungen – Landratsamt, registrierte Waffen durchgehen nach geeigneter Waffe – Zeugenaufrufe veröffentlichen.*

Nachdenklich betrachtete er seinen schlafenden Hund. Ein junger Mensch war gewaltsam aus dem Leben gerissen worden, der hier einen Neuanfang gesucht hatte, so wie er gerade. Aber warum ausgerechnet hier? Ein Italiener? Er stellte das Glas weg und langte nach dem Personalordner. Gianrico Masiero war fünfundzwanzig Jahre alt und gelernter Kellner, der zuletzt im Hotel Splendide Royale in Lugano gearbeitet hatte. Vorherige Stationen waren das Villa Orselina in Locarno, das Dolder Grand und Baur au Lac in Zürich sowie Beau Rivage Palace in Lausanne und Suvretta House in St. Moritz. Das Who's who der Luxushotels. Das wusste er sogar, ohne die Hotels im Internet zu recherchieren. Und jetzt Menzenschwand? Das Hotel Zum Roten Fuchsen war sicher die erste Adresse in diesem verschlafenen Ort, aber bei Weitem nicht vergleichbar mit solch namhaften Häusern. Merkwürdig. Und Frau Mayer hatte ihm gesagt, dass der junge Mann einen Deutschkurs machte. Warum, wenn er in so exklusiven Häusern in der mehrsprachigen Schweiz gearbeitet hatte, und zwar als Kellner und nicht als Reinigungs- oder Küchenkraft? Da sprach er doch sicher mehrere Sprachen fließend? Jetzt blätterte er die Arbeitszeugnisse durch, obwohl sein Französischunterricht sehr lange her war. Allesamt hervorragend, soweit er das beurteilen konnte. Alle bedauern, einen wertvollen Mitarbeiter zu verlieren, der auf eigenen Wunsch das jeweilige Haus verlässt. Bei Gästen und Kollegen gleichermaßen beliebt. War das normal, dass man im Hotelgewerbe so häufig den

Arbeitgeber wechselte? Ja nun. Vielleicht hatte der junge Mann eine persönliche, familiäre Beziehung zum Schwarzwald? Immerhin lebten hier viele italienischstämmige Familien. Andererseits gab es da weit schönere Orte als Menzenschwand und noblere Hotels als den Roten Fuchsen. Als er gerade den Ordner weglegen wollte, bemerkte er, was ihn an dieser Akte vom ersten Blick an unterschwellig irritiert hatte. Alle Anschreiben sahen ähnlich aus. Zwar hatten sämtliche Schreiben das jeweilige Logo des Hotels, doch waren sie durch die Bank mehr oder weniger gleich formuliert und formatiert. Plötzlich war er wieder hellwach. Verdammt! Er griff zum Telefon und klingelte seinen Kollegen aus dem Bett: »Schopferer, Sie müssen gleich morgen früh etwas überprüfen!«

## 9

Erst um zwei Uhr nachts ging das letzte Licht aus. Geräuschlos kam er aus dem Schatten des Waldrandes hervor und glitt zur Tür. Es war nicht sein erster Einbruch, aber das hier war nicht sein Terrain. Außerdem schlug ihm dieser verdammte Wald aufs Gemüt. Zwei Wochen schon drückte er sich in der Gegend herum, im Auto campierend. Immerhin hatte er so herausgefunden, dass die Rezeption nachts nicht besetzt war. Leise holte er die Schlüssel aus der Tasche. Schon beim ersten Versuch öffnete sich die Haustür, Kunststück bei nur zwei Schlüsseln. Der Schlüsselanhänger hatte die Nummer 301. Er fluchte leise, als er im Foyer an den Schirmständer stieß, aber immerhin gab es keine Bewegungsmelder fürs Licht. Scheißjob! Am Brett der Rezeption sah er die Nummern der Zimmer. Drittes Obergeschoss, wie vermutet. Angespannt auf das kleinste Geräusch lauschend, schlich er die Treppe hinauf. Durch ein großes Dachfenster linker Hand fiel schwaches Mondlicht, sodass er vier gegenüberliegende Zimmertüren erkennen konnte. Gleich die erste war seine. Als er den Schlüssel vorsichtig ins Türschloss schob, lief ihm der Schweiß in die Augen. Plötzlich hörte er undefinierbare Geräusche aus einem der Nachbarzimmer. Ihm blieb fast das Herz stehen, bis er realisierte, dass es eine Toilettenspülung sein musste. Vollkommen in Schweiß gebadet, öffnete er leise die Tür und schlüpfte ins Zimmer. Als sich sein hämmerndes Herz etwas beruhigt hatte, lauschte er. Nichts. Vollkommene Stille. Nur das Rauschen des Baches drang durchs offene Fenster. Er tippte auf sein Telefon, um sich im schwachen Schein des Displays umzusehen. Dann zog er die Vorhänge zu und machte Licht.

## 10

Der Sonntag war ein Traumtag. Goldener Oktober, wie aus der Tourismusbroschüre. Der Himmel war hoch, die Luft klar und kühl, die Wälder flammend gelb, orange und rot gefleckt. Briamonte war mit dem Hund schon seit sieben Uhr auf den Beinen und auf dem Weg zum Tatort, wo die Spurensicherung die Nacht durchgearbeitet hatte. Die Sonne ging hinter dem Hügel auf und tauchte alles in goldenes Licht. Der Hund trabte aufgeregt hin und her, die Nase dicht am Boden. Leichter Nebel am Talgrund machte die ganze Szenerie unwirklich. Briamonte lauschte. Nur vereinzelte Glöckchen der Ziegen von der Talseite gegenüber und das Rauschen des Albbachs.

In Gedanken war er schon bei der anstehenden Ermittlung. Vermutlich würden bald die Ergebnisse der Obduktion und der Ballistik vorliegen – und hoffentlich auch die Informationen zur Identität des Opfers, die er gestern Nacht noch seinem Kollegen durchgegeben hatte. Er schritt zügig aus und betrachtete aus der Ferne sein Haus von hinten. Das imposante Dach und die wirklich schöne Lage. Im hinteren Teil des verwilderten Gartens stand eine große Birke, die schon ganz gelb war, und plötzlich freute er sich, dass er sich hier niederlassen würde. Er folgte dem schmalen geteerten Albweg und wunderte sich über die veränderte Landschaft. Der Hang auf der gegenüberliegenden Talseite war weitgehend gerodet worden und wurde von Ziegen beweidet. Einzelne, markante Tannen standen noch, dazwischen herbstlich gelbe Birken, Steine und rot gefärbtes Heidelbeergestrüpp auf graubrauner Bergwiese. Mittendrin die braun-weißen Ziegen. Das kannte er aus seiner Kindheit nicht. Auch den großen Parkplatz am Ende der Hinterdorfstraße kannte er noch nicht, da musste er seine Mutter fragen. Es schien, als hätte sich einiges getan, seit er weggegangen war. Als er nach links in Richtung Krunkelbachtal abbog, kam der Anruf von Kollege Schopferer.

»Die Identität des Toten ist falsch. Es gibt keinen Giancrico Masiero aus Bozen, zumindest keinen im passenden Alter beziehungsweise keinen, der noch lebt.«

Warum überraschte ihn das nicht? Ein toter junger Mann mit einem Loch in der Stirn, im hintersten südlichen Schwarzwald, der nicht der war, der er vorgab zu sein?

»Zu den Arbeitszeugnissen kann ich Ihnen noch nichts sagen, die Anfragen laufen alle noch.«

»Gut, danke. Würden Sie dann bitte schon einmal ein Rechtshilfeersuchen ans Bundeskriminalamt veranlassen? Die sollen die entsprechenden Verbindungsstellen kontaktieren, damit die anhand des Fotos und der Fingerabdrücke herausfinden, wer der junge Mann ist. Ich würde erst mal davon ausgehen, dass er wirklich ein Italiener ist. Und ist die Kollegin, wie heißt sie noch gleich, ist die schon aufgetaucht? Ich könnte wirklich jemanden gebrauchen, hier oben.«

»Precht. Sie heißt Precht. Nein, ich weiß nicht wo sie ist, tut mir leid.«

»In Ordnung, sie soll mich anrufen.«

Briamonte verabschiedete sich, rief den Hund und band ihn an einer Bank am Wegrand fest, als ihn der Lieferwagen des Roten Fuchsen überholte, der das Frühstück für die Kollegen brachte.

Zehn Minuten später ließ er sich mit einer Tasse Kaffee in der Hand auf den neuesten Stand bringen. Das Projektil war gefunden worden und bereits auf dem Weg ins Labor. Am Rabenfelsen oben hatte man dieselben Reifenspuren gefunden wie unten am Tatort – auch die Abdrücke waren auf dem Weg ins Labor. Wenn es denn tatsächlich derselbe Wagen war, waren sie jedoch nur begrenzt aussagefähig. Rückschlüsse auf Modell und Baujahr konnten leider nicht sicher gezogen werden.

»Also Sie denken, dass der Schuss tatsächlich von dort oben abgegeben wurde?«, fragte er Michael Maurer, den Kollegen von der Spurensicherung.

»So wie es sich zurzeit darstellt …«

»Und was sagen Ihnen die Spuren zum mutmaßlichen Ablauf?«

Maurer machte eine vage Handbewegung. »Dazu möchte ich mich nur ungern äußern, wir sind noch lange nicht fertig.«

»Schon klar, aber wenn Sie einfach mal laut denken?«

»Also … ich würde denken, dass der Schuss von dort oben abgegeben wurde und dass ein und derselbe Wagen oben am Rabenfelsen und unten in der Nähe des Tatorts gewesen ist.«

»Um was zu tun?«

»Das ist eben die Frage. Jäger haben hier eine Fahrgenehmigung.«

»Sie denken, dass es ein Jäger war?«

»Wie Sie wissen, haben wir Schweißspuren gefunden. Irgendjemand war auf der Jagd, aber die Verletzung des Opfers schließt eine normale Jagdwaffe meines Erachtens aus. Jagdmunition pilzt auf, das ist bei unserem Opfer nicht der Fall gewesen. Glatter Durchschuss. Und der Schuss kam mit ziemlicher Sicherheit von dort oben.«

Briamonte sah den Kollegen Maurer aufmerksam an: »Sie glauben an ein Scharfschützengewehr?«

»Ich glaube an gar nichts, außer an belastbare Ergebnisse. Aber merkwürdig ist das Ganze schon. Zum Glück finde und analysiere ich nur, die Schlüsse ziehen Sie.« Der Mann stellte lächelnd seine Tasse zurück. »Sie entschuldigen mich? Sobald es etwas Neues gibt, lass ich es Sie wissen.«

Briamonte stellte seine Tasse ebenfalls weg, da er einen Wagen kommen sah. Es war der Bezirksförster, mit dem er heute früh schon telefoniert hatte. Er hatte unbedingt selbst vorbeikommen wollen, und Briamonte war froh, dass ihm ein Weg erspart blieb.

Nikolaus Dannecker war seit vierzig Jahren *die* Instanz für Wald und Lebensräume in Menzenschwand und Umgebung. Niemand sonst im Ort wusste so viel über die Entstehungsgeschichte der Landschaft, den Wald, die Ökosysteme, die zahlreichen Kraftorte und die Synergieeffekte, die sich durch ein behutsames und nachhaltiges Zusammenwirken von Natur und Mensch ergeben konnten. Laut Aussage seiner Mutter war er der Mann, der den Wald rund um das Tal mit am nachhaltigsten verändert und zukunftsorientiert umgestaltet hatte. Mit einigen Helfern an seiner Seite zwar, aber in seiner Denk- und Herangehensweise hatte er den ganzheitlichsten Ansatz. Briamonte war gespannt auf den Mann, nicht nur, weil er sich von ihm einige Auskünfte über die Aufteilung der Jagdreviere, die Pächter und die Waffenregistrierung erhoffte. Bekämpfung von Landflucht durch nachhaltiges, ideenreiches Bewirtschaften der vorhandenen Ressourcen für Landwirtschaft, Handwerk und Tourismus. Biosphäre Südschwarzwald. Nachhaltigkeit, Wertschöpfung, Vernetzung, Marketing. Ein geniales Projekt. Seine Mutter hatte sich bei dem Thema geradezu in Rage geredet.

Der Revierförster war ein junggebliebener Mittsechziger, der Briamonte mit einem kräftigen Händedruck begrüßte und interessiert musterte. Doch kaum hatten sie ein paar Worte gewechselt, kam Bewegung in die Kollegen von der Spurensicherung. Irgendjemand hatte ganz hinten im Tal etwas entdeckt.

Man hatte ein verendetes Wildschwein gefunden, mit einer Schussverletzung im Bauch. Der Förster bückte sich und untersuchte verärgert die tote Sau: »Mindestens achtundvierzig Stunden tot, Wildfraß, nur ein Einschuss, das heißt …«, er rechnete im Kopf nach, »vermutlich Freitagabend.«

»Und warum, denken Sie, hat keine Nachsuche stattgefunden? Kommt so etwas häufiger vor?«, fragte Briamonte.

»Keine Ahnung. Eigentlich kommt so etwas hier nicht vor. Fiese Sache.« Er richtete sich wieder auf.

»Wissen Sie denn, wer am Freitagabend gejagt hat?«

»Nein, aber ich weiß, wer sich dieses Revier teilt.«

»Dann bräuchte ich bitte die Namen.« Briamonte zog sein Smartphone hervor und drückte die Aufnahme-Taste.

»Werner Pfaff, Peter Kienzler, Hubert Thoma und Herbert Mayer.«

Briamonte spitzte die Ohren. »Der Wirt vom Roten Fuchsen?«

»Ja.«

»Alle aus Menzenschwand?«

»Ja.«

»Kennen Sie alle persönlich?«

»Natürlich, und ich verbürge mich für jeden einzelnen. Peter Kienzler ist übrigens unser Ortsvorsteher.«

»Aber sie wissen nicht, wer am Freitag hier auf der Jagd war?«

»Nein. Die machen das unter sich aus.«

»Wie denn?«

»Nun, es gibt verschiedene Möglichkeiten.«

»Nämlich?«

»Jedem Ansitz ist ein bestimmter Parkplatz zugeordnet. Wenn ein Jäger jagen will und sieht, dass der Wagen des Kollegen da steht, weiß er, dass der Ansitz soundso besetzt ist.«

»Das heißt, sie sprechen sich nicht vorher ab? Keine festen Tage oder so?«

»Ja und nein. Sie haben auch eine Chatgruppe, in der sie sich verabreden.«

»Das heißt, dass ich, wenn ich einen dieser vier Herren frage, theoretisch über den Chatverlauf herausfinden kann, wer am Freitagabend auf diesem Hochsitz gesessen hat?« Briamonte zeigte auf den Hochsitz, der sich etwa zweihundert Meter talabwärts erhob.

»Schon möglich.«

»Jagen Sie auch?«

»Nein. Ich habe keine Freude daran.«

»Eine letzte Frage noch: Hatten Sie hier je Probleme mit Wilderern?«

»Nein. Nie.«

»Halten Sie es dennoch für möglich?«

»Nein.«

Briamonte bedankte sich und ging zu Fuß zurück zu seinem Hund, den er bis hierher jaulen hörte. Herbert Mayer also. Interessant. Mit dem würde er gleich mal anfangen.

Sein Hund war in heller Verzweiflung und begrüßte ihn so überschwänglich, dass er ein schlechtes Gewissen hatte. Einen Hund aus dem Tierheim sollte man nicht zurücklassen. Er band ihn los und ließ die wilden Freudensprünge sowie Liebesbekundungen geduldig über sich ergehen. »Tut mir leid, mein Großer! Kommt nicht wieder vor! Sag mal, wie gefällt dir eigentlich der Name Gismo?«

## 11

Die ganze Nacht durch hatte er gesucht. Überall. Sogar die Matratze hatte er herausgenommen und auf Öffnungen untersucht. Dieser Mistkerl! Wo hatte er das verdammte Ding versteckt?! Wutschnaubend dämmerte ihm, dass er ein Problem hatte. Ein *großes* Problem! Wenn der verdammte Stick nicht im Zimmer war, konnte er *überall* sein, im ganzen Gebäude oder sonst wo. In seiner Erregung bemerkte er kaum, wie es hell wurde und das Hotel erwachte. Erst als die Türen schlugen, das Wasser rauschte und er Kaffeeduft und getoastetes Brot roch, hielt er inne und sah sich um. Managgia! Hunger hatte er auch! Plötzlich fiel sein Blick auf die gepflegten Geranien vor dem Balkongeländer. Die Blumenerde! Doch in dem Moment, als er auf den Balkon trat, entdeckte er das Polizeiauto vor dem Haus und fuhr erschrocken zurück. Mit einem Satz war er an der Tür und öffnete sie leise – sie kamen schon die Treppe herauf! Hektisch sah er sich um, dann schlüpfte er aus dem Zimmer und kippte das gegenüberliegende Dachfenster. Mit der Kraft der Verzweiflung stemmte er sich hoch und kletterte hinaus aufs Dach. Dann drückte er das Fenster wieder zu, rutschte seitlich aus dem Blickfeld und blieb schwer atmend flach auf dem Dach liegen, während zwei Beamte der Spurensicherung das Zimmer betraten.

## 12

Es war noch Frühstückszeit. Briamonte, dem sein Hund nicht von der Seite wich, warf einen Blick in den Speiseraum, aber das italienische Pärchen war nicht da. Herbert Mayer saß alleine in der Gaststube am Stammtisch, mit einer Tasse Kaffee und der Zeitung. »Guten Morgen, Herr Mayer. Darf ich?« Briamonte zog einen Stuhl heran und setzte sich, ohne eine Antwort abzuwarten.

Sein Gegenüber ließ die Zeitung sinken. »Was wollen Sie? Ich hab Ihnen gestern schon alles gesagt, was ich weiß!«

Schwarzwälder Charme vom Feinsten. Briamonte verzog keine Miene. »Herr Mayer, wissen Sie zufällig, wer von den vier Pächtern des oberen Reviers am Freitagabend am Krunkelbach auf der Jagd war?«

»Warum interessiert Sie das?«

Briamonte sah ihn schweigend an. Sein Gegenüber hielt dem Blick stand, unfreundlich und renitent. Dann gab er nach.

»Keine Ahnung. Woher soll ich das wissen?«

»Weil Sie sich mit vier anderen Jägern die Parzelle teilen, Mitglied der Chatgruppe sind und zwangsläufig mitkriegen, wenn sich jemand meldet …«

Irrte er sich, oder war der Alte gerade erleichtert?

»Am Freitag hat niemand gejagt.«

»Ich möchte den Chatverlauf sehen. Bitte!«

Der Alte tat, als hätte er nicht gehört, und winkte der Mitarbeiterin hinter der Theke: »Einen Kaffee für Sie?«

»Nein, danke. Nur den Chatverlauf.« Der Mann ging ihm entschieden auf die Nerven: »Herr Mayer, das hier ist eine Befragung in einer Mordermittlung, aber ich lade Sie herzlich gerne zu einem offiziellen Verhör auf die Polizeidirektion in Waldshut vor, wenn Ihnen das lieber ist.«

Endlich zog der Hotelier sein Telefon hervor und öffnete den Verlauf der Gruppe. Nichts. Kein Eintrag, nichts gelöscht. Wieso dann das Theater? Briamonte bemerkte den zufriedenen Gesichtsausdruck seines Gegenübers. Er lehnte sich vor und fixierte ihn scharf: »Scheint, als wäre niemand dort gewesen. Merkwürdig, denn wir haben eine verendete Wildsau gefunden. Angeschossen. Vorgestern. Was sagen Sie dazu, Herr Mayer? Keine Nachsuche. Das ist nicht anständig, finden Sie nicht? Gegen alles, wofür das Waidmannshandwerk steht. Können Sie sich vorstellen, wer so etwas tut?« Briamonte verschärfte seinen Ton: »Übrigens, das bedeutet nicht viel, wenn Sie sich nicht im Chat abgesprochen haben. Apropos, wo waren *Sie* denn am Freitagabend, Herr Mayer?« Er beobachtete, wie der zufriedene Gesichtsausdruck verschwand.

»Ich?«, echote der Alte, als ob er nicht genau verstanden hätte.

»Ja, Sie.«

»Nicht auf der Jagd jedenfalls, falls Sie darauf anspielen, Ich war hier. Freitagabend ist immer viel zu tun.«

»Kann das jemand bezeugen?«

»Äh, ja, natürlich. Meine Frau und meine Tochter.«

»Aha«, erwiderte Briamonte und drehte sich um, als er den Blick seines Gegenübers zur Küchentür bemerkte. Da war sie ja. Die Tochter. Briamonte ließ von dem alten Mann ab. Er würde schon erfahren, wer am Freitagabend auf dem Hochsitz am Tatort war und die Wildsau angeschossen hatte. Er wandte sich an die Junior-Wirtin, die einen Blick mit ihrem Vater gewechselt hatte: »Kann ich Sie einen Augenblick sprechen? Am besten irgendwo, wo wir ungestört sind.«

Sie führte ihn in den hinteren Teil des Gastraumes, wo er gestern schon gesessen hatte, und stellte fest, dass sie müde aussah.

»Danke, dass Sie sich kurz Zeit nehmen. Wie geht es Ihnen?«

»Ganz gut.«

»Sagen Sie, Ihre Mutter und Sie schienen mir außergewöhnlich stark betroffen vom Tod Ihres Mitarbeiters. Wieso?«

Sie sah auf ihre verschränkten Hände.

»Er hat ein halbes Jahr hier gearbeitet und war sicherlich ein sehr sympathischer junger Mann, aber Ihre Reaktion auf seinen Tod lassen mich eher an eine persönliche Verbindung denken«, fuhr Briamonte fort, und sie wurde rot. »Sie haben doch noch zwei jüngere Schwestern, soweit ich mich erinnere.«

»Woher wissen Sie das?«

»Ich bin hier geboren und aufgewachsen. Sie erkennen mich nicht, stimmt's?«

Jetzt sah sie ihm direkt ins Gesicht und errötete noch stärker. »Nein. Tut mir leid.«

»Macht nichts.« Briamonte winkte ab. »Ihre jüngeren Schwestern, wie alt sind sie jetzt?«, kam er wieder auf das Thema zurück.

»Einunddreißig und dreiundzwanzig«, antwortete sie widerstrebend.

»Hatten Ihre jüngste Schwester und der Tote ein Verhältnis?« Ein Schuss ins Blaue, aber ihr Gesicht sprach Bände. »Also hatten sie«, stellte er zufrieden fest. »Kann ich sie sprechen?«

»Nein!«

Die Antwort fiel so heftig aus, dass Briamonte die Augenbrauen hob.

»Ihr geht's nicht gut. Das können Sie sich denken.«

»Das verstehe ich vollkommen, aber ich werde sie sprechen *müssen*. Irgendjemand hat ihren Freund ermordet, und sie hat sicher ein Interesse daran, dass der Mörder gefasst wird.« Leider klingelte in dem Augenblick Briamontes Telefon, weshalb ihm der beunruhigte Blick der Junior-Wirtin entging. Er drückte das Gespräch weg und sah wieder hoch: »Nun?«

»Vielleicht heute Nachmittag?«, schlug sie vor: »Dann kann ich sie darauf vorbereiten.«

Briamonte sah sie prüfend an. »Was sagte denn Ihr Vater zu der Liebschaft?«

Sie zögerte unmerklich. »Der freute sich. Ja. Wirklich! Ein künftiger Schwiegersohn als günstige Arbeitskraft …« Ihr Lachen war bemüht. Es war offensichtlich, dass sie ihn anlog. Er konnte sich nur zu gut vorstellen, dass der Alte fuchsteufelswild war über das Verhältnis seiner Tochter mit einem *Italiener*, aber hätte das ausgereicht, um ihn umzubringen? Widerspenstig genug gebärdete er sich ja, aber wenn er nicht ganz dumm war, wusste er, dass man ihm so einen Mord im Handumdrehen nachweisen konnte. Seltsam.

»Frau Mayer, wo war Ihr Vater am Freitagabend?«

»Äh, Freitagabend?«

Briamonte seufzte. »Sie haben mich genau verstanden.«

»Hier.«

»Sind Sie sicher?! Frau Mayer, ich werde den Eindruck nicht los, dass ich sowohl von Ihnen als auch von Ihrem Vater angelogen werde. Darf ich Sie daran erinnern, dass ich Kriminalbeamter bin und in einem Mordfall ermittle?«

Sie wurde erst blass, dann abweisend. Ganz der Vater. »Wo soll er schon gewesen sein? Höchstwahrscheinlich hier, wie immer! Ich kann mich nicht erinnern.«

»Aha.« Er ließ keinen Zweifel daran, dass er ihr nicht glaubte. »Noch etwas anderes: Hatte Ihre Schwester vor Gianrico Masiero schon einmal einen Freund? Oder Verehrer?«

»Nein. Nicht, dass ich wüsste.«

Briamonte erhob sich. »Richten Sie Ihrer Schwester bitte aus, dass ich sie heute Nachmittag sprechen möchte.«

Als er am Stammtisch vorbeikam, war der Alte weg. Dann rief er Schopferer an. »Lassen Sie sich am Montag früh beim Landratsamt eine Liste der Waffen aller registrierten Jäger geben ... Ja ... St. Blasien bis Feldberg. Besonders interessieren mich die Waffen eines gewissen Herbert Mayer, mit Ypsilon.« Dann fiel ihm noch etwas ein. »Und Schopferer: Suchen Sie mir doch bitte die Adressen und Telefonnummern von Werner Pfaff, Peter Kienzler und Hubert Thoma heraus, alle aus Menzenschwand. Danke!«

Als er das Hotel verließ, hörte er seinen Namen und drehte sich um. Der junge Italiener aus Mailand kam gerade die Treppe herunter.

»Buongiorno! Come sta? Wie geht es Ihnen? Sind Sie auf dem Sprung?«, begrüßte er ihn.

»Gut, danke, und nein, ich bin noch nicht sicher, was ich heute unternehmen soll.«

»Ist Ihre Frau ...?«

»Im Museum, ja.«

An diesem Sonntagmorgen hatte Mantovani lange mit sich gerungen, ob er Fahrrad fahren sollte oder lieber wandern. Zu beidem hatte er keine Lust, obwohl das Wetter ideal war, aber alleine nach St. Blasien fahren oder nach Bernau ins Museum wollte er auch nicht. Am ehesten noch nach

Freiburg, aber den Ausflug hätte er lieber mit seiner Frau an einem Wochentag gemacht, wenn neben den Restaurants auch die Geschäfte geöffnet waren.

»Wollen Sie mit mir Mittagessen?«, schlug Briamonte vor, dem der Magen knurrte. »Es ist zwar erst elf vorbei, aber wir bekommen sicher schon etwas.«

»Sehr gerne! Wo? Hier?«

Sie setzten sich auf die Hotelterrasse und bestellten erst einen Aperitif, dann ein Steak vom Hinterwälder Rind mit Pommes frites und plauderten dann über das milde Herbstwetter, die Schönheit des Schwarzwaldes im Herbst und über seinen Hund, der zufrieden in der Sonne lag.

»Kannten Sie eigentlich den jungen italienischen Kellner hier?«, fragte Briamonte dann, abrupt das Thema wechselnd, nachdem die Bedienung die Aperitifs gebracht hatte.

»Kannten? Wieso *kannten*?«

Briamonte wurde augenblicklich hellhörig. Dass jemandem der Tempusunterschied auf Anhieb auffiel, war ungewöhnlich. Er nahm Mantovani schärfer in den Blick, was diesem nicht entging.

Er hielt der Musterung jedoch gelassen stand und fragte: »Sie sagten kannten. Ist etwas mit ihm? Kennen Sie ihn? Meine Frau und ich haben uns in der Tat gewundert …«

»Worüber gewundert?« Briamonte klang schärfer, als er beabsichtigt hatte. Ein bisschen viele Italiener gerade, fand er. Merkwürdiger Zufall. Zufall? Wirklich?

»Uns fiel auf, dass er plötzlich nicht mehr da war und die jüngste Tochter des Hauses verweinte Augen hatte«, antwortete Mantovani jetzt und musterte seinerseits sein Gegenüber: »Wieso fragen Sie?«

Briamonte zog seinen Dienstausweis hervor und schob ihn Mantovani hinüber: »Ich bin Polizist.«

»Dann ist ihm etwas zugestoßen?«, konstatierte Mantovani und betrachtete erst den Ausweis, dann Briamonte mit noch mehr Interesse.

»Er ist ermordet worden.«

»Wirklich?! Das tut mir leid! Wollten Sie deswegen mit mir essen? Um mich nach meinem oder unserem Alibi zu befragen? Oder weil er unser Landsmann war?«

»Nein.« Briamonte fühlte sich plötzlich unbehaglich.

»Ich hätte es nicht anders gemacht.« Mantovani zog etwas aus seiner Brieftasche und hielt es Briamonte hin: »Ich bin auch Polizist. Ispettore della Polizia di Stato aus Milano.«

Briamonte war verblüfft. »Sie sind Polizist? Sind Sie etwa beruflich hier?« Er hätte ihn eher für einen Mathelehrer gehalten.

»Nein. Nicht beruflich.« Mantovani steckte den Ausweis wieder ein: »Das heißt meine Frau ja, ich nein. Sie können mich gerne überprüfen. Also ich würde das tun …«, fügte er launig hinzu und leerte sein Glas.

»Hm.« Briamonte kratzte sich am Kinn. *Das* war jetzt in der Tat ein merkwürdiger Zufall.

»Was ist passiert?«

Briamonte überging die Frage: »Haben Sie mit ihm gesprochen? War er wirklich Italiener?«

»Zweifeln Sie daran? Er war sicher Italiener, falls Ihnen das weiterhilft, aber …« Er rückte die Blumendekoration auf die Seite, weil das Essen kam, und fuhr dann fort: »Was halten Sie davon, Amtshilfe zu beantragen? Nachdem Sie meine Identität überprüft haben, natürlich? Ich würde Sie sehr gerne unterstützen.«

Briamonte sah ihn nachdenklich an. Falls er tatsächlich Polizist war, wäre das vielleicht keine schlechte Idee. *Falls*. Verdammte Paranoia!

»Übrigens«, hob Mantovani an, »eines will ich Ihnen

noch verraten. Der Vater der jungen Frau war alles andere als glücklich über diese Liaison.«

»Woher wissen Sie das?«

»Es gab einen furchtbaren Streit, am Donnerstagabend.«

»Vergangenen Donnerstag?«

»Ja.«

»Ich bin ganz Ohr.« Briamonte beugte sich vor.

»Meine Frau könnte Ihnen genauer erzählen, wie genau das Ganze angefangen hat. Klar ist jedoch, dass der Alte gedroht hat, ihn umzubringen.«

»Sie haben das verstanden?«

»Nun ja, meine Frau hat es nachher online nachgesehen.«

»Was genau hat er denn gesagt?«

»Geschrien«, korrigierte Mantovani, »Geschrien wie ein Irrer hat er. ›Ich knall dich ab!‹, hat er geschrien.«

»Geschrien? Wann war das? Das müssten doch noch ein paar andere mitbekommen haben?«

»Natürlich. Gegen acht. Das ganze Lokal hat es mitbekommen.«

»Verlogenes Saupack!«, murmelte Briamonte böse und stach in sein Steak.

## 13

Nach dem Essen verabschiedeten sie sich, und Briamonte sah Mantovani nach, wie er in Richtung Hinterdorf ging. Jetzt war erst mal Herr Mayer an der Reihe. Er betrat die noch gut besuchte Gaststube und sah den Wirt mit einem Bier am Stammtisch. Frau und Tochter bedienten die Gäste.

»Herr Mayer. Auf ein Wort!«

Jeder normale Mensch hätte den drohenden Unterton vernommen, doch Herr Mayer hob seelenruhig sein Glas, als ob er nichts gehört hätte. Er sah nicht einmal auf. Briamonte riss der Geduldsfaden. Er schob den Stuhl zur Seite, beugte sich weit vor und zischte: »Herr Mayer, ich möchte Sie sprechen. *Jetzt*. Und falls Sie denken, das Ganze sei eine Art Spiel, so sei Ihnen gesagt, dass ich die besseren Karten habe! Sie haben jetzt also genau zwei Möglichkeiten. Sie gehen mit mir *jetzt sofort* an einen ruhigen Ort und beantworten meine Fragen, oder ich nehme Sie *jetzt sofort* mit großem Tamtam mit auf die Wache!«

Endlich blickte der Alte hoch und stellte das Glas ab. Sein Blick veranlasste Briamonte noch zu einem Nachtrag: »Ich vergaß zu erwähnen, dass Sie dafür drei Sekunden haben.« Er richtete sich wieder auf, ohne ihn aus den Augen zu lassen, strich sich scheinbar gelassen das Haar zurück und sah auf die Uhr: »Die Zeit ist um.«

»Ich komme ja schon!«

Herr Mayer führte Briamonte in den leeren Frühstücksraum und stellte sich mit den Händen in den Hosentaschen herausfordernd auf: »Was gibt's so Dringendes?«

Unglaublich. Dreck am Stecken bis dorthinaus, aber immer noch einen rotzigen Tonfall, dachte Briamonte gereizt.

»Herr Mayer, ich weiß mittlerweile, dass Sie am Donnerstagabend gedroht haben, Ihren Mitarbeiter zu erschießen, wenn er die Finger nicht von Ihrer Tochter lässt. Das haben Sie vorhin vergessen zu erwähnen, und das ist gar nicht gut! Haben Sie Ihre Drohung wahr gemacht? Haben Sie den Mann erschossen?«

»Natürlich nicht!« Große Empörungsgeste. »Was erlauben Sie sich! Ich werde meinen …«

»Sie behaupten, am Freitagabend hier gewesen zu sein und nicht auf der Jagd?«, unterbrach ihn Briamonte.

»Das habe ich doch schon gesagt!«

»Auch nicht auf dem Rabenfelsen oben?«

»Herrgott noch mal! Wie oft denn noch?! Ich war hier! *Hier!* Und *nicht* auf der Jagd! Weder am Krunkelbach, noch auf dem Raben!«

»Ich möchte bitte Ihre Jagdwaffe sehen«, bat ihn Briamonte ungerührt.

»Haben Sie einen Durchsuchungsbefehl?«

»Es heißt Durchsuchungsbeschluss, und nein, habe ich nicht, aber es wäre eine Frage von nur wenigen Stunden. Eine Morddrohung und ein wackliges Alibi.« Briamonte zuckte mit den Schultern. »Also, wenn Sie einen richterlichen Durchsuchungsbeschluss wünschen – Sie sollten sich die korrekte Bezeichnung für Ihren Anwalt merken –, dann gerne. Dann stelle ich Ihnen aber das ganze Haus auf den Kopf, das nur zur Info.« Briamonte griff zum Telefon.

»Ist ja gut!«, fauchte der Alte: »Kommen Sie mit!« Widerstrebend setzte er sich in Bewegung und führte ihn ins erste Obergeschoss durch die Privaträume zum Waffenschrank, einem Massivholzmöbel für zwei Gewehre. »Hier bitte.«

Im Schrank befand sich nur eine Waffe.

»Wo ist die andere?«

»Welche andere? Ich hab nur eine.«

Briamonte drehte sich ungläubig um. »Herr Mayer, denken Sie ernsthaft, Sie könnten mich verarschen? Das ist eine Flinte für Niederwild. Ich weiß genau, dass Sie fast ausschließlich Schalenwild jagen. Sie besitzen also garantiert noch eine Büchse. Also: Wo ist sie?«

Wenn der Alte überrascht über Briamontes Kenntnisse war, ließ er es sich nicht anmerken: »Keine Ahnung.«

»Wollen Sie mir sagen, dass Sie nicht wissen, wo Ihre Waffe ist?«

»Ja. Woher soll ich …«

»Wer hat alles einen Schlüssel zu dem Waffenschank? Und überlegen Sie gut, was Sie antworten!«

»Er wurde gestohlen.«

Briamontes Augenbrauen wanderten zum Haaransatz: »Gestohlen? Das haben Sie natürlich angezeigt.«

»Nee. Sehe ich jetzt erst.«

Briamonte besah sich das Schloss und den Rahmen des edlen Möbelstücks. Keine Beschädigungen, nicht der kleinste Kratzer. »Sie sollten sich einen guten Anwalt suchen, Herr Mayer.« Briamonte sah ihn drohend an: »Wenn Sie den armen Jungen erschossen haben, kriege ich das heraus. Und dann können Sie sich schon mal überlegen, was Sie Ihrer Tochter erzählen. Einen guten Tag noch!«

## 14

Mantovani ging zu Fuß zum Museum. Er hatte am ersten Tag seine Frau dorthin begleitet, sich die Ausstellung aber selbst noch nicht angeschaut. Es war im alten, ehemaligen Rat- und Schulhaus untergebracht, das 1874 von Winterhalter selbst finanziert worden war. Schon von außen eine Augenweide. Zwei Stockwerke, auf dem Dach ein Uhrentürmchen, kleine braune Schindeln, grüne Fensterläden, weiße Fensterrahmen und rote Geranien. Er ging die kurze Treppe hoch und trat ein. Die beiden Frauen waren so ins Gespräch vertieft, dass sie ihn nicht bemerkten. Sie saßen nebeneinander auf einer kleinen Biedermeiercouch, die an der Stirnseite des Raums stand. Auf einem Tischchen standen leere Kaffeetassen und Kuchenteller. Darum also hatte sie sich nicht zum Mittagessen gemeldet. Er klopfte und räusperte sich: »Störe ich?«

»Mantovani, amore. Vieni, sieditì. Komm, setz dich!«

Er begrüßte Frau Kaiser, küsste seine Frau, setzte sich auf die Kante des angebotenen Stuhls und sah sich neugierig um. Ein ungewöhnliches Museum. Es sah aus wie ein Salon aus dem neunzehnten Jahrhundert, mit seinen pastellfarbenen Streifentapeten, dem edlen Mosaikparkett, den hohen, lichten Fenstern und dem zierlichen Mobiliar. Ein »Petit Salon«, wie der Name treffend ausdrückte. An den Wänden hingen Kunstwerke der beiden Künstler: Zeichnungen, Radierungen und kleine Ölgemälde. Petersburger Hängung. Blickfang war der großformatige Druck des wohl berühmtesten Gemäldes von Kaiserin Sisi über der Couch. »Das ist von Winterhalter?« Auf einer Staffelei stand das Selbstporträt der beiden Künstler als junge Männer. »Sind sie das?«

»Ja. Sympathisch, nicht? Franz Xaver ist der im Vordergrund, der andere ist sein Bruder Hermann Fidel. Willst du dich umschauen?« Seine Frau wandte sich an Frau Kaiser: »Würden Sie meinem Mann die Freude machen und ihm das Museum zeigen?«

»Mit allergrößtem Vergnügen!« Voller Stolz führte sie sie durch die Ausstellungsräume und erzählte zu jedem Exponat eine Anekdote – bemüht um korrektes Hochdeutsch, damit das Übersetzungsprogramm nicht streikte.

»Wir haben seinerzeit einen Verein gegründet und Geld gesammelt, damit die Brüder nicht wieder in Vergessenheit geraten, wissen Sie. Anlässlich des zweihundertsten Geburtstags von Franz Xaver gab's ein paar Feierlichkeiten, aber das war schon alles.« Sie sprach von ihm wie von einem guten Bekannten: »Zweitausendacht haben wir eröffnet. Die Renovierung der Räume, die Möbel und zwanzig Originale konnten wir dank zahlreicher Gönner und der ehrenamtlichen Arbeit noch zahlreicherer helfender Hände realisieren. Schön, oder?«

Nach einer guten Stunde, in der sich die Museumschefin immer wieder kurz um andere Besucher und Anrufe kümmern musste, hatte er viel über den bedeutendsten Fürsten-

Maler des neunzehnten Jahrhunderts erfahren. Einer, der aus unerfindlichen Gründen in Deutschland lange vergessen war und dem man hier, in seinem Geburtsort, nun ein wirklich würdiges Andenken geschaffen hatte. »Es ist kaum zu glauben, dass sich in einer so abgelegenen Ecke des Schwarzwaldes ein solches Talent findet. Meine Frau erzählte mir, dass der Vater Bauer war und die Familie acht Kinder hatte. Ist das nicht recht ungewöhnlich?«

»Oh, der Schwarzwald hat einige bekannte Künstler hervorgebracht. Dionys und Nikolaus Ganter, Franz Sales und Joseph Maier oder Hans Thoma«, zählte sie an den Fingern ab, »aber der Franz Xaver war der Erste, der so berühmt geworden ist. Im Fall der Winterhalter Brüder hat ein Lehrer der Kinder, ein gewisser Pastor Liber, das Talent der Buben erkannt und hat ihnen wohl auch ersten Zeichenunterricht gegeben. Sie haben aber recht, es sind schon einige glückliche Umstände zusammengekommen, dass die beiden Jungen ihre Begabung entfalten und entwickeln konnten. Eine der treibenden Kräfte war sicher der Vater der beiden, Fidel, eine ebenfalls außergewöhnliche Persönlichkeit. Er war für einen Bauern ausgesprochen gebildet, kreativ, energisch und engagiert. Um das Lehrgeld für seinen Sohn in einer Freiburger Lithographen-Anstalt bezahlen zu können, verpfändete er sogar zeitweise seinen Hof. Später wurden die Brüder durch Stipendien von David Seligmann, dem Freiherrn von Eichthal, sowie des Badischen Herzogspaares Leopold und Sophie unterstützt und konnten an der neu gegründeten Kunstakademie in München studieren. Der alte Fidel war sehr stolz auf seine beiden Söhne und förderte sie, wo er nur konnte. Sie sollten den Briefwechsel lesen.« Sie blätterte eines der herumliegenden Bücher auf und zeigte ihm ein Porträt des Vaters: »Schauen Sie. Ist das nicht ein ungewöhnlicher Mann? Er arbeitete als Bauer und Harzer und unterstützte gleichzeitig seine älteste Tochter bei der Bewirtschaftung ihres Hotels hier in Menzenschwand. Er war unermüdlich! Energie für drei. Dabei ist er beinahe zweiundneunzig Jahre alt geworden.«

Mantovani wechselte einen Blick mit seiner Frau. Diese Dame hatte auch Energie für drei, wie ihm schien.

»Ist er denn je wieder hier gewesen?«

»Der Xaver? Ja klar! Der war sehr verbunden mit seiner Familie und seinem Heimatdorf und ist regelmäßig hier gewesen.«

»Dann war das Dorf sicher stolz auf seine berühmten Söhne?«

»Hä nai, natürlich nit! Jesses Mari! Im Gegeteil! Erschd hän se glacht, zwei Buurebuebe, wo Künschtler werre wölle, un dann ware se neidisch.« Das Übersetzungsprogramm musste passen, und sie wiederholte noch einmal in Hochdeutsch. »Aber nein, im Gegenteil. Sie glauben gar nicht, wie viel Neid und Missgunst in einem Schwarzwälder Bauernschädel stecken können! Die haben ihn beneidet, obwohl er für das Dorf so viel Gutes getan hat! Beträchtliche Summen sind schon zu seinen Lebzeiten in die Gemeindekasse geflossen. Und er hat eine Stiftung gegründet, die es den Bauernkindern ermöglicht hat, eine Berufsausbildung zu machen. Oder einen Sprachkurs zu besuchen. Oder Musikunterricht zu nehmen. Oder Zeichenunterricht. Schauen Sie.« Sie blätterte ein anderes Buch auf: »Da ist alles genau aufgelistet, für was das Geld ausgegeben wurde. Dabei ist er sein Leben lang so ein bescheidener Mensch gewesen. Beide Brüder waren so. Er hat nach heutigem Wert etwa vierzig Millionen Euro hinterlassen. Haben seinerzeit die Nichten und Neffen geerbt.« Man merkte, dass sie ihr Sujet liebte. Nicht nur den künstlerischen Aspekt der beiden Fürstenmaler, sondern auch den menschlichen. Oder vielleicht gerade den menschlichen?

»Hatte er Familie?«

»Nein. Leider nein. Beide Brüder haben nie geheiratet und hatten auch keine Kinder. Franz Xaver hatte eine Liebschaft, die aber nicht gut ausging für ihn. Und sein Bruder Herrmann war beinahe sein ganzes Leben lang sein treuer Begleiter. Über irgendwelche privaten Dinge in seiner Richtung ist nichts überliefert.«

»Das war sicher nicht leicht für sie«, warf Caterina ein. »Wo hätten sie denn geeignete Bräute finden können? An den Höfen Europas?«

»Das war sicher nicht einfach. Sie sind ja aber auch viel unterwegs gewesen. Wir wissen es leider nicht. Deshalb gibt es keine direkten Nachkommen von den beiden.«

»Gibt es heute noch anderweitige Nachfahren?«

»Ja schon, über die Kinder der beiden Schwestern. Viele der Exponate hier sind von ihnen zur Verfügung gestellt.«

In dem Moment wurde sie von einem Mitarbeiter gerufen und verabschiedete sich kurz darauf: »Ich muss los. Also, war schön Sie kennenzulernen. Wir sehen uns morgen wieder?«

Mantovani nahm seine Frau am Arm: »Gehen wir noch ein bisschen spazieren? Ich muss dir was erzählen.«

## 15

Während Mantovani seinen kunsthistorischen Horizont erweiterte, überprüfte Briamonte die drei anderen Revierpächter. Zunehmend erbost, weil die versprochene Kollegin weiterhin durch Abwesenheit glänzte, musste er sich von allen dreien das Gleiche anhören: Weiß ich nicht. Ich war's nicht. Tut mir sehr leid um den jungen Mann. War ein netter Kerl. Nein, ich habe nicht mitbekommen, dass der Haussegen im Füchsle schief hing. Ein Liebespaar? Die beiden? Wirklich? Streit? Morddrohungen? Am Donnerstagabend? Nein. Da war ich gar nicht dort. Nein. Sicher nicht. Das kann ich mir gar nicht vorstellen. Die Wildsau? Keine Ahnung. Wilderer?

»So ein Scheißdreck«, fluchte er unflätig, als er wieder zum Hotel lief. Sein Hund sah ihn scheel von unten an. »Das glaubt ihr doch alle selbst nicht!« In dem Scheißkaff konnte doch keiner furzen, ohne dass es jeder mitbekam. »Schopferer! *Wo bleibt die Kollegin?*« Geladen wie er war, hätte er die Befragung der jungen Frau besser verschieben sollen, aber er wollte es noch erledigt haben, bevor er nach Hause ging und das Telefon abstellte.

Der Zustand der jungen Frau war derart desolat, dass sein Zorn noch höher kochte. Sie war so blass und kraftlos, dass er kaum verstand, was sie sagte. »Es tut mir schrecklich leid, Kindchen.« Hatte er gerade *Kindchen* gesagt?! »Aber ich muss Ihnen diese Fragen stellen. Sie wollen doch sicher auch, dass der Mörder gefasst wird?« Im selben Moment kam ihm in den Sinn, dass sie das vielleicht gar nicht wollte. Wenn ihr Vater den jungen Mann umgebracht hatte, würde sie auch noch den Vater verlieren. Er seufzte schwer. »Können Sie sich vorstellen, dass es jemanden gibt, der Ihren Freund umbringen wollte?« Außer deinem Vater, dachte er bei sich. »Hatte er vor irgendetwas Angst? War er in letzter Zeit nervös? Ich meine, verhielt er sich anders als vor einem halben Jahr, als er hierher kam? Hat er Ihnen erzählt, woher er kam? Warum er ausgerechnet nach Menzenschwand wollte?«

Sie sah ihn nicht an, als sie ein Nein mehr hauchte als flüsterte.

»Lautet Ihre Antwort Nein auf alle meine Fragen?«

Ihre große Schwester schaltete sich ein, die bis jetzt am Türrahmen gelehnt hatte: »Ja, ihre Antwort lautet Nein auf alle Ihre Fragen: Nein, niemand, der ihm Böses wollte, nein, keine Sorgen, und nein, kein verändertes Verhalten. War's das? Meine Schwester braucht Ruhe!«

Briamonte tat, als hätte er sie nicht gehört. »Was hat er Ihnen erzählt? Über seine Familie? Über seine Zeit in der Schweiz? Über die Stadt, aus der er kommt? Über seine Freunde? Hat er Anrufe bekommen? Hatte er überhaupt ein Telefon? Wir haben keins gefunden.«

»Er hatte keines«, kam es beinahe unhörbar.

»Er hatte kein Handy? Das ist ja sehr ungewöhnlich. Wissen Sie warum nicht?«

»Er sagte, die Strahlung sei schädlich.«

Briamonte musste sich ganz weit vorlehnen, um sie zu verstehen. »Die Strahlung, aha. Wie haben Sie sich dann verständigt? Ich meine verabredet?«

»Sie haben im selben Gebäude gewohnt«, kam es ungnädig von der Tür.

»Was sagte denn Ihr Vater zu Ihrer Verbindung?«

»Ich sagte Ihnen doch schon heute Morgen, dass er sich gefreut hat! Lassen Sie meine …«

Jetzt drehte sich Briamonte nach ihr um und unterbrach sie brüsk: »Ich wäre Ihnen sehr verbunden, wenn Sie aufhören würden, mich für dumm zu verkaufen, Frau Mayer! Ich weiß bereits, dass Ihr Vater am Donnerstagabend gedroht hat, den Freund Ihrer Schwester zu erschießen. Ich hätte große Lust, Sie wegen Falschaussage zu belangen.«

»Ich möchte, dass Sie jetzt gehen. Bitte! Meine Schwester braucht Ruhe.«

Briamonte hatte die junge Frau keinen Moment aus den Augen gelassen. Sie hatte nicht überrascht reagiert, also hatte sie die Szene mitbekommen oder wusste ohnehin schon, wie ihr Vater zu der Liebschaft stand. Gut zu wissen. »Sie bleiben also dabei, dass sich Ihr Freund keine Sorgen um irgendetwas machte? Es gibt auch keine eifersüchtigen Verehrer oder sonstige Menschen, die Ihrem Freund nach dem Leben hätten trachten wollen?«

»Nein«, antwortete sie tonlos: »Niemanden. Ich kann es mir nicht erklären.«

»Schon gut.« Briamonte erhob sich und wandte sich zum Gehen: »Sollte Ihnen noch etwas einfallen, und wenn es noch so unwichtig erscheint, melden Sie sich bitte. Versprechen Sie mir das?« Er kramte in seiner Tasche nach einem Fetzen Papier: »Haben Sie einen Zettel für mich? Nein? Macht nichts, Ihre Mutter hat meine Nummer.«

Sein Hund, der vor der Türe gelegen hatte, sprang auf und drängte sich wedelnd an sein Bein. Briamonte tätschelte ihm freundschaftlich den Kopf: »Schluss für heute. Lass uns nach unserem neuen Haus sehen.«

## 16

Caterina Mantovani ging der Tod des jungen Kellners sehr zu Herzen. »Sant'Iddio, du lieber Gott! Und wir haben noch Witze gemacht, ob ihr Vater ihn erschossen hat! Das arme Mädchen!«

»Ja, mir tut sie auch leid.« Mantovani räusperte sich. »Ich würde mich gerne bei der Ermittlung beteiligen.«

»Wie bitte?« Sie stoppte und drehte sich zu ihrem Mann um: »Hab ich richtig gehört?«

»Ja. Warum nicht? Ich muss dir nämlich noch etwas erzählen«, schnaufte Mantovani. »Lass uns doch kurz die Aussicht genießen.« Sie liefen den Wanderweg hoch, der hinter dem neuen Bergwachthaus zur Krunkelbach-Hütte führte, und waren etwas außer Puste. Der Herbstwald leuchtete in der untergehenden Sonne, Amseln pfiffen und das Laub raschelte unter ihren Füßen.

»Wunderschön, nicht?« Der Wald gab einen Ausblick auf die sanfte Talebene frei. Mantovani gefielen die Landschaft und die typischen Höfe sehr, obwohl sie etwas Melancholisches hatten. Ob es sich im Sommer auch so anfühlte?

»Was wolltest du mir erzählen?«

»Johann Briamonte. Du erinnerst dich, der Mann, der gestern bei uns am Tisch saß?«

»Ja natürlich.«

»Er ist Polizist.«

»Ach wirklich?«

»Ja, interessant, nicht? Er ermittelt im Fall des jungen Toten.«

»Das ist tatsächlich interessant, aber was hast du damit zu tun?«

»Ich bin Polizist und ich bin Italiener, so wie das Mordopfer. Und ich langweile mich zu Tode.«

»Mantovani.«

»Ich weiß, du hattest recht«, unterbrach er sie, »du hast mir prophezeit, dass das passieren würde. Aber erstens wollte ich keine Minute ohne meine wunderschöne Ehefrau sein, und zweitens konnte ich nicht ahnen, dass es *so sehr* keinen Spaß macht, alleine zu wandern und Rad zu fahren. Bist du mir böse?« Er lächelte um Verzeihung heischend seine Frau an, die ihren Pappenheimer natürlich gut genug kannte, um zu wissen, dass er sich selten von etwas abbringen ließ, was er sich in den Kopf gesetzt hatte. »Ach Mantovani.«

»Heißt das, du hast nichts dagegen? Er würde Amtshilfe beantragen und könnte …«

»Aber war es nicht der Vater?«

»Das wissen wir nicht.«

Caterina Mantovani betrachtete lächelnd ihren Mann. Ihr Blick wanderte über sein verschmitztes Lausbubengesicht mit den freundlichen braunen Augen und das widerspenstige Haar. Monatelang hatte sie von den sagenhaften Fähigkeiten dieses »Mantovani« nur gehört, und zwar von ihrem Vater, Commissario Bordoni, der seinen jungen, computeraffinen Mitarbeiter sehr zu schätzen gelernt hatte, nachdem er sich lange gegen die informationstechnische Aufrüstung der Polizeiarbeit gesträubt hatte. Auch ihre Mutter mochte den gewitzten, bescheidenen jungen Mitarbeiter ihres Mannes und lud ihn ab und zu zum Essen ein, wo sie sich dann eines Abends begegneten. Un colpo di fulmine – Liebe auf den ersten Blick. Seitdem waren sie unzertrennlich und hatten im Sommer geheiratet. Insgeheim war sie froh, dass sie nicht zwei Wochen ohne ihren Mann sein musste, andererseits plagte sie das schlechte Gewissen, weil sie wusste, dass er nicht der Solist war, der allein mit dem Mountainbike den Schwarzwald eroberte, sondern die schönen und gemütlichen Dinge des Lebens gerne teilte. Am liebsten natürlich mit ihr. Deshalb hielt sie es für eine gute Idee, wenn er sich betätigen konnte, auch wenn es berufliche Dinge waren. Sie nahm sein Gesicht in die Hände und küsste ihn: »Ich halte das für eine ausgezeichnete Idee. Sieh nur zu, dass papà davon keinen Wind kriegt und hier noch auftaucht!«

## 17

Nachdem er zwei Stunden frierend auf dem Dach verbracht hatte, konnte er unbemerkt ins Zimmer zurückkehren. Unruhig setzte er sich auf die Bettkante und überlegte fieberhaft, was er tun sollte. Er hatte das amtliche Siegel durchtrennt, und es war nur eine Frage der Zeit, bis es jemandem auffiel, dennoch konnte er sich nicht recht entscheiden, was am vernünftigsten und am zielführendsten wäre. Was war riskanter? Die Blumenkästen jetzt gleich zu durchwühlen und dabei Gefahr zu laufen, gesehen zu werden, oder den Schutz der Dunkelheit abzuwarten und dabei Gefahr zu laufen, durch das defekte Siegel aufzufliegen? Er war hungrig, ungeduldig und aggressiv und wurde zudem von einem Gedanken gemartert, der ihm vorhin auf dem Dach gekommen war und ihn jetzt ins Unerträgliche peinigte: Was, wenn dieser pezzo di merda die Daten nicht auf einem Stick gespeichert hatte, sondern virtuell, in einer Cloud? Oder an ein geheimes E-Mail-Postfach gesendet hatte? Komm nicht ohne die Daten zurück, hatten sie gesagt. Bring ihn zum Schweigen und bring uns die Daten. Was jetzt? Wenn dieser stronzo tatsächlich die Daten mithilfe eines Postfachs oder einer Cloud versteckt hatte, würde er sie nie finden! Aber vielleicht könnte er ihnen sein Handy bringen? Wären sie damit zufrieden? In dem Moment fiel im auf, dass er ihn die beiden Wochen der Beschattung nicht ein einziges Mal am Handy gesehen hatte, und er stöhnte gequält auf. Che palle! So ein Mist! Seine Faust krallte sich in den Bettüberwurf, als er plötzlich ein Geräusch an der Tür hörte und erschrocken auffuhr. Da drehte jemand einen Schlüssel im Schloss! Er sprang auf und war mit einem Satz hinter der Tür. Seine Nerven waren zum Zerreißen gespannt, als sie sich öffnete. Jemand machte Licht und betrat das Zimmer. Es war eine junge Frau. In dem Moment, als sie die Tür hinter sich schließen wollte und ihn entdeckte, schoss er hervor und erstickte ihren Schrei mit der Hand. Mit einer routinierten Bewegung brach er ihr das Genick und ließ den toten Körper keuchend zu Boden gleiten. Dann stieg er über die Leiche und schloss leise die Tür. Sein Herz zersprang fast, als er auf die Geräusche des Hauses lauschte. Dann betrachtete er das tote Mädchen.

## 18

»Hallo Johann, da bist du ja! Isst du mit uns? Es gibt nur etwas Kaltes, aber wenn du magst, mache ich dir den Rest von heute Mittag warm?«

»Nein, nein, kalt ist perfekt, danke. Ich muss nur noch etwas erledigen. Darf ich duschen?«

»Natürlich! Das musst du nicht fragen.«

Aber vorher wollte er noch die Angaben des jungen Italieners überprüfen, das hatte ihn die ganze Zeit beschäftigt.

Er war tatsächlich Polizist.

Briamonte war erleichtert. Interessiert las er, was er im Internet über ihn fand. Mit seinem Vorgesetzten, Kommissar Bordoni, hatte er vor zwei Jahren in einem spektakulären Coup das Oberhaupt und zahlreiche Mitglieder eines kriminellen Familienclans verhaften können. Ein Fall, an den er sich noch vage erinnern konnte. Er war zu müde, um alles zu lesen, aber irgendwie war es um die Verschiebung von Giftmüll gegangen. Briamonte klappte den Laptop zu und schaltete das Telefon stumm. Morgen würde er persönlich nach Waldshut fahren und Amtshilfe bei den italienischen Kollegen beantragen, aber für heute war's genug. Er nahm eine ausgiebige Dusche, während seine Mutter eine Schwarzwälder Vesperplatte zubereitete. Dazu gab es frisches Bauernbrot – von Oma Resi, weißt du noch? – und einen hervorragenden Grauburgunder.

Das Abendessen verlief ausgesprochen angenehm, denn der Lebensgefährte seiner Mutter, Georg, war ein sympathischer Mann. Dr. Georg Jahnke war pensionierter Orthopäde, Witwer und Vater von zwei erwachsenen, bereits verheirateten Töchtern, und hatte den trockenen Humor eines Mannes, der sich selbst nicht allzu ernst nahm. Er und seine Mutter berichteten von ihrer Reise nach Schottland, wo sie gewandert waren, täglich in einem anderen Bed-and-Breakfast übernachtet und Highland-Destillerien besichtigt hatten – deshalb also die vielen unterschiedlichen Whiskys im Haus. Jeden Abend hatten sie die schottischen Spezialitäten in den jeweiligen Pubs verkostet und die schottische Geselligkeit genossen. »Wir waren drei Wochen lang dauerbetrunken, und Georg hat sich einen Kilt gekauft!«

»Und deine Mutter hat einen Hektoliter Whisky geschmuggelt, ohne mit der Wimper zu zucken!«

So entspannt und vergnügt kannte er sie gar nicht. Die beiden schienen es gut zu haben miteinander, und Briamontes latentes Unbehagen verschwand, so jäh es ihn überfallen hatte. Er ließ sich von der guten Laune der beiden anstecken und berichtete ein wenig von seinen Zukunftsplänen sowie von seinem Viertel Million Euro teuren »Liebhaberobjekt«, das ihm beinahe seinen ersten Herzinfarkt beschert hätte. »Wenn du magst, helfe ich dir beim Ausbau. Ich kann mit Hammer und Säge umgehen«, erbot sich Georg launig und entkorkte eine weitere Flasche Grauburgunder. »Noch ein Schlückchen?«

Kurz nach elf zogen sich die beiden zurück, und Briamonte zappte sich, auf der Couch lümmelnd, durch das Sonntagabendfernsehprogramm. In einem der Dritten lief gerade *Über den Dächern von Nizza*. Lange nicht gesehen! Er schenkte sich einen doppelten Whisky ein, schob den Hund etwas zur Seite und machte den Fernseher lauter. Alte Filme hatte er schon immer gemocht, am liebsten die Komödien mit Rock Hudson, Doris Day, Cary Grant oder Jack Lemon und Walter Matthau. Anne hingegen hatte eine

Affinität zu düsteren schwedischen Serien gehabt, also hatten sie schwedische Serien geschaut.

Um drei Uhr morgens erwachte er mit schmerzendem Genick und kalten Füßen, das leere Glas noch immer in der Hand. Er schaltete den Fernseher aus und erhob sich steifbeinig, als ihn plötzlich ein Gedanke durchzuckte. *Über den Dächern von Nizza*! Cary Grant als John Robie, genannt die Katze! Ein Meisterdieb, der in den Luxushotels der Côte d'Azur die Juwelen der Schönen und Reichen stahl! Was, wenn der Tote in den Luxushotels gearbeitet hatte, um dort die Gäste zu bestehlen? Das könnte die auffälligen Arbeitszeugnisse und seine mangelnden Sprachkenntnisse erklären! Vielleicht war er nach Menzenschwand gekommen, um etwas zu stehlen.

Briamonte war elektrisiert. Was könnte so wertvoll sein, um einen international agierenden Dieb anzulocken? Das Museum vielleicht? Ein Bild von Franz Xaver Winterhalter? Er schaltete sein Telefon wieder ein und gab in der Suchmaschine »Winterhalter Maler« ein. Eine halbe Stunde später war er sicher, einen Anhaltspunkt gefunden zu haben, dem er morgen gleich nachgehen musste. Ein Original hatte durchaus seinen Wert. Zwar war Herbert Mayer vom Roten Fuchsen noch immer Tatverdächtiger Nummer eins, doch hatten ihn die Arbeitszeugnisse des Toten so hellhörig gemacht, dass er unbedingt auch in diese Richtung ermitteln musste.

## 19

Als das Haus endlich ruhig war, begann er die Blumenkästen zu durchwühlen. Aber da war nichts. Gar nichts. Erde, Wurzeln und Steinchen. Er hätte schreien mögen vor Zorn.

Jetzt harrte er seit Stunden aus, die Nerven zum Zerreißen gespannt, um dann *nichts* zu finden?!! Was jetzt? Er war *so* sicher gewesen, dass er in der Blumenerde fündig werden würde, dass er vollkommen die Fassung verlor. Aggressionen zu kontrollieren war nie seine Stärke gewesen, aber jetzt konnte er sie nicht loswerden! Er biss sich in die Fingerknöchel, bis sie bluteten, während seine Gedanken rasten. Wenn der Scheißkerl sein Handy oder den Stick oder meinetwegen auch einen verfluchten Schließfachschlüssel nicht im Zimmer versteckt hatte, musste er – wohl oder übel – weitersuchen. Das bedeutete, dass er sich weiter hier verstecken und nachts das Gebäude durchsuchen musste. Das Ding konnte überall sein! Che merda! Che cazzo di merda! Das bedeutete aber auch, dass er gezwungen war, die Tote loszuwerden, die er im Schrank versteckt hatte. Doch zuallererst musste er etwas essen! Ihm war schlecht vor Hunger, weshalb er jetzt als Erstes nach unten in den Frühstücksraum schlich und sich die Taschen mit verschweißten Portionspackungen Knäckebrot, Nutella und Marmelade vollstopfte, bevor er die Küche aufsuchte und dort mitnahm, soviel er tragen konnte: Brot, Aufschnitt, Speck, Käse und ein paar Äpfel. Zurück im Zimmer, verschlang er alles gierig und spülte es mit zwei Flaschen Bier hinunter, die er hinter der Theke hatte mitgehen lassen. Nach dem Gelage fühlte er sich stark genug, die Leiche loszuwerden, und machte sich auf den Weg, das Auto zu holen, das er immer auf einem anderen Parkplatz im Dorf abgestellt hatte.

Eine halbe Stunde später war er zurück und stellte entsetzt fest, dass die Leichenstarre mittlerweile voll ausgeprägt war. Che palle!!! Er sah im Internet nach und fluchte dann noch unflätiger. Unmöglich, noch einen Tag zu warten, bis sich die Starre wieder lösen würde, deshalb zerrte er das tote Mädchen aus dem Schrank und schleppte den

Leichnam unter äußerster Kraftanstrengung hinunter ins Foyer, vors Haus und ins Auto. Als er den Wagen anließ, war er schweißnass und zitterte vor Anstrengung. Er verließ den Ort in Richtung Bernau, um irgendwann in einen abgelegenen Waldweg einzubiegen und ihm zu folgen, bis es nicht mehr weiterging. Dort wuchtete er die Leiche aus dem Auto und schleifte sie hundert Meter weit in den Wald, wo er sie schließlich ablegte und mit Zweigen bedeckte. Es dämmerte schon, als er unbemerkt ins Hotel zurückkehrte und mit einem Seufzer der Erleichterung die Zimmertüre hinter sich schloss.

## 20

Briamonte fuhr nach einer unruhigen Nacht voller abstruser Träume gerädert zur Polizeidirektion in Waldshut-Tiengen, noch immer mit dem Sprinter, den er für seine paar Habseligkeiten gemietet hatte. Den musste er unbedingt heute abgeben, gleichzeitig brauchte er dringend ein Auto. In einem Anfall von rigoroser Neuorientierung hatte er in Frankfurt noch seinen Audi TT verkauft. Die letzte Reminiszenz an die Beziehung mit Anne, die dieses Auto unbedingt hatte haben wollen. Für Menzenschwand wollte er etwas Bescheideneres, Praktischeres, mit dem er auch Baumaterial und Werkzeug transportieren konnte. Etwas, das besser zu ihm und seinem neuen Leben passte. Der Hund saß auf dem Beifahrersitz und betrachtete aufmerksam die vorbeiziehende Landschaft.

Auf der Dienststelle erwartete ihn der ausgeruhte, bügelfrisch scheinende Kollege Schopferer, der mit einem Stapel neuer Informationen auf ihn wartete. Wie machte der das bloß?

»Einen Kaffee für Sie? Und für den Hund ein Schälchen Wasser?«

»Gerne. Danke.«

Briamonte registrierte staunend, dass er tatsächlich nach Weichspüler duftete und sein Hemd Bügelfalten an den Ärmeln hatte.

Der Kollege stellte die Tasse und eine Packung Kekse auf den Konferenztisch. »Wollen wir hier arbeiten?«

Briamonte sah sich um. »Sehr gerne. Und die Kollegin?«

»Die hat sich heute Morgen krankgemeldet.« Schopferer sah ihn nicht an.

»Aha.« Briamonte war nur kurz verärgert, denn es könnte seine Chance auf Bewilligung der Amtshilfe des italienischen Kollegen erhöhen. »Gut.« Er rückte näher an den Tisch. »Der Antrag auf Amtshilfe aus Italien läuft, nehme ich an?«

»Natürlich.«

»Dann reichen Sie doch bitte einen konkreten Antrag für eine ganz bestimmte Person nach.« Er zog Mantovanis Visitenkarte aus der Jackentasche. »Und zwar für Ispettore Salvatore Mantovani, Questura di Milano, bitte am besten per sofort! Ich brauche genau ihn, den Spezialisten für … warten Sie.« Briamonte überlegte. »Für binationale Ermittlungen.«

»Binationale Ermittlungen?« Schopferer nahm die Visitenkarte entgegen.

»Klingt doch gut, finden Sie nicht?«

»Schon. Wo haben Sie den aufgegabelt?«

»Der macht gerade Ferien in Menzenschwand.«

»Aha, interessant. Ich tu, was ich kann.« Er erhob sich und schob Briamonte eine Aktenmappe rüber: »Entschuldigen Sie mich für einen Moment, ich erledige das sofort. Sie können sich ja in der Zwischenzeit die Informationen vom Landratsamt und die Ergebnisse der Obduktion und der Ballistik ansehen.«

Die Obduktion hatte nichts Neues ergeben. Tod durch Kopfschuss. Ein Schuss, mitten durch die Stirn, Austrittswunde am Hinterkopf. Das Opfer wurde stehend erschossen und hat mit an Sicherheit grenzender Wahrscheinlichkeit nichts mitbekommen. Der Schuss kam vom Rabenfelsen oben. Der junge Mann hatte keine Drogen im Blut, keine alten Verletzungen, keine Tätowierungen und ein makelloses Gebiss. Nichts, was die Suche nach seiner wahren Identität leichter gemacht hätte. Wenigstens hat er nicht gelitten, dachte Briamonte ernüchtert. Das gefundene Projektil stammte tatsächlich aus einem Scharfschützengewehr, Rückschlüsse auf das Fabrikat ließen sich leider nicht ziehen. Würde die Waffe gefunden werden, könne jedoch zweifelsfrei festgestellt werden, ob das Projektil aus dieser Waffe abgefeuert worden war. So weit, so wenig hilfreich. Das Projektil aus dem Wildschwein war interessanter. Das stammte aus einer Büchse und konnte, sofern man die Waffe zum Vergleich hätte, ebenfalls sicher zugeordnet werden.

Die Informationen vom Landratsamt brachten genauso wenig Erkenntnisse, lediglich die Bestätigung, dass auf Herbert Mayer tatsächlich zwei Waffen gemeldet waren: eine Flinte für Niederwild und eine Büchse für Schalen- und Schwarzwild. Genauso, wie er vermutet hatte. Aber warum hatte Mayer die Büchse entsorgt? Wegen einer angeschossenen Wildsau, die er nicht hat suchen lassen? Wohl kaum. Briamonte sah die Liste der gemeldeten Waffen durch. Alles ganz normale Jagdwaffen, keine einzige wäre geeignet gewesen, einen derart präzisen Schuss aus einer solchen Entfernung abzugeben. Die Tatwaffe war also hier nicht gemeldet. Nicht wirklich überraschend, machte die Suche allerdings schwierig. Der Täter hätte sich ohne große Probleme eine Waffe im Internet besorgen und anschließend in den unendlichen Wäldern des Schwarzwalds verschwinden lassen können. Mit einem richterlichen Beschluss könnte er zwar die Computer der Mayers beschlagnahmen und auf eventuell getätigte Waffenverkäufe durchsuchen lassen, Motiv und Gelegenheit wären als Begründung gegeben, doch aus irgendeinem Grund zögerte er.

In dem Augenblick kehrte der Kollege Schopferer zurück. »Ist beantragt. Ich hab einen auf dringend gemacht, sollte im Laufe des Tages bewilligt werden.«

»Perfekt! Danke! Gibt es schon Informationen aus der Schweiz?«

»Nein, leider. Ich habe es gestern noch formuliert und rausgeschickt, aber das kann noch dauern. Tut mir leid.«

»Nicht doch!« Briamonte hob die Hände. »Sie haben ganze Arbeit geleistet, danke. Mir ist gestern Abend übrigens noch etwas eingefallen, was ich gerne noch näher untersucht hätte. Ein potenzielles Mordmotiv, beziehungsweise ein Grund, warum ein Kellner mit einer derart illustren Empfehlungsliste ausgerechnet nach Menzenschwand kommen wollte. Falls das alles denn echt ist, denn falls nicht, wäre das ebenfalls …« Briamonte verlor den Faden. »Ähem, wie auch immer. Wollen Sie's hören?«

»Natürlich!«

»Ich habe gestern einen alten Film gesehen. *Über den Dächern von Nizza*. Kennen Sie den?«

»Ich glaube nicht, nein.«

»Ein alter Film aus den Fünfzigern. Hitchcock, egal. Darin jagen sie einen Juwelendieb, der an der Côte d'Azur in Luxushotels einsteigt und Schmuckstücke der Schönen und Reichen stiehlt.«

Schopferer verstand sofort. »Sie denken, dass das Opfer in der Schweiz gearbeitet hat, um dort zu stehlen?«

»Nun ja, gearbeitet vielleicht ja nicht, aber gestohlen? Mich hat nämlich irritiert, dass das Opfer wohl nur mäßig Deutsch gesprochen hat. Seine Arbeitgeberin sagte, er hätte einen Sprachkurs gemacht. Jetzt frage ich Sie, wie es sein kann, dass ein Kellner mit einer derartigen Vita so schlechte Sprachkenntnisse hat?«

»Also wenn Sie mich fragen, würde ich sagen, das kann nicht sein.«

»Eben, genau das habe ich mir auch gedacht. Vielleicht war unser Opfer auf Raubzügen unterwegs und hatte in Menzenschwand einen neuen Auftrag, beziehungsweise ein neues Objekt der Begierde?«

»Interessanter Gedanke«, pflichtete ihm Schopferer bei, »doch was um Himmels willen gibt es in Menzenschwand Wertvolles zu stehlen?«

»Einen original Winterhalter.«

»Winterhalter?«

Briamonte frohlockte insgeheim. Noch ein Bildungsversager. »Franz Xaver und Hermann Fidel Winterhalter, die Fürstenmaler des neunzehnten Jahrhunderts. Geboren in Menzenschwand.«

»Ach ja? Nie gehört.«

»In Menzenschwand gibt es ein Museum mit einigen Originalen. Laut Website.«

»Interessant. Sind Sie schon dort gewesen?«

»Nein, der Gedanke ist mir ja erst gestern Abend gekommen. Aber was halten Sie von diesem Ansatz?«

»Hm, eine interessante Hypothese.« Er sagte wirklich *Hypothese*. »Vielleicht ein bisschen … sehr konstruiert.«

»Ja, mag sein«, räumte Briamonte ein. »Hauptverdächtiger ist ohnehin sein Arbeitgeber, und dessen Motiv ist mehr als klar. Das Opfer hatte ein Verhältnis mit dessen jüngster Tochter. Er drohte am Donnerstagabend wohl vor versammelter Mannschaft, ihn zu erschießen, wenn er die Finger nicht von seiner Tochter ließe.«

Schopferer pfiff durch die Zähne. »Oha, wenn das kein Erste-Klasse-Motiv ist.«

»Ja. Und er hat kein Alibi.«

»Worauf warten Sie dann?«

»Tja.« Briamonte spielte mit dem Kugelschreiber. »Das weiß ich auch nicht so genau. So wie sich der Fall darstellt, würden wir sofort einen richterlichen Durchsuchungsbeschluss bekommen, aber irgendwie ist er nicht der Typ, der sich im Internet ein Scharfschützengewehr bestellt, um dem Jungen damit aufzulauern.«

Schopferer sah ihn stirnrunzelnd an, und Briamonte fuhr fort: »Er hat seine Büchse verschwinden lassen und behauptet, sie sei gestohlen worden.«

»Was Sie ihm nicht glauben.«

»Nein, tue ich nicht. Die Frage, die mich beschäftigt, ist, warum er so dumm agiert. Der junge Mann ist damit definitiv nicht erschossen worden.«

»Was meinen Sie? Die Waffe verschwinden zu lassen, oder das Opfer öffentlich zu bedrohen?«

»Beides. Ich kenne ihn von früher. Ein so kalt geplanter Mord sieht ihm nicht ähnlich, dafür ist er viel zu …«

Jetzt lachte Schopferer laut heraus. »Dumm? Was glauben Sie, zu welch intellektuellen Höchstleistungen ein besorgtes Vaterherz fähig ist!«

»Meinen Sie wirklich?«

»Sicher!«

»Dann beantragen wir einen Durchsuchungsbeschluss, um die Waffe zu suchen. Beide Waffen zu suchen. Damit klopfen wir ein bisschen auf den Busch und sehen, was dabei herauskommt. Und den anderen Ansatz behalten wir weiterhin im Auge.«

»Gut. Ich werde sofort eine Anfrage bei den Schweizer Kollegen veranlassen. Juwelendiebstähle in Luxushotels. Einverstanden?«

»Einverstanden.« Briamonte erhob sich, und der Hund sprang auf: »Sie informieren mich über den Amtshilfeantrag und gehen der Diebstahl-Spur nach. Ich gehe mich im Museum etwas umsehen.«

## 21

»Mama, hast du Natalia gesehen?«

»Nein. Ist sie nicht in der Küche?«

»Nein. Die Kaffeemaschine ist noch nicht an, und der Frühstücksraum ist dunkel.«

»Hm.« Frau Mayer hielt beim Kämmen inne. »Vielleicht hat sie verschlafen? Hast du in ihrem Zimmer nachgesehen?«

»Ja. Sie ist nicht da. Das Bett ist aber ungemacht.«

Frau Mayer runzelte die Stirn: »Merkwürdig. Geh doch schon mal runter, ich komme sofort und helfe dir.«

## 22

Gegen Mittag hatte Briamonte im Stehen einen Kaffee getrunken, eine Butterbrezel gegessen, den Sprinter bei der Autovermietung abgegeben und einen sehr günstigen, aber auch sehr alten Defender vom Hof eines Gebrauchtwagenhändlers gekauft. Baujahr dreiundneunzig, noch so ein »Liebhaberobjekt«. Leicht schwindelig angesichts seiner ungewohnten Spontaneität fuhr er mit dem roten Kennzeichen vom Hof, der Händler wollte die Anmeldung noch am selben Tag erledigen.

»Dir gefällt unser neues Auto, stimmt's?« Der Hund beschnüffelte alles hochkonzentriert und schien zufrieden. Bei einer Pinkelpause rief er im Museum an und erfuhr, dass es erst um halb drei öffnen würde. Dann würde er also erst Mittagessen und anschließend ins Museum gehen. In Menzenschwand angekommen, fuhr er durchs Dorf am Roten Fuchsen vorbei und hielt vor dem Adler. Dem alten Mayer wollte er bis zur Hausdurchsuchung nicht mehr begegnen. Der Adler war das älteste Restaurant im Ort, über zweihundert Jahre alt, aber innen eher schlicht gehalten. Die Küche war gut. Er bestellte hervorragende Schweinemedaillons mit Steinpilzen und Spätzle und gönnte sich zum Dessert ein Stück Schwarzwälder Kirschtorte und einen Espresso. Anschließend lieferte er den Hund bei seiner verdutzten Mutter ab: »Kannst du eine Weile auf ihn aufpassen? Er ist ein ganz ein Braver.« Dann fuhr er die Straße zurück zum Museum.

Frau Kaiser war schon da. Er konnte sich dunkel an sie erinnern. Sie wohnte mit ihrem Mann in einem uralten Hof im Hinterdorf, nicht weit von seinem Haus, und hatte drei Kinder, die seinerzeit auch mit dem Schulbus nach Waldshut gefahren waren.

»Du bisch also de Johann vo de Theres!«, begrüßte sie ihn herzlich, als er sich vorgestellt hatte: »Jesses, Bue, bisch du groß worre! Ich hätt dich nümmi kennt! Wilsch du 's Museum agugge?«

»Äh, normalerweise sehr gern, aber ich bin beruflich hier.«

»Beruflich? Bisch du Kunschthischtoriker?« Sie duzte ihn unbekümmert, was ihm ein Lächeln entlockte.

»Nein. Ich bin Polizist. Ich ermittle im Fall des getöteten Kellners aus dem Roten Fuchsen, Gianrico Masiero. Kannten Sie ihn?«

»Jessesnai, de Gianrico?!«

»Genau. Er wurde am Freitagabend erschossen.«

»Was?!! De arm Bue! Wo?!«

»Am Krunkelbach hinten.«

»Ah, wegsellem des ganze Uffgebot mit Polizei un Tamtam!«

»Ja. Sie kannten ihn?«

»Na ja, kenne wär z'viel gsait. Ich bin oft im Füchsle, mindeschdens zweimol die Woch. Do kennt mer sich halt.«

»Sind Sie vergangenen Donnerstag im Fuchsen gewesen?«

»Nai, wieso?«

»Nicht wichtig.« Briamonte winkte ab. »Ist Ihnen je etwas aufgefallen an ihm?«

»Aufgefallen? Was denn?«

»Weiß nicht, irgendwas, was Sie vielleicht stutzig gemacht hat. Eine Eigenart, ein Vorkommnis.«

Sie überlegte nicht lange. »Was mir ufgfalle isch, isch dasser schwer verliebt war, in die Jüngschd vom Mayer Herbert und, dass seller 's garnet so luschdig gfunde hät.«

»Und sonst nichts?«

»Doch. Dasser oft dogsi isch, des war uffallend.«

»Hier im Museum?«

»Ja klar!«

»Was hat er gemacht?«

»Na ja, des was mer halt macht, im Museum. Gugge.« Sie lachte herzhaft. »Abber ei Bild het ihm am beschde g'falle. Do ischer immer widder g'schdande un hät guggt.«

Briamonte bekam unvermittelt Gänsehaut. »Welches denn?«

»Des do.« Sie zeigte auf das Porträt eines jungen Mädchens, das gleich nach dem Eingang links an der Wand hing.

»Warum ausgerechnet das?«

»Weiß ich net. Hab ihn net g'frogt.«

»War er alleine, oder kam seine Freundin manchmal mit?«

»Nai, er isch immer ellei gsi.«

»Haben Sie sich mit ihm unterhalten? Hat er Sie je über das Bild ausgefragt? Oder über die Sicherheitsvorkehrungen?«

»Nai. Glaubsch du, er hät des Bild klaue wölle?«

Auch wenn Briamonte überrascht war über ihre rasche Auffassungsgabe, zeigte er es nicht. »Woher stammt das Bild? Ist es wertvoll?«

»Scho. Mir hens ersteigert, binerre Auktion in d' Schwiz. Fünfundfünfzigtausend Euro.«

»Wer hat es angeboten?«

»En Ma us Luzern.«

»Könnten Sie sich vorstellen, dass jemand einen Grund haben könnte, das Bild stehlen zu wollen? Der Wert ist nicht unbeträchtlich, aber mir scheint, dass es lohnendere Beute gibt.«

»Scho. Abber viellicht hätter en persönliche Bezug ka?«

»Sie meinen, dass er das Bild kannte und vielleicht zurückhaben wollte? Oder für jemand anderen einen Auftrag ausgeführt hat?«

»Worum net?«

»Hm.« Briamonte dachte nach. Ganz von der Hand zu weisen, war das nicht. Oder aber, es hat ihn schlicht an jemanden erinnert.

»Wann war das?«

»Du meinsch die Auktion?«

»Ja.«

»Erschd vor me halbe Johr.«

Interessant. Vor einem halben Jahr war Masiero in Menzenschwand aufgetaucht. Bestand da ein Zusammenhang?

»Hat sich sonst jemand für dieses Bild interessiert? Weiß man überhaupt, wen es darstellt?«

»Nai un nai. Die Lüt finde's schön, aber keiner so arg wie

de Gianrico. Un wer des Maidli isch, wisse mer net. Wegsellem ischs no einigermaße bezahlbar gsi.«

»Würden Sie so freundlich sein und mir die Unterlagen des Kaufs zur Verfügung stellen?«

»Sicher. Ich suechs dir rus. Wo wohnsch du? Ich bring's dir vorbei.«

»Bei meiner Mutter, bis mein Haus bewohnbar ist.«

»Du häsch e Huus kauft?«

»Ja.«

»Wo?«

»Im Hinterdorf, das vorletzte Haus links.«

»Des isch ja subber! Ich freu mich immer, wenn so e alts Huus widder hergrichtet wird un Läbe drin isch! Schön, dass du widder do bisch!«

Kurz vor halb vier klingelte Briamonte bei seiner Mutter und ließ sich wortlos auf die Schlafcouch fallen. Er hörte nicht, wie Elisabeth Kaiser die Unterlagen abgab und schlief wie ein Stein, bis ihn seine Mutter weckte.

»Johann, wach auf, dein Telefon hat schon dreimal geklingelt. Vielleicht ist es etwas Wichtiges.«

Kollege Schopferer. Dem Antrag auf Amtshilfe war stattgegeben worden und der richterliche Durchsuchungsbeschluss für den Fuchsen war da. Die Durchsuchung war noch für den heutigen Abend angesetzt. Außerdem war eine Vermisstenmeldung für eine junge Frau eingegangen, von der Wirtin Frau Mayer. Briamonte wurde bei der letzten Meldung hellwach: »Wie bitte? Wann ist die eingegangen?«

»Gerade vorhin. Ich dachte, Sie könnten vielleicht vorbeifahren und die Lage sondieren? Vielleicht besteht ein Zusammenhang mit unserem Fall? Falls ja, müssten Sie die Suche direkt in Freiburg beim Polizeipräsidium beauftragen. Das läuft nicht über unsere Dienststelle hier.«

»Danke für die Info. Schicken Sie mir bitte die Nummer? Alles Weitere entscheide ich dann vor Ort.«

»Gut. Sie halten mich auf dem Laufenden?«

Briamontes Magen zog sich zusammen. Hoffentlich hatte sich die junge Frau nichts angetan!

Seine Mutter betrachtete ihren Sohn, dessen Gesichtsausdruck sich zunehmend verdüsterte: »Musst du gleich wieder weg? Soll ich dir schnell ein Brot richten? Oder einen Kaffee machen? Es gibt auch noch Kuchen.«

Briamonte nickte wortlos und verschwand im Bad, um sich etwas kaltes Wasser ins Gesicht zu spritzen. Er überflog die Unterlagen des Bilderkaufs, machte einige Fotos, die er an den Kollegen zur Überprüfung schickte, und war eine halbe Stunde später auf dem Weg zum Hotel, wo bereits zwei Mannschaftswagen der Polizei parkten. Frau Mayer stand fassungslos an der Rezeption, während die Beamten das Haus durchsuchten und die beschlagnahmten Computer aus dem Haus trugen. Es waren sicher zwei Dutzend Männer im Einsatz, und das ganze Haus war in heller Aufregung.

Als sie ihn erkannte, kam sie ihm entgegen: »Herr Briamonte! Was passiert hier?! Wieso nehmen die die Computer mit? Die solle doch des Maidle suche?«

Herr Mayer war nicht zu sehen, und Briamonte ahnte, dass er seiner Frau nichts von der drohenden Hausdurchsuchung gesagt hatte.

»Frau Mayer, das ist eine richterlich angeordnete Hausdurchsuchung. Hat Ihr Mann nichts erzählt? Die hat mit dem Tod von Gianrico Masiero zu tun, aber nicht mit dem Vermisstenfall.«

»Aber wieso?«

»Hat man Ihnen den Durchsuchungsbeschluss nicht gezeigt?«

»Ja doch, aber …« Sie war kurz davor, in Tränen auszubrechen: »Aber die Gäste! Was werden die von uns denken? Was für eine Schande!«

Briamonte war irritiert. Ihre Tochter wurde vermisst, und sie sorgte sich um das, was die Gäste denken könnten?

»Frau Mayer, ich bin jetzt nur hier, um den Vermisstenfall aufzunehmen und eventuell eine Suche zu veranlassen. Seit wann vermissen Sie Ihre Tochter?«

»Meine Tochter? Wir vermissen unsere Bedienung. Natalia. Natalia Danyljuk.«

»Ach so, ich dachte …« Briamonte geriet kurz ins Stottern, aber Frau Mayer war so durch den Wind, dass sie seinen Fehler gar nicht bemerkte. Er räusperte sich: »Seit wann wird Ihre Mitarbeiterin vermisst? Wie alt ist sie? Wie sieht sie aus? Wo wohnt sie?«

»Sie hätte heute Morgen Frühstücksdienst gehabt und ist nicht erschienen.«

»Haben Sie sie angerufen?«

»Sie wohnt hier im Haus.«

Schon schlug Briamontes Alarmglocke wieder an: »Dann haben Sie in ihrem Zimmer nachgesehen?«

»Ja, das heißt meine Tochter. Sie war nicht da, aber ihr Bett war ungemacht.«

»Und Sie haben bis jetzt gewartet, bis Sie sich Sorgen gemacht haben? War sie sonst auch so unzuverlässig?«

»Äh, nein, eigentlich nicht.«

»Haben Sie sie angerufen?«

»Ja. Aber sie ist nicht drangegangen.«

»Darf ich ihr Zimmer sehen?«

»Sicher.« Frau Mayer stieg die Treppe hinauf, und – welch Überraschung – das Zimmer lag genau neben dem von Gianrico Masiero. Diesmal ließ sie ihn nicht allein, sondern betrat mit ihm das Zimmer. Es war eingerichtet wie das nebenan, aber weitaus persönlicher und unordentlicher. Briamonte zog ein Papiertaschentuch aus der Tasche und nahm das Handy auf, das auf dem Beistelltischchen lag. Drei Anrufe in Abwesenheit und sechs Nachrichten. Der erste gestern Nachmittag, um kurz vor vier, der letzte heute früh. Leider mit einem Code gesperrt. Er steckte es ein und sah sich um.

»Wieso haben Sie sich dann doch entschlossen, eine Vermisstenmeldung aufzugeben?«

»Na ja. Erst ist Gianrico tot, und jetzt ist das Maidle weg. Schon komisch.« Sie wand sich wie ein Wurm.

»Glauben Sie, dass sie etwas mit dem Tod des jungen Mannes zu tun hat?«

»Himmel, nein!«

»Haben die zwei sich gekannt?«

»Sie waren Kollegen.«

»Das habe ich nicht gemeint. Standen sie sich nahe?«

»Nein! Gianrico war der Freund meiner Tochter.«

Briamonte nickte vielsagend und wechselte das Thema: »Wie viele Dirndl und Blusen haben Ihre Angestellten zur Verfügung?«, fragte er, während er den Schrank öffnete.

»Fünf Blusen und zwei Dirndl«, antwortete Frau Mayer und blickte an ihm vorbei in den Schrank: »Denken Sie, dass etwas fehlt?«

»Sagen Sie es mir. Hier hängen zwei Dirndl und …«, Briamonte zählte die Blusen, »sieben Blusen, wobei, fünf davon sind Dirndlblusen. Dann ist sie also nicht in ihrer Arbeitskleidung verschwunden.« Sein Blick fiel auf eine Daunenjacke: »Kennen Sie diese Jacke? Hat sie die getragen, wenn sie ausgegangen ist?«

Frau Mayer nickte, und Briamonte runzelte die Stirn: »Hat sie geraucht? Das heißt, haben Sie sie je vor dem Haus rauchen sehen? Ohne Jacke?«

»Nein. Sie hat nicht geraucht.«

»Hatte sie ein Auto?«

»Nein.«

»Ein Fahrrad?«

»Auch nicht.«

»Was hat sie in ihrer Freizeit gemacht?«

»Das weiß ich nicht.«

»Hatte sie einen Freund?«

»Nicht, dass ich wüsste.«

»Halten Sie es für möglich, dass sie nach Hause gefahren ist?«

»Ohne Bescheid zu geben? Sieht ihr nicht ähnlich.«

»Seit wann arbeitet sie hier?«

»Schon das dritte Jahr, immer in den Semesterferien. Es war ihre letzte Woche. Das Semester geht ja wieder los.«

»Sie ist Studentin?«

»Ja.«

»Was studiert sie denn?«

»Das weiß ich nicht mehr, irgendwas mit Wirtschaft. Müsste ich in den Unterlagen nachsehen.«

»Tun Sie das bitte. Ich bräuchte auch eine Adresse und ein Foto.«

»Ja. Ich komme sofort wieder.«

Sie verließ das Zimmer, und Briamonte durchsuchte die wenigen Habseligkeiten der jungen Frau. In einer Tasche fand er ihren Pass und in der Geldbörse einen Studentenausweis der Uni Freiburg. Im ungemachten Bett, unter der Bettdecke, fand er ihren Laptop. Kein Notizbuch, keine Bücher, aber ein paar Polaroids, die am Fuß ihrer Nachttischlampe lehnten. Briamonte beugte sich hinunter. Eine hübsche, dunkelhaarige, junge Frau, die mit immer anderen jungen Leuten in die Kamera lächelte. Da war auch Masiero! Briamonte war elektrisiert. Er nahm das Foto in die

Hand und betrachtete es aufmerksam. Beide lachten in die Kamera, doch sahen die beiden verliebt aus? Schwer zu sagen. Briamonte steckte die Bilder ein, als Frau Mayer mit einem kurzen Klopfen das Zimmer betrat: »Hier, bitte, ihre Akte«, und sich gleich wieder zum Gehen wandte. Es war offensichtlich, dass sie sich im Augenblick mehr um die Vorgänge in ihrem Haus sorgte als um ihre verschwundene Bedienung. »Einen Moment noch, bitte. Kennen Sie die Leute auf diesen Fotos?«

Sie sah nur kurz hin: »Nein.«

»Gut, danke, das wäre vorläufig alles. Ich werde alles Nötige veranlassen und halte Sie auf dem Laufenden.«

Studentin also. Ukrainerin, vierundzwanzig Jahre alt, wohnhaft in Freiburg. Er griff zum Telefon und rief das Führungs- und Lagezentrum in Freiburg an. »Ich brauche eine groß angelegte Suchaktion. Selbst- oder Fremdgefährdung befürchtet. Möglicher Zusammenhang mit einem Mord.«

Nachdem die dortigen Kollegen ihm zugesichert hatten, dass sie alle verfügbaren Einsatzkräfte schicken würden, war er fürs Erste erleichtert. Aus seiner Zeit bei der Bergwachtjugend wusste er, dass sie die Feuerwehr St. Blasien, die Hundestaffel Hochschwarzwald und die Suchmannschaften der Bergwachten aus Menzenschwand, Bernau und Hochschwarzwald samt Einsatzleitfahrzeug aufbieten würden. Zusätzlich noch spezielle Wärmebilddrohnen und den Polizeihubschrauber mit Wärmebildkamera. Das hatte es in seiner Jugend nicht gegeben.

Er rief noch einmal auf der Polizeidirektion an, um jemanden herzubitten, der das Handy und den Laptop der jungen Frau abholte, und zog dann die Visitenkarte von Ispettore Mantovani aus der Tasche.

Zehn Minuten später saßen die beiden Männer im leeren

Frühstücksraum und besprachen den Fall. Es war Abendessenszeit, und das Restaurant füllte sich mit Gästen. Mantovani hörte konzentriert zu, während Briamonte ihn über die Person des Toten und die bisherigen Erkenntnisse der Spurensicherung und der Ballistik informierte. Ab und zu musste er ein Wort nachsehen, aber im Großen und Ganzen konnte sein Gegenüber seinen Ausführungen folgen.

»Und bis jetzt …«, kam Briamonte schließlich zum Punkt, wo er die Unterstützung eines fachlich versierten Kollegen brauchen könnte, »verfolgen wir drei verschiedene Spuren, beziehungsweise drei mögliche Motive. Mehr oder weniger. Habe ich mich so weit deutlich ausgedrückt?«

»Vollkommen.«

»Also.« Briamonte suchte nach den passenden italienischen Begriffen. »Der Ansatz mit der höchsten Priorität ist der mit Herrn Mayer als Täter. Der Wirt hier«, Mantovani nickte, und Briamonte fuhr fort, »er war bekanntermaßen äußerst aufgebracht über das Verhältnis des Toten mit seiner Tochter und drohte öffentlich, ihn zu erschießen. Das haben Sie ja selbst erlebt. Aber, jetzt wird es kompliziert: Wir können nicht nachweisen, dass er zur angenommenen Tatzeit am Tatort war. Er streitet das rundweg ab, sein Alibi ist jedoch schwach, denn weder Frau noch Tochter können es sicher bestätigen. Merkwürdig ist, dass seine Jagdbüchse fehlt, obwohl die Tatwaffe definitiv keine Jagdwaffe, sondern ein Scharfschützengewehr war. Er behauptet, sie wäre gestohlen worden, hat aber keine Anzeige erstattet. So weit, so klar?«

»Ja und nein. Wenn die Tatwaffe ein Scharfschützengewehr war, wieso sollte er dann seine Jagdwaffe verschwinden lassen? Weiß er das?«

»Was die Tatwaffe ist?«

»Ja.«

»Nein, das weiß er nicht. Das heißt, ich habe es ihm nicht gesagt.«

»Und das tote Wildschwein?«

»Man entsorgt keine fünftausend Euro teure Jagdwaffe, nur weil man eine angeschossene Sau nicht nachsuchen lässt.«

»Ich kenne die deutsche Gesetzeslage nicht, aber vielleicht ist die Strafe dafür sehr hoch?«

»Ich habe mich noch einmal explizit über das Jagdrecht schlaugemacht. Unterlassene Nachsuche ist ein Verstoß gegen das Tierschutzgesetz, aber keine Straftat. Außerdem sagte mir ein Bekannter, dass die meisten Verstöße gar nicht bemerkt werden. Die Tiere verenden irgendwo, tief im Wald. Passt also alles nicht.«

»Vielleicht würde er, im Falle einer Verurteilung, sein Revier verlieren?«

»Wenn er selbst Pächter ist, kann er sein Revier nicht verlieren.«

»Also«, Mantovani räusperte sich, »wenn ich er wäre, würde ich mich viel lieber mit einer unterlassenen Nachsuche herumschlagen als mit einem Mordverdacht. Aber die Frage ist ja: War er es, und wenn ja, können wir ihm den Mord nachweisen oder nicht?«

»Nein, können wir nicht, leider. Noch nicht. Und er streitet natürlich alles ab.«

»Dann könnten wir ihn nur über die Tatwaffe drankriegen. Entweder wird sie gefunden, oder es kann ein Kauf übers Internet nachgewiesen werden. Aber selbst dann wüssten wir immer noch nicht, ob er selbst abgedrückt oder jemanden dafür bezahlt hat. Es sei denn, er hätte liebenswürdigerweise seine Fingerabdrücke hinterlassen. Apropos Fingerabdrücke. Sind welche auf dem Projektil gefunden worden?«

»Leider nein.« Briamonte gefiel der italienische Kollege.

»Das heißt im Klartext: Wenn die Tatwaffe nicht gefunden wird und ihm nicht nachgewiesen werden kann, dass er abgedrückt oder einen Auftrag dafür erteilt hat, kommt er davon. Wenn er es denn tatsächlich war.«

»Ja. So ist es. Leider.« Briamonte zuckte die Schultern, sprach dann aber weiter: »Es gibt aber noch eine zweite Hypothese, nämlich die, dass der Tote ein professioneller Dieb ist, der die letzten Jahre in der Schweiz tätig war und nun einen Auftrag in Menzenschwand hatte, nämlich ein Gemälde von Franz Xaver Winterhalter zu stehlen.«

»Worauf stützen Sie diesen Gedankengang? Auf die gefälschten Arbeitszeugnisse? Und wieso ausgerechnet ein Gemälde?«

»Er hat auffallend oft das Museum besucht und ist stets lange vor einem bestimmten Gemälde gestanden. Es wurde ungefähr zur selben Zeit ersteigert, als Masiero nach Menzenschwand kam. Und was die Arbeitszeugnisse angeht, wissen wir noch nicht sicher, ob sie gefälscht sind oder nicht.«

Mantovani machte ein nachdenkliches Gesicht: »Keine dumme Idee, das könnte möglicherweise erklären, warum ein Kellner mit einer derartigen Vita hierherkommt. Fragt sich nur, warum er umgebracht wurde, bevor er es stehlen konnte. Und von wem«, ergänzte Mantovani trocken: »Außerdem, wenn wir davon ausgehen, dass dieser potenzielle Diebstahl verhindert werden sollte, warum informiert man nicht das Museum und die Polizei?«

»Genau das sagte mein Kollege in Waldshut auch.« Briamonte zog eine Grimasse. »Ich weiß, das Ganze ist ziemlich an den Haaren herbeigezogen, aber meine Überlegungen gehen in eine andere Richtung: Er ist für diesen Auftrag nach Menzenschwand gekommen, hat aber dann die große Liebe gefunden. Vielleicht wollte er aussteigen? Keine Auftragsdiebstähle mehr begehen? Kein Krimineller mehr sein?«

»Und wurde dann umgebracht, weil er zu viel wusste?«

»Warum nicht? Wäre das so abwegig?«

»Nein, nein. Interessante Überlegung. Abgesehen davon, ist schon aus weit weniger plausiblen Gründen gemordet worden.«

Briamonte war erleichtert, dass sein Kollege seine Überlegungen nicht für vollkommen schwachsinnig hielt. »Das erklärt nämlich möglicherweise auch, wieso seine Freundin sagt, er hätte kein Handy gehabt. Das kann ich mir kaum vorstellen. Sie behauptete, es sei wegen der Strahlenbelastung.«

Mantovani lachte auf. »Un italiano senza cellulare! Mai! Ein Italiener ohne Handy? Niemals!«

»Sehen Sie. Wir müssen sein Smartphone finden, dann finden wir vielleicht auch das Motiv. Und wenn wir das Motiv finden, finden wir auch den Mörder. Der ganze Fall ist ziemlich verworren.« Briamonte spielte mit dem Salzstreuer. »Und jetzt kommt noch eine junge Frau ins Spiel, die seit heute früh vermisst wird. Ebenfalls eine Angestellte im Fuchsen.«

»Wirklich? Wer denn?«

»Natalia, eine junge Ukrainerin.«

»Die kenne ich, die macht unter anderem das Frühstück. Sie wird vermisst? Seit wann?« Mantovani hielt inne. »Heute Morgen war sie nicht da, stimmt. Wir dachten sie hätte frei.«

»Wer hat das Frühstück gemacht?«

»Die Chefin und ihre älteste Tochter.«

»Wie wirkten sie auf Sie? Ist Ihnen irgendetwas aufgefallen?«

»Nein.« Mantovani dachte nach. »Nein. Gar nichts.«

»Wissen Sie.« Briamonte machte Frau Mayer ein Zeichen, die gerade zur Tür hereinschaute und senkte die Stimme: »Die junge Frau und der Tote kannten sich.«

»Nun, sie haben zusammen gearbeitet.«

»Schon, aber sehen Sie.« Briamonte holte das Foto aus der Tasche, das er vorhin eingesteckt hatte, und reichte es Mantovani.

Sein italienischer Kollege betrachtete es aufmerksam. »Sie glauben, dass es vielleicht auch ein Verbrechen aus Eifersucht sein könnte?«

»Wäre doch möglich, oder nicht? Ich könnte mir …«

Frau Mayer trat an den Tisch: »Die Hundestaffel ist da.«

»Wir reden später weiter, einverstanden? Grüßen Sie Ihre Frau von mir.« Briamonte verabschiedete sich und begleitete die Kolleginnen und Kollegen mit den Hunden hinauf, ins Zimmer der Vermissten.

Wenige Minuten später geschah etwas völlig Unerwartetes: Die Hunde strebten eifrig hinaus – und schlugen vor dem Zimmer von Masiero an. Briamonte wechselte einen irritierten Blick mit den Hundeführern und bemerkte im gleichen Augenblick das defekte Siegel. »Was zum Teufel …« Er drückte die Klinke hinunter – die Tür war offen – und die Hunde zerrten heftig in Richtung Schrank. Briamonte öffnete ihn vorsichtig. Er war leer.

»Was zum Teufel …«, wiederholte Briamonte: »Was bedeutet das?«

Der Leiter der Hundestaffel war ebenso befremdet: »Dass die Vermisste hier im Schrank war.« Dann lotsten sie die Hunde wieder aus dem Zimmer, und sie nahmen tatsächlich die Fährte auf. Briamonte folgte ihnen bis vor die Hoteltür, wo auf dem Parkplatz vor dem Hotel die Spur offensichtlich endete. Die Hunde liefen hin und her, konnten aber keine Witterung mehr aufnehmen.

»Wie machen das die Hunde? Die Vermisste hat hier gearbeitet, sie ist ja quasi überall im Haus herumgelaufen.«

»Die Hunde folgen der letzten, der frischesten Spur. Diesen Weg, vom Zimmer oben, bis hierher, ist die junge Frau zuletzt gegangen.«

»Heißt das, dass die Vermisste in ein Auto gestiegen ist?«

»Genau, oder in ein Auto verladen wurde. Der Schrank ist äußerst merkwürdig.«

»Verdammt!«

»Sie sagen es.«

Briamonte war frustriert und alarmiert gleichzeitig. Sein Bauchgefühl verhieß nichts Gutes für die junge Frau, doch er drängte den Gedanken vorerst beiseite. Keine voreiligen Schlüsse. Er würde jetzt gleich nach Freiburg fahren. Vielleicht war sie tatsächlich spontan nach Hause gefahren. Briamonte läutete Mantovani an: »Mantovani, wollen Sie nach Freiburg mitkommen?«

»Jetzt gleich?«

»Ja.«

»Einen Moment, ich rufe Sie gleich zurück, ja?« Eine Minute später klingelte Briamontes Handy. »In einer halben Stunde, ist das okay?«

## 23

Nachdem Briamonte Handy und Laptop der Vermissten einem jungen Beamten übergeben und den Einsatzleiter gesprochen hatte, gab er seiner Mutter Bescheid, dass es spät werden würde, und bat sie, den Hund Gassi zu führen.

Während die Feuerwehr und vier Ortsgruppen der Bergwacht in einer konzertierten Aktion nach Natalia Danyljuk suchten, fuhren Briamonte und Mantovani nach Freiburg.

Er wollte unbedingt nachsehen, ob die junge Frau nicht doch nach Hause gefahren war und möglicherweise einen Hinweis darauf finden, wie eng die Beziehung zu Gianrico Masiero gewesen war.

Briamonte fuhr den Schauinsland hinunter nach Günterstal. Es war stockdunkel, und Mantovani erlebte den Silva Negra von seiner buchstäblichen Seite.

»Wie weit ist es nach Freiburg? Meine Frau und ich wollen diese Woche mal hin.«

»Etwa fünfundfünfzig Kilometer«, antwortete Briamonte. »Aber nachts scheinen es mehr zu sein.«

»Wissen Sie, wo Natalia wohnt?«

»Ja, ich kenne die Straße, ich habe vor vielen Jahren einmal in Freiburg studiert. Eine wunderschöne Stadt, hohe Lebensqualität. Wenn Sie mögen, fahren wir mal zusammen hin, und ich gebe Ihnen eine exklusive Stadtführung.«

»Sehr gerne!«

»Ich kenne auch noch ein paar Restaurants in und um Freiburg, in denen man hervorragend isst.«

»Phantastisch! Da sind wir gerne dabei!«

Über alles Mögliche plaudernd, kurvten sie den Schauinsland hinunter und standen kurz vor zehn in der Bayernstraße. Sie klingelten bei Sievers, Umbu, Danyljuk, Kerber und Fritz. Ein Klingelschild mit fünf Namen.

»Eine Fünfer-WG, perfekt.«

»Ja bitte?«, tönte es aus der Gegensprechanlage.

»Polizei. Johann Briamonte mein Name. Darf ich bitte reinkommen?«

»Um was geht's?«

»Um Ihre Mitbewohnerin Natalia Danyljuk. Machen Sie bitte die Tür auf!«

Es dauerte ewig, bis der Türsummer ging. Briamonte hatte schon den Finger auf der Klingel. Die Wohnung lag im zweiten Obergeschoss. Ein junger Mann mit Rastalocken lugte misstrauisch durch den Türspalt: »Darf ich bitte Ihren Ausweis sehen? Und wer sind *Sie*?«

Briamonte reichte dem jungen Mann seinen provisorischen Ausweis, und auch Mantovani wies sich aus.

»Ich werde Ihr Revier anrufen. Bitte warten Sie.« Damit fiel die Tür ins Schloss.

Sie warteten im Hausflur, wo sie alle zwei Minuten das Licht wieder anmachten, während Briamontes Laune auf den Tiefpunkt sackte. Endlich hörten sie die Vorlegekette und die Tür ging auf: »Was wollen Sie wissen?«

»Können wir das bitte drinnen besprechen?«

»Äh, das ist mir nicht so recht.«

»Hören Sie zu, junger Mann.« Briamonte platzte fast: »Entweder, Sie lassen uns jetzt herein und beantworten mir meine Fragen zu Natalia Danyljuk, oder ich mache einen Anruf bei den Kollegen des Drogendezernats. Wollen Sie mich eigentlich für dumm verkaufen?! Ich rieche das Gras bis hierher!«

Die Tür öffnete sich widerstrebend. Briamonte bedachte den Rastalockenjüngling mit einem vernichtenden Blick und folgte ihm in die große Küche. Er setzte sich, ohne eine Einladung abzuwarten, und machte Mantovani ein Zeichen, es ihm nachzutun. »So, jetzt möchte ich wissen, wie Sie heißen, und dann mit Natalia sprechen.«

»Natalia?«

»Ja. So heißt sie doch? Ihre Mitbewohnerin.« Briamonte zog das Foto aus der Tasche: »Ist sie das?«

»Äh, ja.«

»Und Sie? Wie heißen Sie?«

»Äh. Janosch Fritz.« Briamonte musterte ihn mit zusammengekniffenen Augen und tippte den Namen in sein Telefon. Dann blickte er wieder auf: »Und Natalia? Ist sie da?«

»Nein. Sie hat ihr Zimmer untervermietet und kommt erst Mitte Oktober wieder. Demnächst also.«

»Wissen Sie, wo sie ist?«

»Nicht genau, irgendwo im Schwarzwald. Sie arbeitet dort während der Semesterferien.«

»Wann haben Sie sie zuletzt gesehen?«

»Das klingt, als wäre ihr etwas passiert.«

»Würden Sie bitte meine Frage beantworten?« Briamonte gab sich keine Mühe, seine schlechte Laune zu verbergen.

»Ja also im …« Er rechnete nach. »Juli wahrscheinlich. seitdem wohnt die Untermieterin hier.«

»Also seitdem nicht mehr?«

»Nein.«

»Ist sie wenigstens da?«

»Wer?«

»Die Untermieterin!«

»Das weiß ich nicht.«

»Würden Sie dann *bitte* so nett sein und nachschauen?«

Der junge Mann verschwand, und Briamonte sah sich um. Die typische, mäßig saubere Küche einer großen WG.

Kurz darauf kehrte er zurück: »Sie ist nicht da.«

»Dann würde ich gerne mit ihren anderen Mitbewohnern sprechen.«

»Die sind auch nicht da.«

»Wo sind die alle? Es sind doch insgesamt vier Mitbewohner, oder?«

»Ja, schon. Keine Ahnung.«

»Ist das normal, dass um die Zeit alle ausgeflogen sind? Es ist Montag.«

»Schon …«

»Wie gut kennen Sie Natalia?«

»Wie meinen Sie das?«

»Wissen Sie zum Beispiel, wer ihre Freunde sind? Was

sie studiert? Wie ihr Studium läuft? Beteiligt Sie sich am WG-Leben? Kochen Sie manchmal zusammen? Bekommt sie manchmal Besuch?«

»Ach so. Nein, nichts dergleichen. Sie ist eine sehr zurückgezogene Mitbewohnerin.«

»Dann kennen Sie diesen Mann vermutlich nicht?« Briamonte schob ihm das Foto rüber. Der junge Mann schüttelte den Kopf.

»Hat sie zu den anderen Mitbewohnern mehr Kontakt?«

»Nicht, dass ich wüsste.«

»Wie lange wohnen Sie schon hier?«

»Sechseinhalb Jahre.«

»Und Natalia?«

»Hm.« Er überlegte kurz. »Ich glaube drei Jahre.«

»Dürfen wir ihr Zimmer sehen?«

Der lethargische junge Mann wurde plötzlich lebendig: »Das dürfen Sie nicht. Nicht ohne einen richterlichen Durchsuchungsbeschluss.«

»Oha, dieser Fachterminus geht Ihnen aber flüssig über die Lippen!« Briamontes Ton wurde ätzend: »Haben Sie Erfahrung damit?« Würde ihn nicht überraschen, wenn der Knabe mit der Hausbesetzerszene sympathisierte. »Deshalb frage ich ja. Aber ich komme gerne mit einem Durchsuchungsbeschluss wieder. Es soll ja schon alles seine Richtigkeit haben, nicht wahr?« Er erhob sich brüsk: »Bemühen Sie sich nicht, wir finden selbst hinaus. Und falls Natalia in der Zwischenzeit auftauchen sollte, rufen Sie mich bitte an.«

Der junge Mann erhob sich ebenfalls: »Heißt das, dass Sie mit einem Durchsuchungsbeschluss wiederkommen werden?«

Irrte er sich, oder schwang jetzt etwas Besorgnis in seiner Stimme? Briamonte sah ihn ernst an: »Sehe ich aus, als würde ich scherzen?«

»Äh, nein, aber ich dachte, wenn mit Natalia etwas ist, kann es vielleicht nicht schaden, wenn Sie einen Blick in ihr Zimmer werfen. Obwohl nur ihre Möbel drinstehen, ihre persönlichen Sachen räumt sie immer aus, wenn sie untervermietet. Die Kiste steht in der Vorratskammer.«

»Warum haben Sie das nicht gleich gesagt?«

»Sie haben nicht gefragt.«

Briamonte musste tief Luft holen: »Darf ich dann *die Kiste* bitte sehen?«

Der Inhalt war dann wenig aufschlussreich. Ein paar Kleidungsstücke, zwei Paar Schuhe, diverse bunte Tücher, etwas Modeschmuck, Fotos, eine Handvoll Briefe, Postkarten, eine Duftkerze, ein paar Muscheln und ein Porzellanfigürchen. Routiniert durchsuchte Briamonte die bescheidenen Habseligkeiten der jungen Frau. Nichts, was darauf hinwies, dass Natalia Gianrico Masiero näher kannte. Keine gemeinsamen Fotos, keine Liebesbriefe. Immerhin.

Als sie wieder vor der Tür standen, schlug die Kirchturmuhr der Johanniskirche elf. Vertraute Töne. Briamonte hatte einen seltsamen Flashback und stand einen Moment lang unschlüssig da.

»Tutto bene?«, fragte Mantovani.

»Jaja, alles gut. Irgendwie unbefriedigend, das Ganze.«

Um halb eins waren sie zurück in Menzenschwand. Noch keine Spur von der Vermissten.

## 24

Der Lärm der Hausdurchsuchung hatte ihn aufgeschreckt und zum zweiten Mal aufs Dach flüchten lassen. Keine Chance, dort so schnell wieder herunterzukommen. Flach an die Dachziegel gepresst, lag er frierend im Dunkeln und lauschte. Die Umgebung des Hauses war durch die Scheinwerfer der Feuerwehr hell erleuchtet, weshalb er nicht wagte, sich zu rühren. Sie suchten sicher das Mädchen, aber das würden sie nicht so schnell finden!

Bis zum Morgengrauen hatte er letzte Nacht das Haus durchsucht. Gästetoiletten, Küche, Theke, Vorratsraum, Gasträume. Jede Tischdecke hatte er angehoben, jeden Blumentopf durchsucht. Sogar die Kühl- und Gefrierschränke hatte er durchwühlt. Nichts. Mittlerweile war er zermürbt von diesem unseligen Auftrag und ertappte sich immer wieder dabei, über eine Alternative nachzudenken. Aber hatte er irgendeine Chance davonzukommen? Nein. Denen entkam man nicht. Er hatte, genau genommen, nur noch eine Option. Das Mädchen. Wenn jemand wusste, wo dieser stronzo sein Handy versteckt hatte, dann sie. Er musste nur unbemerkt an sie herankommen. Wenn sie etwas wusste, würde sie es verraten. Der Gedanke daran entlockte ihm ein widerliches Lachen.

## 25

»Johann! Wach auf!«

Briamonte schreckte aus dem Tiefschlaf hoch. »Was? Wo?«

Seine Mutter stand vor der Couch, der Hund eng an ihr Knie geschmiegt. Pelziger Verräter!, dachte Briamonte, bevor er die Augen richtig aufhatte. »Was ist? Wie spät ist es?«

»Zehn nach sieben, ich sollte dich wecken. Das Frühstück ist schon fertig.«

Punkt acht saß er im Einsatzleitfahrzeug der Bergwacht.

Es gab noch keine Spur von der Vermissten.

Briamonte rieb sich nachdenklich das Kinn: »Wie lange,

schätzen Sie, wird die Suchaktion nach Natalia Danyljuk dauern?«, fragte er den Einsatzleiter, dem man die durchwachte Nacht ansah.

»Das kommt darauf an. Der Schwarzwald ist groß. Ein paar Tage kann es schon gehen.«

»Haben Sie die Nacht durch gesucht?«

»Ja.«

»Wie viele Hunde sind denn im Einsatz?«

»Hunde sind es aktuell fünfzehn, wenn es nötig sein sollte, können wir noch weitere Hundestaffeln hinzuzuziehen.«

Briamonte blickte auf die große Karte, die in verschiedene Bereiche eingeteilt war: »Sind das …«

»Die verschiedenen Sektoren. Das da ist der primäre Suchbereich, um das Hotel und das Dorf herum. Der ist aber schon abgebaut, das heißt, er wurde ergebnislos durchsucht, und hier sind die Mannschaften gerade dran.«

Ein riesiges Gebiet. Briamonte fühlte sich plötzlich mutlos, obwohl er genau wusste, dass etwa fünfundneunzig Prozent aller vermissten Personen wieder auftauchten. Blieben die fünf Prozent, deren Verbleib nicht geklärt werden konnte. Erst letztes Jahr hatte es mehrere großangelegte Suchaktionen nach einem älteren Mann gegeben, der am Schluchtensteig vermisst wurde. Leider erfolglos. Er war bis heute verschwunden, wie er von seiner Mutter wusste. Hoffentlich gehörte Natalia Danyljuk nicht zu diesen fünf Prozent.

»Wir tun, was wir können«, versicherte der Einsatzleiter.

Briamonte bedankte sich und rief in Waldshut an, aber auch da gab es nichts Neues. An Telefon und Laptop der Vermissten waren die Spezialisten dran. Die Auskünfte bezüglich der Identität des Toten waren allesamt negativ, und die Auswertung der beschlagnahmten Computer aus der Hausdurchsuchung dauerte seine Zeit.

Briamonte war frustriert. Leerlauf war etwas, mit dem er

ganz schlecht umgehen konnte, auch wenn es in jeder Ermittlung einen Moment gab, wo er warten musste, bis die Kriminaltechnik ihre Arbeit abgeschlossen und potenziell neue Erkenntnisse gebracht hatte.

Das bedeutete, dass er in der Zeit seinen Kollegen Schopferer mit einigen weiteren Aufträgen betrauen musste: Studiensekretariat, Fakultät, Dozenten, Kommilitonen und Eltern der Vermissten kontaktieren und befragen, also rief er ihn an. »Und Schopferer, ich werde heute noch einmal nach Freiburg fahren. Rufen Sie mich an, wenn ich vor Ort etwas klären kann. Eins noch: Wann ist die Kollegin wieder da? Gibt es niemand anderen, der mich hier noch unterstützen kann? Sind denn alle krank? Oder habt ihr so viele Fälle? Das ist eine Mordermittlung und wird langsam wirklich schwierig!«

»Ich verstehe Sie, und wir sind mit Hochdruck dran, jemanden zu organisieren. Tut mir leid! Haben Sie noch ein bisschen Geduld.«

Genau das hatte er nicht, aber er legte auf und wählte Mantovanis Nummer: »Buongiorno Mantovani. Haben Sie beide Lust, heute nach Freiburg zu fahren?«

Sie hatten. Eine Stunde später waren sie mit Briamontes altem Defender auf dem Weg nach Freiburg. Die Temperaturen waren in den wenigen Tagen, die Briamonte hier war, deutlich gesunken. Das bunte Laub hatte sich merklich gelichtet, und der Himmel erstrahlte in einem transparenten Blau. Auf den Wiesen und Weiden glitzerte der Raureif in der Morgensonne. Caterina Mantovani war begeistert. Die Landschaft erinnere sie an Elfen, Waldgeister und die Märchen der Brüder Grimm. »Ein ganz bestimmtes Märchen. Ich hab's! *Das kalte Herz!*«, rief sie. »Kohlemunk-Peter, der unzufriedene Köhler!«

»Aber das ist von Hauff, amore, nicht von den Brüdern Grimm«, kam es vom Beifahrersitz.

»Ach, Mantovani.«

»Doch, wetten wir?«

»Mit dir wette ich nicht mehr.«

»Ich weiß warum«, foppte er sie, »du hast Angst zu verlieren. Und du schuldest mir noch eine Lastwagenladung Schokolade.«

Briamonte lauschte dem launigen Schlagabtausch der beiden. Genauso wünschte er sich eine Partnerschaft: liebevoll, wertschätzend, vertraut, lustig und harmonisch. Doch welche Frau würde sich mit einem so spröden, missmutigen und eher einzelgängerischen Kerl wie ihm abgeben? Dabei war er ja gar nicht so. Im Grund seines Herzens war er noch immer das trauernde, tief verletzte Kind, das sich nach Geborgenheit, Zärtlichkeit und Anerkennung sehnte. Nicht, dass seine Mutter ihr einziges Kind nicht innig geliebt hätte, aber der frühe Tod des Vaters und die latente Ablehnung im Dorf als »Italienerkind« hatten tiefe Spuren hinterlassen.

Caterina Mantovani unterbrach seine trüben Gedanken. »Commissario.« Sie nannte ihn Commissario, so wie sie ihren Ehemann Mantovani nannte. »Gibt es eigentlich noch Köhler im Schwarzwald?«

»Äh, ich denke schon. Ich weiß es nicht, ehrlich gesagt«, gab Briamonte zu, und Mantovani antwortete für ihn: »Es gibt sie noch, aber nicht mehr viele. Hast du übrigens gewusst, dass der Schwarzwald vor zweihundert Jahren nahezu abgeholzt war?« Mantovani drehte sich zu seiner Frau um, die von Briamontes Hund liebevoll belagert wurde.

Briamonte lachte. »Sie wissen besser Bescheid als ich! Schande über mich!«

»Mein Mann weiß *immer* über *alles* Bescheid!«, kam es

von hinten: »Er hat über den Schwarzwald im Vorfeld eine halbe Masterarbeit geschrieben«, spottete sie liebevoll.

»Du übertreibst. Amore. *So* schlimm bin ich nicht.«

»Doch! Commissario, stellen Sie sich vor, er ist nicht nur eine wandelnde Touristen-Info, sondern weiß zum Beispiel auch bis ins Detail, wie die Schwarzwälder jahrhundertelang ihre Wälder vermarktet haben. Sogar bis nach Holland! Haben Sie zum Beispiel gewusst, dass Amsterdam auf Schwarzwälder Tannen steht?«

»Das wusste ich nicht«, gab Briamonte freimütig zu.

»Der Dom in Speyer und das Münster in Straßburg wurden auch mit Holz aus dem Schwarzwald erbaut.«

»Wirklich? Ich habe von diesen Dingen keine Ahnung.«

»Der Holzhandel und die damit verbundene Flößerei waren ein Riesengeschäft. Bis zum Dreißigjährigen Krieg und später noch einmal, bis die Eisenbahn kam. Dann war Schluss.«

»Kein Wunder, dass der Wald dann abgeholzt war.«

»Ja, aber daran war nicht nur der Holzhandel schuld. Auch die beginnende Industrialisierung, der Bergbau, die Glasbläsereien.«

»Dann wurde aufgeforstet.«

»Genau, mit Fichten, die wachsen schnell, sind aber für die Bedingungen hier nicht sehr geeignet. Eine Monokultur. Deshalb gibt es jetzt so viel Probleme mit dem Borkenkäfer.«

»Aha.« Briamonte hob die Augenbrauen. Er blinkte und bog am Notschrei links ab, in Richtung Hofsgrund.

»Aber es gibt Projekte, die den krankenden Wald wieder zu einem gesunden Wald machen. Ein Wald, der den aktuellen klimatischen Anfordernissen besser gewachsenen ist. Mischwald, wie früher, auch in Menzenschwand übrigens. Nachhaltige Weide- und Waldwirtschaft.«

»Biosphärengebiet Südschwarzwald, davon habe ich erst kürzlich gehört!«, warf Briamonte ein. Immerhin etwas.

»Richtig. Naturschutz, nachhaltige Wertschöpfung und gemeinsame Vermarktung.«

»Und ich dachte, Sie seien Polizist und kein promovierter Forstwissenschaftler. Woher …«

»Woher er das alles weiß?«, fragte Caterina Mantovani lachend. »Mein Mann hat ein großes Informationsbeschaffungsbedürfnis und ein noch größeres Informationsmitteilungsbedürfnis.«

»Ich traue mich jetzt gar nicht mehr, Ihnen etwas über Freiburg zu erzählen«, scherzte Briamonte selbstironisch.

»Über Freiburg weiß ich absolut gar nichts«, log Mantovani freundlich.

Sie fuhren wieder nach Günterstal, wo Briamonte ihnen das Kloster Lioba zeigte, das aussah, als käme es direkt aus der Toskana, und parkten dann in der Schwaighofstraße in der Unterwiehre. In diesem Viertel mit seinen alten Villen und Häusern hatte Briamonte vor zwanzig Jahren bei einer alten Dame zur Untermiete gewohnt: vier Meter hohe Räume, Mosaikparkett und hortensienumsäumter Garten inklusive, den er regelmäßig mit einem antiquierten Rasenmäher mähen musste.

Freiburg zeigte sich von seiner schönsten Seite. Die Temperaturen hier unten waren spätsommerlich, und alle Cafés hatten draußen bestuhlt. Briamonte führte seine Gäste in Richtung Martinstor, wo er rechts in die Gerberau abbog und einen kurzen Abstecher zur Fischerau und zum Adelhauser Platz machte, bevor er über den Augustinerplatz nach Oberlinden und zur Herrenstraße ging und von der Rückseite zum Münster einbog. Der Markt rund ums Münster war gut besucht. Auf der Südseite, der Händlerseite, strahlten das Münster, die alte Wache und das alte

Kaufhaus in der Sonne um die Wette, und Briamonte vergaß über der ehrlichen Begeisterung seiner Gäste eine Weile seine Sorgen. Briamonte zeigte ihnen die ausgefallenen Wasserspeier auf dem Dach, den Turm, das imposante Portal, die in den Stein gehauenen, mittelalterlichen Brotmaße und ging dann hinüber zur Nordseite, wo die Bauern alles anboten, was die Jahreszeit hergab: Äpfel, Nüsse, Trauben, neuer Süßer, Feldsalat, Blumensträuße mit Dahlien und Astern, Kohlköpfe, Brot, Schnaps, Marmelade und Kuchen. Briamonte atmete tief diesen einzigartigen Geruch nach sonnenwarmem Kopfsteinpflaster, landwirtschaftlichen Produkten und gebratener Münsterwurst ein, deren Duft über die Marktstände wehte.

Schließlich drehte er sich zu seinen Gästen um: »Darf ich Sie zu einer Münsterwurst einladen? Das ist Pflicht, wenn man Freiburg besucht. Ich hoffe, Sie sind keine Vegetarierin, Signora Mantovani?«

Er durfte und aß die erste Münsterwurst seit fast zwanzig Jahren. Anschließend zeigte er ihnen noch den Rathausplatz, dann kehrten sie zum Mittagessen in den großen Meyerhof ein. Saure Leberle mit Brägele, die Empfehlung des Hauses.

Erst nach dem Essen wurde Briamontes Urlaubsstimmung getrübt. Kollege Schopferer rief ihn an. Er hatte eine Kommilitonin und Freundin Natalia Danyljuks ausfindig gemacht, die bereit war, mit ihm zu sprechen.

»Gehen Sie nur, wir können uns sehr gut selbst beschäftigen«, versicherte ihm Mantovani. »Meine Frau will noch das Münster von innen sehen, und ich würde gerne in das Sportgeschäft gehen, an dem wir vorhin vorbeigekommen sind. Lassen Sie Gismo bei uns, wir treffen uns später, im Café Gmeiner, einverstanden?«, schlug er augenzwinkernd vor.

»Café Gmeiner? Wo ist das?«

Die Freundin der Vermissten wohnte im Stühlinger, einem studentischen Stadtteil hinterm Bahnhof, und wollte ihn im Café Satz treffen. Briamonte nahm die Straßenbahn. Er war zu früh und setzte sich auf eines der alten Sofas. Das Café sah aus wie ein Wohnzimmer mit gut bestückter Bibliothek im Nebenraum. Offenbar ein Antiquariat. Nett. Nie gesehen.

»Was darf ich Ihnen bringen?«

»Ich warte noch auf jemanden, danke. Vorab vielleicht ein Wasser.«

Eine junge Frau trat an seinen Tisch: »Herr Briamonte?«

Briamonte sah auf: »Ja. Milena Andrejew?«

Sie reichte ihm die Hand, setzte sich ohne Umstände und sah ihn fragend an.

»Danke, dass Sie gekommen sind. Sie sind eine Freundin von Natalia?«

»Ja. Warum wollen Sie mich sprechen? Ist etwas passiert?« Schüchtern war sie nicht.

»Ihre Freundin Natalia wird vermisst.«

»Vermisst? Was bedeutet das? Seit wann?«

»Das bedeutet, dass sie weder an ihrem Arbeitsplatz noch in ihrem Zimmer oder sonst wo zu finden ist. Ich weiß nicht, ob Sie Bescheid wissen, aber ein Kollege Ihrer Freundin wurde ermordet, und wir würden sie gerne dazu befragen.«

»Denken Sie, dass Natalia ihn umgebracht hat?« Sie wirkte besorgt, aber vollkommen unbefangen.

»Ich denke erst einmal gar nichts und hätte nur gerne mit ihr gesprochen.«

Briamonte betrachtete sie unauffällig. Sie war groß, attraktiv und selbstbewusst. Typ Elina Garanca, die lettische Mezzosopranistin, die er sehr verehrte. »Darf ich Sie zu etwas einladen?«, fragte er, als die Bedienung mit seinem Wasser kam. Die beiden Frauen begrüßten sich, als würden sie sich kennen, und Briamonte wurde mit einem neugierigen Blick bedacht.

»Einen Kaffee? Oder lieber Tee? Ein Stück Kuchen?«

»Nein danke, nur ein Glas Wasser.«

Als die Bedienung gegangen war, nahm Briamonte den Faden wieder auf. »Sind Sie auch Ukrainerin?«

»Ja. Natalia und ich kommen aus derselben Stadt und studieren das Gleiche.«

»Was denn?«

»BWL Public and Non-Profit-Management.«

»Interessant. Wie lange haben Sie noch bis zum Examen?«

»Zwei Semester.«

»Was haben Sie danach vor, wenn ich fragen darf?«

»Ich habe bereits eine Stelle in Kiew.«

»Natalia auch?«

»Nein. Natalia würden keine zehn Pferde mehr in die Ukraine zurückbringen! Außer zu Besuchen bei ihren Eltern.« Sie lachte. »Natalia hat am Leben hier Gefallen gefunden. Sie würde gerne einen netten, gut verdienenden Mann finden, ein paar Kinder haben und nur noch ehrenamtlich arbeiten.«

»Hat sie einen Freund?«

»Nein.«

»Wann haben Sie Natalia zuletzt gesehen oder gehört?«

Sie musste nicht lange nachdenken. »Am Samstag, da haben wir telefoniert.«

»Hat Natalia Sie angerufen?«

»Ja. Sie hat mir erzählt, dass Gianrico gestorben ist. Der arme Kerl!«

»Hat sie wirklich ›gestorben‹ gesagt?«

»Ja. Zuerst ja. Wobei ich das im Nachhinein etwas merkwürdig fand, denn er ist ja von ihrem Chef erschossen worden, wie sie anschließend erzählt hat. Das stimmt doch, oder?«

Briamonte machte ein neutrales Gesicht. »Hat sie das so erzählt? Wie kam sie darauf? Hat sie sonst noch etwas gesagt?«

»Nein. Nur etwas in der Art: ›Der Alte war's‹.«

»Hat sie es genau so formuliert? Oder eher: ›Ich glaube, der Alte war's‹?«

»Nein. So, wie ich es gesagt habe.«

Das Wasser kam, und die junge Frau nahm einen Schluck.

»Haben Sie das ernst genommen? Hat sie gesagt, dass sie den Mord beobachtet hat?«

»Nein, nein, das nicht.«

»Haben Sie sie gefragt?«

»Ja, natürlich.«

»Und was hat sie geantwortet?«

»Dass sie nichts gesehen hat. Aber sie war, wie gesagt, überzeugt, dass es ihr Chef war.«

»Hatten Sie den Eindruck, als wäre sie um ihre Sicherheit besorgt?«

Sie überlegte. »Nicht wirklich. Sie war nur traurig.«

»Hm.« Briamonte runzelte die Stirn: »Hatte sie vor, die Polizei zu verständigen?«

»Nein.«

»Sind Sie sicher? Hat sie nichts dergleichen vorgehabt? Wissen Sie, warum nicht? Wenn sie ihren Chef für einen Mörder hielt? Wollte sie denn nicht, dass Gianricos Mörder für seinen Tod zur Rechenschaft gezogen wird?«

»Das kann ich nicht beantworten.«

»Haben Sie ihr nicht dazu geraten?«

»Nein. Wozu? Das musste sie selber wissen.«

»Verstehe ich das richtig, dass das Gespräch nicht von Angst geprägt war?«

»Nein, nicht wirklich.«

»Macht Ihnen das keine Sorge, dass Ihre Freundin im Haus eines mutmaßlichen Mörders wohnt und arbeitet?« Beinahe hätte er die Vergangenheitsform benutzt.

Sie zögerte nur kurz. »Nein. Sie macht ihre Arbeit und hält sich aus allem heraus. Damit fährt man immer am besten.«

Briamonte wechselte das Thema: »Standen sie sich nahe, die beiden? Natalia und Gianrico?«

»Was meinen Sie mit ›nahe‹?«

»Waren sie nur Kollegen? Oder Freunde? Oder sogar *sehr* gute Freunde?«

»Sie waren befreundet. Nur befreundet.«

»Sein Tod ist ihr sicher sehr nahegegangen.«

»Ja, natürlich.«

»Was wissen Sie noch über den toten jungen Mann?«

»Nicht viel. Dass er nett war. Und dass er in die Tochter des Chefs verliebt war.«

»Das hat sie Ihnen erzählt?«

»Ja. Weil er deswegen dauernd ausgeflippt ist und permanent schlechte Laune hatte.«

»Der Chef.«

»Ja.«

»Ist Ihre Freundin während ihrer drei Monate in Menzenschwand manchmal hier in Freiburg?«

»Ab und zu. Sie kommt aber immer nur für einen Nachmittag, ihr Zimmer ist ja untervermietet.«

»Sind Sie beunruhigt über Natalias Verschwinden? Oder macht sie das häufiger, ein paar Tage abtauchen? Was denken Sie, wo sie sein könnte? Hat sie noch eine gute Freundin, außer Ihnen, bei der sie unterkommen könnte?«

»Nein, nicht dass ich wüsste. Sie ist, im Gegensatz zu mir, ziemlich zurückhaltend.« Sie lachte, wurde aber sofort wieder ernst: »Denken Sie, dass ihr etwas zugestoßen ist?«

»Was denken Sie?«

»Ich wüsste nicht was, aber merkwürdig ist das schon ein bisschen.«

Briamonte holte die Fotos aus der Tasche: »Kennen Sie diese Leute?«

Sie sah sich die Fotos an und schüttelte den Kopf: »Nein.«

»Haben Sie eine Idee, wer das sein könnte?«

»Nein. Kommilitonen, schätze ich.«

»Und der hier?«

»Das ist Gianrico.«

»Sie kannten ihn persönlich?«

»Ja, natürlich. Er war mal mit in Freiburg.«

Briamonte lehnte sich zurück und betrachtete die junge Frau. »Wann war das?«

Sie überlegte: »Ende August, glaube ich.«

»War das das letzte Mal, dass Sie Natalia getroffen haben?«

»Nein. Sie war vorletzte Woche in Freiburg. Wir waren shoppen. Sie sagte, dass sie sich auf den Semesterstart freue.« Sie betrachtete ihn aufmerksam, und plötzlich zeigte sie Emotionen. Ihre Augen füllten sich mit Tränen, aber sie machte keine Anstalten sie wegzuwischen.

Briamonte trank einen Schluck Wasser, bevor er die nächste Frage stellte. »Klang Ihre Freundin am Samstag so, als fühle sie sich bedroht? Als wäre sie möglicherweise in Gefahr?«

»Nein.«

»Hätte sie Ihnen das erzählt, wenn es so gewesen wäre?«

»Natürlich! Sie wäre keine Sekunde länger dort oben geblieben!«

Briamonte trank sein Glas leer und gab der Bedienung ein Zeichen. Er war frustriert, obwohl Milena Andrejew bestätigt hatte, dass Natalia ihren Chef für den Mörder hielt. Herrn Mayer. Immerhin etwas, aber leider nichts, was ihn in der Vermisstensache weiterbrachte. Kein Hinweis, was mit der jungen Frau geschehen sein könnte. Außer, dass sie vielleicht doch etwas gesehen hatte, was den Mörder dazu gezwungen hatte, sie zu beseitigen.

Er schnaufte tief durch, zahlte, bedankte sich bei der jungen Frau und war fünf Minuten später auf dem Weg ins Café Gmeiner. Als er über die Stadtbahnbrücke ging, fiel ihm wieder ein, was ihm vorhin in den Sinn gekommen war. Mayers Auto! Verdammt! Die Hunde mussten sich noch einmal die Fahrzeuge der Familie ansehen!

»Schopferer, bitten richten Sie dem Einsatzleiter aus, er möge noch einmal ein paar Hunde ins Hotel schicken, um die Fahrzeuge der Wirtsfamilie zu untersuchen! Das vermisste Mädchen war überzeugt, dass ihr Chef Masiero erschossen hat.«

Kollege Schopferer war überrascht: »Oh! Tatsächlich? Ich werde es gleich veranlassen. Sind Sie noch in Freiburg?«

»Ja, aber ich bin am frühen Abend zurück. Die sollen zur Not ohne mich anfangen. Und Schopferer, die Spurensicherung soll doch bitte die Reifenabdrücke vom Tatort und dem Rabenfelsen mit den Reifen des Mayerschen Fuhrparks vergleichen. Vielleicht haben wir da einen Treffer?«

Das Gmeiner befand sich in dem Gebäude an der Ecke Kaiser-Joseph-Straße und Gerberau, in dem früher eine Bankfiliale war. Er fand Mantovani, seine Frau und Gismo an einem Tischchen vor einem großen Schaufenster voller Kuchen und Torten. Sein Hund hatte den Kopf auf Caterinas Knie, aber er wedelte erfreut, als er ihn sah. Zum Glück.

Mantovani bemerkte sofort Briamontes tiefe Stirnfalte. »Che c'è? Was ist? Brutte notizie? Schlechte Nachrichten?«

Briamonte setzte sich dazu und kraulte seinen Hund, der

seinen Kopf jetzt auf sein Knie legte: »Natalia Danyljuk hat ihrer Freundin erzählt, dass sie glaube, ihr Chef habe Masiero erschossen.«

»Oh.«

»Ja. Mein Kollege fordert noch einmal die Hundestaffel an. Die müssen sich die Fahrzeuge der Mayers anschauen. Und die Spurensicherung wird die Spuren am Tatort mit deren Reifenprofilen vergleichen.«

»Das heißt, dass wir jetzt gehen?«, fragte Caterina und winkte der Bedienung.

Briamonte kaufte drin eine hübsche Schachtel mit hausgemachten Pralinen für seine Mutter, dann nahmen sie die Straßenbahn bis zur Lorettostraße und waren kurz nach vier auf dem Weg zurück nach Menzenschwand.

Die Schweißhunde fanden nichts. Weder im Wagen von Herrn Mayer, noch in dem seiner Frau und seiner Tochter. Briamonte war enttäuscht. Er stand mit Mantovani auf der Straße und beobachtete den Einsatz, während Herr Mayer oben am Eingang stand. Mit verschränkten Armen und versteinerter Miene. Die Hundeführerin kam und meldete, dass die Hunde keine Witterung aufnehmen konnten.

»Das heißt, dass die junge Frau in keinem dieser Fahrzeuge war.«

»Ja.«

»Wie sicher ist das?« Briamonte runzelte zweifelnd die Stirn.

»Sehr sicher.«

»Könnten sie innen gereinigt worden sein?«

»Schon, aber so sehen sie nicht aus.«

»Eine Sackgasse also«, murmelte Briamonte frustriert.

»Denken Sie denn, dass er Masiero erschossen hat?«, fragte Mantovani.

»Ich weiß es nicht. Es spricht einiges dafür.«

»Was lässt Sie zweifeln?«

»Die fehlende Jagdwaffe.«

»Sie denken, dass er, falls er es war, die Waffe nicht hätte entsorgen müssen? Da der Mörder ja mit einem Scharfschützengewehr geschossen hat?«

»So was in der Art«, erwiderte Briamonte zögernd.

Briamonte beobachtete nachdenklich das Verladen der Hunde, dann hellte sich sein Gesicht auf: »Vielleicht ist er es ja wirklich nicht gewesen.«

»Wie meinen Sie das?«

»Nehmen wir an, Herr Mayer ist auf der Jagd und schießt etwas.«

»Ja?«

»Er schießt etwas, was er verbergen will, und entsorgt deshalb die Büchse. Klar so weit?«

»Äh, nein.« Mantovani sah ihn fragend an.

»Er weiß ja nicht, dass eine andere Waffe im Spiel ist.«

»Hm.«

»Hätte er ein Stück Wild verletzt, würde er es nachsuchen lassen und nicht seine Waffe entsorgen. Es kann nur einen Grund geben, warum er das nicht getan hat.«

»Ich verstehe nicht.«

»Überlegen Sie.«

»Ich kann, ehrlich gesagt, nicht folgen.«

»Vielleicht …« Briamonte machte eine Kunstpause. »Vielleicht denkt er, er hätte Masiero erschossen? Weil der schon dort lag? Tot? Mit einem Loch in der Stirn?«

»Ist das Ihr Ernst?«, fragte Mantovani überrascht.

»Ja sicher! Überlegen Sie doch mal: Weder das verletzte Wildschwein noch irgendetwas anderes macht Sinn, wenn die Tatwaffe nicht seine Jagdwaffe war!« Briamonte schlug sich mit der flachen Hand an die Stirn: »Dass ich da nicht früher draufgekommen bin! Er schießt, trifft tatsächlich das Schwein, entdeckt dann aber den getöteten Masiero.«

Mantovani staunte. »Gar kein schlechter Gedanke. Im Gegenteil! Ein verdammt guter Gedanke sogar! Das würde die verschwundene Waffe erklären. Er wusste ja nicht, dass Masiero schon tot war, und dass die Tatwaffe ein Scharfschützengewehr ist. Außerdem würde es den angeschossenen Schwarzkittel erklären, der nicht nachgesucht wurde. Er hatte keine Ahnung, dass er in Wirklichkeit das Wildschwein getroffen hat. Briamonte, Sie sind genial! Nur, wenn Ihre Theorie stimmt, haben wir gar keinen Anhaltspunkt mehr.«

»Das würde ich so nicht sagen. Er hätte immer noch jemanden beauftragen können, dann wäre das, was ich gerade zusammenphantasiert habe, ein ganz schlau eingefädeltes Ablenkungsmanöver.«

## 26

Am späten Vormittag war es ihm gelungen, vom Dach zu kommen und ungesehen das Haus zu verlassen. Er nahm das Auto, das er das letzte Mal im Vorderdorf bei der Jugendherberge abgestellt hatte, und fuhr nach St. Blasien, wo er etwas Geld abhob, ein bisschen einkaufte, um dann den Rest des Tages in verschiedenen Cafés zu vertrödeln. Sein Plan stand mittlerweile fest. Er wusste auch schon, wie er der Kleinen habhaft werden und sie ungestört dazu »überreden« konnte, das Handyversteck zu verraten. Zum Glück musste er ihr Zimmer nicht suchen, weil er sie einige Male beim Rauchen auf dem Balkon beobachtet hatte. Wenn alles nach Plan lief, könnte er übermorgen zurück sein. Grazie a Dio! Finalmente! Endlich!

## 27

Briamonte war fix und fertig. Hundemüde und schlecht gelaunt fuhr er zum Haus seiner Mutter. Zu seinem großen Bedauern musste er Mantovanis Einladung zum Essen ablehnen, denn er hatte gerade genug vom Fuchsen und musste noch dringend alle Erkenntnisse der letzten Tage zu sortieren. Glücklicherweise waren seine Mutter und Georg nicht zu Hause, so konnte er in aller Ruhe eine Fertigpizza in den Ofen schieben. Er schenkte sich ein Glas Wein ein, setzte sich an den großen Esstisch und begann, alle losen Enden dieses Falls zu ordnen.

Doch eine Pizza und zwei Gläser Wein später warf er den Stift auf die Blätter, die er in den letzten eineinhalb Stunden vollgeschrieben hatte. *Verdammter Mist! Wer zum Teufel bist du, Gianrico Masiero? Wie heißt du wirklich und warum, zur Hölle, hast du dich hier erschießen lassen? Idiot! Hat das ausgerechnet hier sein müssen? Und wo steckt Natalia Danyljuk?* Nur eines war ganz sicher: Als der junge Italiener erschossen wurde, war sie noch da und hat noch gelebt.

Plötzlich schoss ihm ein irrer Gedanke durch den Kopf.

War es möglich, dass *sie* für den Tod ihres Kollegen verantwortlich war und sich abgesetzt hatte? Nachdem sie eine äußerst kluge, falsche Spur gelegt hatte? Wirklich viel hatte er über die junge Ukrainerin nicht erfahren. Sie schien ein sehr bescheidenes und unauffälliges Leben zu führen, aber wer konnte schon in einen Menschen hineinschauen? Als er vorhin die Aussagen ihrer Freundin Milena niederschrieb, kam ihm in den Sinn, dass es sich – genau genommen –

auch um ein Verbrechen aus Leidenschaft gehandelt haben könnte. Warum eigentlich nicht? War es so abwegig, dass sie in ihren Kollegen verliebt gewesen war, *bevor* er sich in die Tochter seiner Arbeitgeber verguckt hatte? Oder sogar *trotzdem*? Immerhin war sie mit ihm alleine in Freiburg gewesen. Wäre es denkbar, dass der junge Italiener sterben musste, weil er sich von ihr abgewandt oder sie abgewiesen hatte? Unerwiderte Liebe? Wäre es möglich, dass sie einen Mordauftrag erteilt hat? Dass sie selbst geschossen haben könnte, war nicht ganz abwegig, hielt er aber für wenig wahrscheinlich. Die Tatwaffe war, statistisch gesehen, ein Männerding.

Briamonte stellte fest, dass er einen Auftragsmord durchaus für möglich hielt.

In dem Moment kam sein Hund ins Esszimmer getrottet und schob die Schnauze unter seine Hand. Zeit Gassi zu gehen. Kurz entschlossen zog Briamonte seine Laufsachen an und nahm das Stirnband mit der Lampe mit. Der Hund hatte seine helle Freude. Übermütig kläffend, sprang er neben seinem Herrchen her, der in strammem Tempo den Albweg entlanglief und dann die gemächliche Steigung hoch zur Finsterbühlhütte nahm. Der Mond und die Lampe erleuchteten den Weg. Briamonte hielt trotz vollem Magen und nicht unbeträchtlichem Alkoholpegel das Tempo und spürte nach einer Weile, wie ihm die Anstrengung guttat. Er lief stetig und kraftvoll durch den nächtlichen Wald, dessen Stille nur durch seine regelmäßigen Schritte und den keuchenden Atem gestört wurde. An der Krunkelbachhütte vorbei zum Spießhorn hoch, dem Bernauer Hochtalsteig entlang, dann in Serpentinen wieder hinunter und zurück ins Vorderdorf. Völlig ausgepumpt, aber zufrieden trabte Briamonte in mäßigem Tempo die Dorfstraße entlang, am Fuchsen vorbei, als er unvermittelt stehen blieb und sein hinterherhechelnder Hund in ihn hineinlief. Was war das? Das Hotel lag dunkel und friedlich im Mondschein, aber irgendwas hatte ihn irritiert. »Wer ist da?!«, rief er in die Dunkelheit, aber es war nur das Rauschen des Albbachs zu hören. »Hallo?! Wer ist da? Polizei!« Er überquerte die Straße, ging zum Hoteleingang, stieg die Stufen hinauf und prüfte die Tür. Sie war verschlossen. Gut so. »Gismo, wo bist du?« Sein Hund war ihm hinterhergetrottet, aber er machte nicht den Eindruck, als hätte er etwas Verdächtiges gewittert. Wobei er die Qualitäten seines Tieres als Wach- und Schutzhund gar nicht kannte. Na gut. »Lass uns nach Hause gehen, mein Großer. Hast dich gut geschlagen!«

Zu Hause angekommen, sah er, dass es bereits halb drei war. Er füllte den Wassernapf frisch auf, duschte kurz und fiel dann in einen tiefen, traumlosen Schlaf.

## 28

Che coglione!! Che cazzo di coglione!! Was für ein Arschloch!! In dem Augenblick, als er sich aus der Dunkelheit löste und die Haustüre aufschließen wollte, kam dieser Bulle daher. Che cazzo fai qui, maledetto sbirro?!! Was zum Teufel machst du hier, verdammter Bulle?!! Mitten in der Nacht? Um ein Haar wäre er aufgeflogen, aber mit einem kühnen Satz konnte er sich über das Geländer schwingen und in den Schatten der Treppe ducken. Zum Glück merkte der dumme Köter nichts. Nach unendlichen Minuten, in denen er glaubte, sein Herz müsse zerspringen, trollte sich der Scheißbulle. Er wartete einen Moment, bis sich die Laufschritte in der Ferne verloren, dann richtete er sich auf, schnaufte tief durch – und stolperte hinterrücks über die Einfassung des Rosenbeets. Fluchend rieb er sich den anschwellenden Knöchel und rappelte sich auf. Cazzo! Diese Schmerzen, er konnte kaum auftreten! So konnte er unmöglich das Haus durchsuchen. Mühsam humpelnd kehrte er zu seinem Wagen zurück. Noch ein verdammter Tag vertan!

## 29

Plötzlich fuhr er hoch und saß hellwach auf der Couch! Mit einem Mal wusste er, was ihm seit Tagen latent im Kopf herumgeisterte. Der nächtliche Lauf hatte offenbar die Hirnwindungen gelockert: Warum wurde Gianrico Masiero hinten beim Krunkelbach erschossen? Das war doch eine zentrale Frage, verflucht! Sein Mörder hatte dort auf ihn gewartet! Das war kein Zufallstreffer gewesen! Warum also war Masiero dort? In einer Bachsenke, verborgen, hinter Unterholz und kleinen Bäumen? Was wollte er da? Und woher wusste sein Mörder, dass er um diese Zeit dort sein würde? Hatte er ihn hingelockt? Oder locken lassen? Wer hat dann mit dem Mörder kooperiert? Und noch etwas kam ihm jetzt erst in den Sinn: Masiero hatte keinen Schlüssel bei sich. Warum? Er hatte doch sicher einen Haus- und einen Zimmerschlüssel? Falls er ihn vergessen hatte, hätte er im Zimmer sein müssen, war er aber nicht. Wo also war der Schlüssel?

Briamonte befreite sich, unterirdisch schlecht gelaunt, aus der Decke, auf der der noch schlaftrunkene Hund lag, dicht angeschmiegt an den schnurrenden Kater.

»Guten Morgen, Johann! Du bist schon wach? Magst du auch gleich einen Kaffee?« Seine Mutter betrachtete ihren dreitagebärtigen, zerzausten, zerknitterten und gereizten

Sohn, der in diesem Zustand beinahe angsteinflößend aussah. »Was ist passiert?«

»Mmh.«

»Du musst es mir nicht sagen. Soll ich dein Brot toasten?«

»Ich habe etwas Wichtiges übersehen.«

»In dem Mordfall?«

»Ja.« Er setzte sich, wie er war, in Boxershorts und T-Shirt an den Tisch und stützte den Kopf in die Hände.

»Was denn?«, fragte sie so unbefangen wie möglich und stellte ihm einen Teller hin.

»Warum, zum Teufel, war der Kerl am Krunkelbach?«

»Du sollst nicht so viel fluchen, Johann Briamonte. Na, ist doch klar: Weil er sich dort immer mit Eva Mayer getroffen hat.«

»Wie bitte?« Briamonte hob den Kopf. »Woher weißt du das?!«

»Alle wissen das.«

»Was heißt das?«

»Na, das ganze Dorf. Erst ist der Junge dorthin gegangen und dann, eine halbe Stunde später, das Mädchen auf dem Fahrrad hinterher. Die mussten sich vor dem Alten in Acht nehmen.«

»Und jeder hat das gewusst?«

»Ja klar.«

»Und wie oft ist das so gegangen?«

»Jeden Tag mindestens einmal, meist so am späten Nachmittag, bevor die Abendschicht angefangen hat.«

»Hast du ihn denn am letzten Freitag zufällig dorthin gehen sehen?«

Sie überlegte. »Freitag, warte, was war da … Ach, das Orgelkonzert. Da bist doch auch du gekommen.«

»Ja.«

»Nein, am Freitag habe ich ihn nicht gesehen.«

»Ganz sicher?«

»Ganz sicher.«

»Das heißt ...« Briamonte rieb sich das Kinn und verstummte. Wenn alle gewusst hatten, dass sich Masiero und seine Freundin jeden Nachmittag am Krunkelbach trafen, war es auch für den Mörder nicht schwer, ihm dort aufzulauern. Die Frage war jetzt nicht mehr, *warum* Masiero dort war, sondern, warum seine Freundin *nicht* dort aufgetaucht war! Verdammt! Er musste das Mädchen unbedingt noch einmal sprechen.

»Wie spät ist es? Ich muss gleich los.«

»Erst halb acht. Iss dein Brot und trink deinen Kaffee! So viel Zeit muss sein. Und«, sie lächelte augenzwinkernd, »ich will dich ja nicht bevormunden, aber vielleicht rasierst du dich auch noch und kämmst dir die Haare. Du siehst aus wie Räuber Hotzenplotz. Und vielleicht schaust du ein bisschen weniger grimmig in die Welt? Das Maidle erschreckt sich sonst zu Tode.«

Um halb neun stand er frisch rasiert, ordentlich gekämmt und einigermaßen neutral schauend an der Rezeption des Fuchsen und verlangte die jüngste Tochter zu sprechen. Nein, er wolle nicht später wiederkommen.

Während er wartete, rief er seinen Kollegen an: »Schopferer, guten Morgen, hören Sie. Mir ist gestern Nacht ein Gedanke gekommen.«

»Ja?«

»Was, wenn die vermisste junge Frau nicht vermisst würde, sondern sich abgesetzt hätte?«

»Ich verstehe nicht ganz«, kam es zögernd von der anderen Seite.

»Was, wenn Natalia Danyljuk Masiero auf dem Gewissen hätte? Wenn sie eine falsche Spur gelegt hätte und uns alle an der Nase herumführen würde?«

Schopferer war einen Moment lang still: »Hm, wie kommen Sie darauf?«

»Ich war doch gestern in Freiburg und habe ihre Freundin getroffen.«

»Milena Andrejew.«

»Ja, genau. Sie sagte mir, dass Natalia mit Masiero in Freiburg gewesen sei.«

»Ach.«

»Ja genau. In ihrem Zimmer habe ich ein Foto mit Masiero gefunden. Sie und er.«

»Und Sie glauben jetzt, dass … ähm … was genau?«

»Ich habe mich gestern Abend gefragt, ob Natalia in Masiero verliebt gewesen ist. Vielleicht waren sie sogar ein Paar.«

»Aber er war doch mit der Tochter der Wirtsleute liiert, dachte ich?«

»So isses. Das schließt doch aber nicht aus, dass sie eifersüchtig gewesen sein könnte? Und sich möglicherweise rächen wollte?«

»Wir sollten die Ergebnisse der Handy- und Computerauswertung abwarten, aber wir könnten, zusätzlich zu der Suche der Bergwacht, eine Suchmeldung herausgeben. Und natürlich noch weiter in ihrem Freundeskreis nachhaken. Falls da etwas gewesen wäre, wüsste das vielleicht der eine oder andere?«

»Würden Sie das bitte veranlassen? Und Schopferer, fragen Sie bitte noch einmal nach, ob irgendjemand den Hotelschlüssel des Opfers gefunden hat.« Briamonte sah zur Treppe, wo er eben Mantovani und seine Frau erblickte, und sein Gesicht hellte sich auf. Er machte ein Zeichen, dass er gleich zu ihnen kommen würde, und wandte sich wieder seinem Kollegen zu: »Wann bekommen wir die Auswertungen? Und die der Hausdurchsuchung?«

»Ich hab's dringend gemacht, aber Sie wissen ja.«

»In Ordnung, danke. Wann kann ich mit der versprochenen Kollegin rechnen? Oder jemand anderem? Es kann doch nicht sein, dass ihr keine ausreichenden Personalressourcen habt? Wann haben *Sie* denn das letzte Mal lange genug geschlafen?«

»Ich kümmere mich um alles und melde mich wieder, einverstanden?«, versicherte er eilig und legte auf.

Briamonte steckte sein Handy weg und fing Frau Mayer ab, die gerade an ihm vorbeieilen wollte. »Frau Mayer. Ihre Tochter. Jetzt!«

Die junge Frau war noch blasser und durchsichtiger als beim letzten Mal. Sie schien gar keine Knochen mehr im Leib zu haben und saß oder vielmehr hing in einem Sessel, der vors Fenster geschoben war. Das Mädchen sollte sich mal ein Arzt ansehen, dachte Briamonte, aber er konnte jetzt keine Rücksicht nehmen, er musste sie unbedingt sprechen. Frau Mayer stand im Türrahmen und wachte über ihr Kind.

»Fräulein Mayer, guten Morgen. Darf ich Sie Eva nennen?« Briamonte zog sich einen Stuhl her und setzte sich neben sie: »Wissen Sie noch, wer ich bin?«

Sie nickte, sah ihn aber nicht an.

»Es tut mir wahnsinnig leid, aber ich muss Ihnen unbedingt noch ein paar Fragen stellen.« Er räusperte sich. »Ich möchte wissen, ob es stimmt, dass Sie sich regelmäßig mit Ihrem Freund am Krunkelbach getroffen haben.« Briamonte wandte sich zu ihrer Mutter um, die ihren Unmut nur schwer verbergen konnte.

»…«

»Ist das ein Ja?«

»…«

»Haben Sie jedes Treffen extra vereinbart, oder trafen Sie sich jeden Tag zur selben Zeit?«

»…«

Briamonte beugte sich vor: »Es tut mir leid, ich kann Sie nicht verstehen.«

»Jeden Tag«, antwortete sie tonlos.

»Also nicht jedes Mal neu verabredet, verstehe ich das richtig?«

Sie nickte matt.

»Können Sie mir sagen, wie genau das ablief? Um welche Uhrzeit? Ich nehme an, Sie gingen nicht zusammen, oder?«

»Er ging immer zuerst, um vier.«

»Zu Fuß?«, fragte Briamonte, der sie kaum verstand.

»Um halb fünf habe ich das Fahrrad genommen.«

»Wann sind sie zurückgekommen?«

»Halb sechs.« Jetzt liefen ihr die Tränen übers Gesicht, aber Briamonte musste dranbleiben: »Wer wusste alles, von diesem … Arrangement?«

»Niemand.«

Grundgütiger, Kindchen, bist du naiv, dachte Briamonte innerlich aufstöhnend. War die junge Frau wirklich schon dreiundzwanzig? Sie wirkte wie sechzehn. Höchstens. Er sah sich zu Frau Mayer um, die mit ihrer versteinerten Miene aussah, als würde sie ihn am liebsten auch erschießen.

»Und wenn mal etwas dazwischenkam? Es kam doch schon mal was dazwischen, oder? Wie verständigten Sie sich dann? Ihr Freund hatte ja kein Handy«, fragte Briamonte so einfühlsam wie möglich.

»…«

»Wie bitte?«

»Der Faden.«

»Der Faden?! Das müssen Sie mir erklären.«

»Wir haben einen Faden an das Hirschgeweih im Foyer gehängt.«

Briamonte machte große Augen. »Jeweils der, der keine Zeit hatte, hängte einen Faden ins Geweih, damit der jeweils andere nicht umsonst geht?«

»Ja.«

»Zu einer Schlaufe geknotet, oder wie kann ich mir das vorstellen? Ein loser Faden fällt doch ganz leicht herunter.«

»Ja.«

»Und wo genau haben Sie den Faden dann hingehängt?«

»An die rechte Schaufel, in der Mitte.«

Briamonte versuchte sich das gewaltige Hirschgeweih vorzustellen, das unten im Foyer hing.

»Haben Sie Ihren Faden da?«

Sie langte in die Tasche ihres Kapuzenpullis und holte einen dünnen hellbraunen Faden heraus, der zu einer Schlaufe geknotet war. An einem Geweih war der sicher nur für Eingeweihte zu entdecken.

»Was ist das für ein Faden? Woher haben sie den?«

»Aus dem Nähkästchen.«

»Aus Ihrem?«

»Nein. Dem meiner Mutter.«

»Und letzten Freitag, wie war es da?« Jetzt kam der schwierigste Teil, und Briamonte hielt beinahe die Luft an: »Waren Sie da am Krunkelbach?«

»Nein.«

»Hing da ein Faden im Geweih?«

»Ja.«

»Ja?! Von Ihrem Freund hingehängt?«

»Ja«, hauchte sie und wischte mit einer kraftlosen Geste die Tränen weg.

»Das heißt, Sie sind nicht zum Krunkelbach gefahren.«

»Nein.«

Briamonte reichte ihr ein Taschentuch, erhob sich, schob sich an Frau Mayer vorbei und ging wortlos ins Foyer hinunter. Kein Faden im Geweih. Wer hat den weggenommen? Wieder oben im Zimmer, fand er die junge Frau, haltlos weinend, umarmt von ihrer Mutter, die ihn böse anfauchte: »Da sehen Sie, was Sie angerichtet haben!«

»Frau Mayer, besaß Gianrico Masiero einen eigenen Schlüssel?«

»Natürlich!«

Also doch. Mist! Briamonte wandte sich an die weinende junge Frau: »Eva, ich lasse Sie gleich in Ruhe, aber ich muss Sie noch fragen, wo Ihr Freund seinen Hausschlüssel aufbewahrte.«

»Immer in der Hosentasche«, kam es schluchzend.

»Immer?«

»Ja.«

»Das heißt, dass Sie ihn nicht zufällig haben.«

Jetzt schaltete sich Frau Mayer ein: »Jetzt ist genug! Gehen Sie jetzt!«

»Ich erwarte Sie in zehn Minuten unten, Frau Mayer!«, erwiderte er knapp und verließ das Zimmer.

Die jungen Leute hatten also einen geheimen Treffpunkt, der gar nicht so geheim war, wie sie dachten, und eine Möglichkeit sich zu verständigen, falls einer verhindert war. Der Alte musste die beiden ja gnadenlos überwacht haben. Mühsame Angelegenheit. Das konnte doch nicht ewig so weitergehen? Und über das Handy, das Masiero angeblich nicht besaß, hatte er jetzt auch nicht mehr erfahren. Aber wenn die beiden sich per SMS, WhatsApp oder sonst was hätten verständigen können, hätten sie es sicher getan. Dann wäre das Ganze nicht so mühsam gewesen. Warum hatte der junge Mann kein Handy? Oder vielmehr, wieso machte er seiner Freundin weis, er hätte keines? Hatte er wirklich keins? Mantovani meinte, einen Italiener ohne Handy gäbe es nicht.

Briamonte setzte sich auf das Sofa vor dem Empfangstresen und wartete auf Waltraud Mayer. Diese Mauer aus Schweigen und Verheimlichen machte ihn sauer. Da wurde ein junger Mann ermordet, der hier im Haus gewohnt und gearbeitet hatte, und eine junge Frau, die ebenfalls hier gewohnt und gearbeitet hat, war spurlos verschwunden! Und die Herrschaften haben nichts Besseres zu tun, als die Polizei zu täuschen und zu belügen, Herrgott noch mal!

Endlich kam sie die Treppe herunter, und Briamonte ließ ihr gar keine Zeit. »Frau Mayer«, hob er in einem Ton an, der unmissverständlich klarmachte, dass er sich die Faxen nicht länger würde bieten lassen. »Haben Sie von diesen Treffen gewusst?«

»Ja.«

»Und Ihr Mann?«

Sie wollte eben zu einer Lüge ansetzen, aber Briamonte unterbrach sie grob: »Wagen Sie nicht noch einmal, einen Polizisten anzulügen! Also, hat er es gewusst?!«

»Ja.«

»Dann hätte er auch einen Faden aus Ihrem Nähkästchen nehmen und ihn in das Geweih hängen können? Rein theoretisch?«

»Ja.«

»Hat er Ihnen gesagt, wo er seine Büchse versteckt hat?«

»Seine Büchse? Wieso? Ich verstehe nicht.«

»Ihr Mann war vergangenen Freitag auf der Jagd am Krunkelbach und kam ohne seine Büchse zurück. Haben Sie dafür eine Erklärung?«

Briamonte sah an ihrem erschreckten Blick, dass sie davon tatsächlich keine Ahnung hatte, und ließ von ihr ab. Immerhin hatte sie es nicht abgestritten, dass er dort gewesen war, womit sich sein Alibi erledigt hatte. »Schon gut. Bringen Sie mir bitte einen Milchkaffee in den Frühstücksraum.«

Nachdem er einen Kaffee getrunken und ein wenig geplaudert hatte, zog er sich mit Mantovani an einen ruhigen Tisch zurück, während seine Frau ins Museum aufbrach.

»Wir wissen jetzt, warum Masiero am Tatort gewesen ist«, informierte Briamonte seinen italienischen Kollegen. »Die Tochter Eva und er haben sich jeden Tag dort getroffen, doch jetzt haben wir ein anderes Problem am Hals. Wer hat dafür gesorgt, dass er am Tattag zum Treffpunkt ging, sie aber nicht?« Er berichtete von der einfallsreichen Idee mit dem Faden im Geweih, und Mantovani schnaubte nur: »Als ob er kein Handy gehabt hätte! Ausgeschlossen!«

»Aber sie haben sich tatsächlich so verständigt. Ich glaube ihr das. Denken Sie nicht, dass die beiden WhatsApp genutzt hätten, wenn er denn ein Handy besessen hätte? So ein Murks mit dem Faden! Und an dem Nachmittag hatte ihn ja außerdem jemand anderes dorthin gehängt.«

»Was macht Sie so sicher?«

Jetzt konnte Briamonte endlich mit seiner brandneuen Theorie herauskommen: »Ich muss Ihnen noch etwas sagen. Gestern Nacht kam mir etwas ganz Verrücktes in den Sinn. Was würden Sie dazu sagen, wenn Natalia Danyljuk Masiero ermordet hätte? Und wenn sie sich abgesetzt hätte?«

Mantovani sah ihn entgeistert an: »Come?! Wie bitte?!«

»Natalia und Gianrico kannten sich. Sie waren Kollegen und sind mindestens ein Mal zusammen in Freiburg gewesen, habe ich doch erzählt. Ich habe mir nun überlegt, ob sie wohl verliebt gewesen ist, in ihren Kollegen.«

»Das ist ein ziemlich verrückter Gedanke, aber gar nicht so abwegig. Sie haben recht. Das könnte ihr Verschwinden ebenso erklären wie die Tatsache, dass sie ohne Telefon, Tasche und Jacke verschwunden ist. *Wenn* sie eine falsche Spur legen wollte. Und Sie glauben, dass sie dafür gesorgt haben könnte, dass Masiero alleine zum üblichen Treffpunkt ging. Nur, woher wusste sie …«

»Das ganze Dorf hat es gewusst.«

»Auch das mit dem Faden?«

»Na ja, das hätte sie vermutlich irgendwann beobachten können und zwei und zwei zusammengezählt«, sagte Briamonte schulterzuckend.

»Dann sind wir wieder da, wo wir vorher waren.«

»Ja. Solange wir die Daten aus ihrem Handy und den diversen Computern nicht haben, kommen wir nicht vom Fleck.«

»Läuft denn die Suche noch?«

»Ja. Leider immer noch ergebnislos. Mein Kollege hat heute Morgen zusätzlich eine Suchmeldung herausgegeben und probiert, weitere Freunde und Bekannte von Natalia ausfindig zu machen.« Briamonte räusperte sich. »Es gibt noch etwas, was ich übersehen habe.«

»Was denn?«

»Masieros Schlüssel zum Hotel. Er hatte ihn nicht bei sich, als er gefunden wurde, und in seinem Zimmer war er auch nicht.«

»Oh.«

»Sie sagen es. Das ist auch ein Punkt, der ziemlich seltsam ist.«

»Vielleicht hat ihn Natalia an sich genommen? Als Andenken?«

»Seinen Schlüssel?«

»Warum nicht? Vielleicht hat sie ja auch sein Handy.«

»Hm, meinen Sie?«

»Ist nur eine ziemlich vage Überlegung. Wo könnte er sonst sein? Oder vielmehr: Wer könnte einen Grund haben, Masieros Hausschlüssel an sich zu nehmen?«

»Der Mörder?«

»Warum?«

»Keine Ahnung.«

»Seine Freundin vielleicht?«

»Nein. Ich habe sie gefragt.«

»Che casino! Was für ein Schlamassel!«

»Che casino! Genau! Aber was ist denn mit der Diebstahl-Spur? Gibt es da schon Hinweise?«

»Nein. Die Anfragen an die Hotels und die Schweizer Polizei müssten bald beantwortet sein, und mein Kollege überprüft die Modalitäten des Verkaufs und die Eigentumsverhältnisse des besagten Bildes, aber das dauert«, erklärte Briamonte.

»Wie geht's jetzt weiter? Kann ich irgendetwas tun?«

»Nein. Danke. Vorerst nicht. Ich werde mich jetzt gleich ein wenig im Dorf umhören. Vielleicht gibt es einen eifersüchtigen Verehrer von Fräulein Mayer, der seinen Nebenbuhler loswerden wollte. Ihre Schwester sagte zwar, dass sie nichts über einen anderen Mann wüsste, aber wer weiß.«

## 30

Unter Schmerzen krabbelte er vor auf den Fahrersitz und testete vorsichtig seinen verletzten Knöchel. Porca miseria! Er war blau geschwollen und kaum belastbar, aber er musste unbedingt etwas einkaufen gehen, wenn er hier noch ein paar Tage länger ausharren wollte. Fluchend biss er die Zähne zusammen und drehte den Zündschlüssel. In dem Moment klopfte es an die Scheibe. Er zuckte furchtbar zusammen und erstarrte regelrecht, als er sah, wer es war.

Lo sbirro! Der Bulle! Seine Finger wollten ihm kaum gehorchen, als er das Fenster hinunterließ und gleichzeitig überlegte, wie er am besten entkommen könnte. Aber der Bulle reichte ihm lächelnd seinen Schal: »Sie haben etwas verloren!« Er zwang sich zu einer Grimasse und nahm mit einem kurzen Nicken den Schal entgegen. Im Rückspiegel sah er ihn mit einem Hund weglaufen. Sant'Iddio! Sein rasender Herzschlag pochte in den Augen! Er würde hier noch an einem Herzinfarkt verrecken! Verdammter Scheißjob! Außer sich vor Wut hieb er auf das Lenkrad. Er konnte nicht mehr. Sie riefen mittlerweile dreimal am Tag an, um zu fragen, wie die Sache stünde. Managgia! Hätte er sich doch nie bereit erklärt, die Sache zu übernehmen! Großmaul, das er war! Aber der Hass auf »Il principe di papà«, Papas kleinen Prinzen, war so groß, dass er sich vollmundig dazu bereit erklärt hatte, das Problem zu lösen. Und jetzt saß er in der Patsche! Verdammt tief in der Patsche! Jetzt musste er liefern, sonst war er erledigt. Denen entkam man nicht. Nicht dem eigenen Fleisch und Blut! Managgia!

## 31

Briamonte arbeitete sich akribisch durchs ganze Dorf, nur kurz unterbrochen von einem kurzen Mittagessen im Gasthof Taube. Nichts. Niemand konnte sich an eine frühere Beziehung der jüngeren Wirtstochter des Fuchsen erinnern, die alle als sehr zurückhaltend, freundlich und pflichtbewusst beschrieben, während beinahe alle von der jetzigen Verbindung mit dem jungen Italiener wussten und mehrheitlich den Tod des jungen Mannes bedauerten. Nach einem letzten Gespräch mit dem Dorfpfarrer, der wissen wollte, wo der Tote bestattet werden würde, kehrte er am späten Nachmittag müde ins Haus seiner Mutter zurück und ließ sich, wie er war, auf die Couch fallen.

Zwei Stunden später wachte er auf, weil er fror und sein Handy klingelte. Es war dunkel, seine Mutter und Georg waren immer noch außer Haus. Stöhnend rappelte er sich hoch. Es war Waldshut. »Was gibt's?« Er zog sich die Decke her und gab sich Mühe, wach und aufmerksam zu klingen.

»Die Auswertungen des Handys, der Anruferlisten und der Computer sind da. Wollen Sie gleich herkommen?«

Briamonte sah auf die Uhr. Sieben vorbei. Er fühlte sich völlig zermatscht. »In Ordnung. Halb neun bin ich da.«

Nach einer kalten Dusche und einem doppelten Espresso ließ er den Hund kurz raus und war um halb acht auf dem Weg nach Waldshut.

Sein Kollege Schopferer sah das erste Mal nicht so aus, als käme er direkt aus dem Urlaub. Man merkte ihm die anstrengenden Tage deutlich an. Gerade als er sich für die wertvolle Unterstützung bedankte, ging die Tür auf und eine Frau kam herein. Groß, sportlich, dunkelhaarig, mit umwerfendem Lächeln und – einem blauen Auge und deutlich sichtbaren Würgemalen am Hals. Briamonte verstummte, und sie hielt ihm die Hand hin: »Precht, guten Abend. Sie müssen Johann Briamonte sein.«

»Ja, guten Abend.«

»Es tut mir wahnsinnig leid, dass ich nicht früher zur Verfügung stand … aber …«, sie wechselte einen Blick mit Schopferer, »es kam etwas Unvorhergesehenes dazwischen.«

Briamonte wusste nicht, ob es die Müdigkeit war, aber das Lächeln, der Duft und die warme Stimme dieser Frau trafen ihn wie ein Keulenschlag. »Schon gut«, stammelte er blöde und versuchte, seinen Blick von ihrem langen Haar und den blauroten Malen an ihrem Hals loszureißen. Beinahe hätte er gefragt, wer das gewesen ist, aber sie kam ihm zuvor: »Mein Mann.« Sie lachte, als wäre das eine Kleinigkeit.

»Auch Polizisten sind nicht vor häuslicher Gewalt gefeit. Aber lassen wir das Thema jetzt. Wollen Sie mich auf den aktuellen Stand bringen?«

»Wir haben die Vermutung aufgestellt, dass Mayer, der an diesem Abend mutmaßlich auf der Jagd war, den Toten möglicherweise gefunden und deshalb seine Büchse entsorgt hat. Im irrtümlichen Glauben, er hätte ihn erschossen. In Wirklichkeit hat er tatsächlich den Schwarzkittel getroffen. Vielleicht erfolgte aus diesem Grund keine Nachsuche?« Briamonte dehnte sich unauffällig und fuhr fort: »Richterlicher Durchsuchungsbeschluss und Hausdurchsuchung. Schopferer, Sie haben gesagt, dass die Ergebnisse da sind? Wollen wir das vorziehen?«

»Ja, gerne.« Der Kollege zog eine Mappe näher und blätterte sie auf. »Also, zuerst die Mayers. Die Auswertung der Computer hat nichts Auffälliges ergeben. Laut Technik hat Mayer weder eine Waffe gekauft noch einen verdächtigen Mailwechsel geführt. Und die Reifenabdrücke stimmen übrigens mit keinem der Fahrzeuge der Familie überein.«

Briamonte reagierte ambivalent auf diese Neuigkeiten. Einerseits war er enttäuscht, andererseits erleichtert, da das seine zweite Theorie untermauerte.

»Allerdings«, fuhr Schopferer fort, »taucht in den Telefonlisten mehrmals eine ukrainische Telefonnummer auf. Vorwahl drei, acht, null.«

»Festnetz?«

»Ja.«

»Das ist ja interessant! Haben Sie feststellen können, zu wem die gehört?« Vor Briamontes geistigem Auge manifestierte sich ein ukrainischer Auftragskiller, doch Schopferer zerstörte seine Phantasie.

»Die gehört zu Natalias Eltern.«

»Ach, dann hat sie übers Festnetz mit ihnen telefoniert?«

»Ja.«

»Teuer?«

»Ziemlich.« Schopferer blätterte in den Papieren: »In den letzten drei Monaten etwas mehr als zweihundert Euro.«

»Oha! Ob das Waltraud Mayer gewusst hat? Sonst nichts? Keine verdächtigen Telefonate von Herbert Mayer?«

Schopferer lachte. »Sie meinen mit einem sinistren Auftragsmörder aus Wasweißichwoher? Da muss ich Sie enttäuschen, nichts dergleichen. Nur der alltägliche Telefonverkehr einer Hoteliersfamilie: Lieferanten, Gäste, Touristeninfo. Abgesehen davon wissen wir ja nicht, wer die jeweiligen Gespräche geführt hat.«

»Und die Mobiltelefone der Familie?«

»Alle ausgewertet. Nichts. Nicht der kleinste Anhaltspunkt.«

»Auch das Telefon von Eva Mayer? Kein Gianrico Masiero, dessen Nummer sie im Speicher hat und mit dem sie heimliche, verliebte Nachrichten ausgetauscht hat?«

»Leider nein.«

»Okay.« Briamonte seufzte. »Dann fällt der Mayer raus?«

»So sieht's aus, wenigstens für den Augenblick.«

An dem Punkt schaltete sich die Kollegin ein. »Darf ich noch einmal nachhaken? Verstehe ich das richtig, dass Sie vermuten, Herbert Mayer habe seine Büchse entsorgt, weil er dachte, er habe Masiero erschossen?«

»Ja. Wenn er selbst geschossen oder den Auftrag dazu gegeben hätte, hätte er gewusst, dass die Tatwaffe keine Büchse für Schalenwild ist und hätte sie nicht beseitigen müssen.«

Kollegin Precht nickte bedächtig. »Aha. Und Sie halten es nicht für möglich, dass das nur eine ganz ausgefuchste List ist, um uns genau das glauben zu lassen?«

»Doch«, gab Briamonte unumwunden zu, »dem hat unser italienischer Kollege auch zugestimmt.«

»Italienischer Kollege?«

»Ja. Salvatore Mantovani. Er ist mit seiner Frau in Menzenschwand, die beruflich hier zu tun hat, und er langweilt sich zu Tode, deshalb leistet er uns etwas Amtshilfe. Doch zum derzeitigen Stand der Dinge müssen wir das nehmen, was wir haben. Nämlich nichts. Keinen Hinweis darauf, dass er sich die Tatwaffe beschafft oder den Mord in Auftrag gegeben hat.«

»Und Sie halten es auch nicht für möglich, dass Natalia irgendetwas gesehen hat und deshalb verschwinden musste? Also, ich meine konkret, dass sie vielleicht Herbert Mayer gesehen hat? Und der sie hat verschwinden lassen?«

»An das haben wir auch gedacht, zumal die Freundin der Vermissten ausgesagt hat, dass Natalia ihn für den Mörder hielt. Aber die Hunde haben eindeutig angezeigt, dass sie in Masieros Zimmer war, in seinem Kleiderschrank notabene, dann das Haus verlassen hat und in ein Auto gestiegen ist oder dorthin gebracht wurde.«

»In seinem Kleiderschrank?«

»Ja. Auch das ist merkwürdig.«

»Hm. Und das Auto könnte nicht Mayers Auto gewesen sein?«

»Nein. Das ist zweifelsfrei ausgeschlossen.«

»Ok. Dann ist Mayer vorerst tatsächlich raus.«

»Wir könnten ihm eine Falle stellen«, warf Briamonte ein, »um unsere Annahme zu verifizieren. Ich meine, wenn meine Vermutung richtig ist, hat Mayer das Wildschwein angeschossen. Das Projektil haben wir ja. Wir könnten ihn veranlassen, die Büchse wieder herbeizuschaffen, und dann mit dem Projektil vergleichen. So wüssten wir immerhin, dass er auf Schwarzwildjagd und nicht auf Masierojagd war.«

»Hm.« Die Kollegin und Schopferer wechselten einen

Blick. Keine schlechte Idee. Das bewies noch nichts, würde aber ihre Theorie untermauern und Herbert Mayer aus dem Kreis der Verdächtigen wenigstens ein bisschen eindeutiger ausschließen.

»Und wie haben Sie sich das vorgestellt?«, fragte Schopferer interessiert.

»Ich könnte ihn über die Tatwaffe aufklären. Und wenn er nicht ganz dumm ist, bringt er uns seine Büchse zum Vergleich. Oder meinen Sie nicht? Einen Versuch wär's wert.«

»Auf jeden Fall!«, bestätigte die Kollegin und hob den Stift: »Wo machen wir dann weiter?«

»Museum«, schlug Briamonte vor: »Schopferer, Sie haben gesagt, die Infos aus der Schweiz seien da?«

»Ja«, erwiderte Schopferer und angelte nach einem Blatt Papier. »Aber es wird Sie enttäuschen. Die Provenienz des Bildes ist lückenlos dokumentiert, und der Verkäufer, ein Enkel der ursprünglichen Besitzerin, ist Staatsanwalt in Luzern. Er habe keine Verwendung für das Bild gehabt und freue sich, dass es im Museum einen adäquaten Platz gefunden hat. So viel dazu.«

Briamonte war enttäuscht. »Und die Arbeitszeugnisse. beziehungsweise die Spur der potenziellen Hoteldiebstähle?«

»Auch negativ. Alle Hotels bestätigen das Gleiche: dass sie zu keiner Zeit einen Angestellten namens Gianrico Masiero hatten, und dass sie den Mann auf dem Foto nicht kennen. Diebstähle, welcher Art auch immer, wurden dementiert, ebenso von der jeweiligen Kantonspolizei.«

Briamonte lehnte sich zurück und blickte neidisch auf seinen Hund, der friedlich schlafend neben seinem Stuhl lag: »Also auch das eine Sackgasse? Warum aber war Masiero so häufig im Museum? Und warum hat er immer nur dieses eine Bild betrachtet?«

»Haben Sie das Bild fotografiert? Darf ich es sehen?«, fragte Precht. Briamonte suchte in seinem Speicher, und sie kam so nahe, dass ihr Haar sein Handgelenk streifte. »Hübsches Mädchen«, meinte sie, »vielleicht hat sie ihn an jemanden erinnert? Seine Schwester? Seine Mutter? Eine große Liebe?«

»So wird's wohl sein«, erwiderte Briamonte. »Dann bleibt uns nur die Spur Natalia Danyljuk. Was gibt es in dieser Richtung zu berichten, Schopferer?«

»Tja«, er suchte in den Unterlagen. »Ihr Mobiltelefon hat ergeben, dass sie, nachdem sie ihr Handy im Zimmer zurückgelassen hat, drei Anrufe und sechs Nachrichten in Abwesenheit erhalten hat: einen Anruf von Waltraud Mayer, einen von ihren Eltern und einen von ihrer Freundin Milena.«

»Okay. Und die Nachrichten?«

»Die sind leider uninteressant«, nahm Schopferer den Faden wieder auf. »Drei Nachrichten stammen von einer Jule Frank und einem gewissen Mirko Bernauer und beziehen sich auf den Semesterstart. Jule und Mirko sind höchstwahrscheinlich Kommilitonen. Offensichtlich hatte Natalia vor, am Freitagabend wieder in Freiburg zu sein.«

»Also nichts, was man in Zusammenhang mit ihrem Verschwinden bringen könnte?«

»Nein. Ihre Chatverläufe hat sie nicht gespeichert.«

»Ist das normal? Also *ich* speichere *alles*!«

»Das ist eine Typsache, würde ich sagen. Ich lösche, wenn der Speicher voll ist und oder die Cloud sich meldet.«

»Aha. Dann gibt es also nichts, was auf eine Beziehung zu Masiero hinweist?«

»Doch, wir haben seine Handynummer!«

Briamonte haute auf den Tisch, dass sein Hund erschrak: »Ha! Ich hab's gewusst! Einen Italiener ohne Handy gibt es nicht! Und? Gibt es wenigstens Anrufe in ihrer Anrufliste?«

»Die gibt es. Sie hat mehrmals versucht, Masiero anzurufen. Am Freitagabend und am Samstag früh, zuletzt am Samstagnachmittag.«

»Da war er schon tot.«

»Richtig. Was sagt uns das?«

»Dass sie es nicht wusste oder dass sie verdammt raffiniert ist«, kam es prompt von der Kollegin, und Briamonte sah überrascht zu ihr hoch: »Sie denken also auch, dass die Möglichkeit besteht, dass Natalia ...«

»Für den Mord an Masiero verantwortlich ist?«, fragte sie lächelnd. »Aber sicher! Warum nicht? Alles ist möglich. Abgesehen davon haben wir keine andere Spur. Oder irre ich mich?«

Briamonte hob die Schultern. »So wie's im Moment aussieht, nein. Aber verstehe ich das richtig, dass niemand aus der Familie Mayer Masieros Handynummer gespeichert hat?«

»Ja.«

»Und warum hatte sie dann Natalia?«

»Keine Ahnung. Vielleicht hat er sie ihr gegeben, als sie in Freiburg waren. Für den Fall, dass er verloren geht?«

»Merkwürdig. Immerhin können wir jetzt die Daten der Netzbetreiber anfordern, dann wissen wir, wann und wo Masieros Telefon das letzte Mal angemeldet war. Ich habe keine Ahnung, was uns das bringen wird, aber immerhin sitzen wir nicht rum und drehen Däumchen. Würden Sie das veranlassen, Schopferer?«

»Ja. Sobald wir hier fertig sind.«

»Und was sagt die Auswertung ihres Laptops?«, fragte Briamonte. »Irgendwelche Hinweise darauf, dass sie eine Waffe gekauft oder einen Killer angeheuert hat?«

»Keine verdächtigen Käufe und keine verdächtigen Mails, wenn Sie das meinen. überhaupt nichts über Masiero, nichts, das darauf hindeutet, dass die beiden eine Beziehung gehabt hätten oder dass sie in ihn verliebt gewesen wäre. Und der Rest: ausschließlich Studium, ebenfalls nichts, was für ihr Verschwinden oder diesen Mordfall irgendwie verwertbar oder relevant wäre.«

»Ok, danke.« Briamonte war unzufrieden, etwas mehr hatte er sich schon erhofft. Irgendeine Mail, in der sie einer Freundin oder ihrer Mutter über Masiero erzählt. Oder so ähnlich.

»Dann sollten wir die beiden Kommilitonen und die Eltern kontaktieren. Wir müssen wissen, ob sie irgendetwas zu Natalias Verschwinden sagen können, ob sie wissen, wie Natalia zu Masiero stand, wer die Leute auf den Fotos sind und wem die Polaroidbild-Kamera gehört. Vielleicht erfahren wir ja etwas, das uns irgendwie weiterbringt. Frau Precht, würden Sie das übernehmen? Sie sollten für das Gespräch mit den Eltern einen Dolmetscher organisieren.«

»Natürlich. Gleich morgen früh.«

»Gut. Danke.« Briamonte räusperte sich. »Wir sollten noch einen anderen Punkt klären. Masieros Hausschlüssel.«

»Was ist damit?«

»Er hatte ihn nicht bei sich, als er gefunden wurde.«

»Die Spurensicherung und die Gerichtsmedizin sagen beide, dass kein Schlüssel gefunden wurde«, berichtete Schopferer.

»Dann müssen wir uns fragen, wo der Schlüssel ist. Hatte er ihn dabei, als er getötet wurde? Dann hat ihn möglicherweise der Mörder entwendet.«

»Was dieselben Reifenspuren an Tatort und am Rabenfelsen erklären könnte.«

»Richtig. Die Frage wäre dann, was will der Täter damit? Der Rote Fuchsen ist ein Hotel, das er jederzeit unbemerkt betreten könnte. Auch ohne Schlüssel.«

»Oder aber Masiero hat ihn im Zimmer vergessen und jemand anderes hat ihn an sich genommen.«

»Das habe ich auch schon überlegt. Natalia, Waltraud Mayer, Eva Mayer, sogar Herbert Mayer hätte ihn nehmen können. Diese Person hat möglicherweise auch das amtliche Siegel durchtrennt.«

»Das ist anzunehmen. Genau genommen hätte das jeder vom Personal sein können. Dafür müsste er oder sie aber gewusst haben, dass der Schlüssel im Zimmer lag.«

»Und er es folglich nicht abgeschlossen hat, genau. Einen Generalschlüssel hatten vermutlich nur die Wirtsleute und die Zimmermädchen?«

»Das habe ich nicht gefragt, aber ich denke, ja. Eva Mayer erzählte mir, dass er den Schlüssel immer in der Hosentasche hatte.«

»Was sagt uns das jetzt?«, fragte Schopferer, um die Frage gleich selbst zu beantworten: »Dass wir an Masieros Hosentaschen DNA-Spuren des Mörders finden müssten, *wenn* der Mörder den Schlüssel an sich genommen hat.«

»*Und* der Schlüssel beim Sturz des Opfers nicht halb aus der Hosentasche gerutscht ist«, ergänzte Briamonte trocken. »Würden Sie eine solche Untersuchung veranlassen?«

Schopferer machte sich eine weitere Notiz und legte dann den Stift beiseite: »War's das dann für heute?«

Briamonte nickte, fotografierte die Notizen auf dem Whiteboard und erhob sich schwerfällig. Es war fast elf, und er spürte die Müdigkeit in allen Knochen. Seine neue Kollegin legte den Stift weg und streckte ihm die Hand hin: »Ich freue mich, in Ihrem Team zu sein. Tut mir wahnsinnig leid, dass ich erst jetzt dazustoße. Mein Name ist Kristina. Gute Nacht, und, ach ja …« Sie zog ihre Visitenkarte aus der Jackentasche und reichte sie ihm. »Meine Nummer.« Dann verschwand sie und ließ einen aufgewühlten

Briamonte zurück, der ihren warmen Händedruck noch lange spürte.

»Ich wollte nichts sagen«, hob Schopferer entschuldigend an, als sie draußen war: »Tut mir leid.«

»Sie wussten, warum sie nicht zur Verfügung stand?«

»Ja.«

»Dann war das nicht das erste Mal?!« Briamonte war empört.

»Nein. Leider.«

»Und? Hat sie ihn angezeigt?«

»Heute Nachmittag. Endlich.«

Aufgekratzt fuhr Briamonte kurz darauf zurück nach Menzenschwand. Er spürte noch immer ihr Haar an seinem Handgelenk und ihren warmen Händedruck. Das war doch verrückt! Sie hatte einen sehr angenehmen Händedruck. Und große Hände. Als er ins Vorderdorf abbog, hätte er nicht sagen können, wie er dahin gekommen war.

## 32

Am nächsten Morgen wurde Briamonte von seinem Hund geweckt. Er fuhr hoch. Aus der Küche hörte er Fiepen, freudiges Kläffen und die Stimme seiner Mutter, die offenbar im Begriff war, mit ihm rauszugehen. Ächzend setzte er sich auf und rieb sich stöhnend den Kopf. Was für ein Tag war heute? Donnerstag? Wie spät war es? »Mama?«

Seine Mutter steckte den Kopf ins Wohnzimmer: »Ich gehe rasch mit dem Hund raus. Frühstück steht in der Küche.« Sie betrachtete ihn kritisch, dann fügte sie an: »Aspirin findest du im Bad im Spiegelschrank. Bis nachher.«

Briamonte stemmte sich hoch wie ein alter Mann, schlurfte ins Bad, nahm sich ein Aspirin aus der Packung und setzte sich dann an den noch nicht abgeräumten Frühstückstisch.

Nach dem Kaffee lichtete sich der wattige Nebel in seinem Kopf, und ein wohliges Gefühl machte sich breit, als ihm die gestrige Team-Sitzung in den Sinn kam. Der Gedanke, dass er seine Kollegin heute sehen könnte, wenn er das wollte, entlockte ihm ein Lächeln. Er holte sein Handy und nahm ein paar Sprachmemos für den heutigen Tag auf. »Mayer aufklären über Tatwaffe. Eva Mayer fragen: Hat ihr Masiero irgendetwas zur Aufbewahrung anvertraut? Hatten die beiden Zukunftspläne? Wenn ja, welche? Was hat sie gedacht, als Masiero am Samstag verschwunden war? Wie ist der Stand der Suche?«

Er hielt kurz inne und machte noch ein paar private Memos.

»Ist der Bauschutt-Container gekommen? Winterreifen besorgen. Auffahrt und Scheune prüfen. Dachdecker ausfindig machen – Kostenvoranschlag.«

In dem Augenblick kam seine Mutter herein. Sein Hund begrüßte ihn stürmisch.

»Du lächelst?! Du hast nicht mehr gelächelt, seit … ich weiß es nicht. Was ist passiert? Habt ihr den Mörder gefasst?«

»Nein. Noch nicht. Ich muss los. Danke fürs Gassi gehen.«

Doch bevor er an die Arbeit ging, wollte er heute noch etwas Wichtiges erledigen. Er rief seinen Hund und machte sich auf den Weg zum Joos Hof, zwei Straßen weiter.

Als er um das jahrhundertealte Haus herum zu den Stallungen lief, packte ihn die Erinnerung mit aller Macht. Wie oft war er hier durchgelaufen, um Milch, Eier und frisches Bauernbrot zu holen, das ihm die Bäuerin sorgfältig in seinen Korb packte. Und wie oft hatte sie das schüchterne Kind an der Hand genommen, um ihm im Stall ein neugeborenes Kälbchen zu zeigen, oder einen Wurf junger Katzen. Noch immer spürte er ihre warme raue Hand, die seine kleinen kalten Finger fest und sicher umschlossen. Ihre gütigen Augen hatten direkt hineingesehen, in seine kleine versehrte Kinderseele, und hatten ihn mit Wärme, Zuneigung und Verständnis umhüllt. Keine Woche, in der sie ihm nicht einen Apfel, ein besonders gefärbtes Ei oder eine Nussschnecke zugesteckt hatte, die sie mit einem Rest Brotteig in dem gewaltigen Steinofen gebacken hatte, selbst als er schon ein Teenager und schließlich ein junger Erwachsener gewesen war. Oma Resi, wie er sie nannte, obwohl sie damals, als er sechs oder sieben war, kaum über fünfzig gewesen sein konnte. Sie war *die* Anlaufstelle im Dorf für alle Lebenslagen. Eine Bäuerin mit Leib und Seele, die noch über generationenlang tradiertes Heilkräuterwissen verfügte, mit dessen Hilfe sie Essenzen, Salben und Tinkturen herstellte, die sie freigebig an all jene verteilte, die ihrer bedurften. Die Hälfte der Dorfbewohner hatte mit ihrer Hilfe das Licht der Welt erblickt, und kaum jemand, der nicht hin und wieder ihren Beistand gesucht hatte. Für Briamonte waren sie und die warmen Stallungen eine Zuflucht gewesen. Die Geräusche von ratschenden Schaufeln auf dem Stallboden, raschelndem Stroh, kauenden, muhenden Kühen, gackernden Hühnern und scheppernden Milchkannen waren ebenso untrennbar mit Seelentrost verbunden wie der Geruch nach Mist, Holzfeuer, Heu und frisch gebackenem Brot. Und natürlich das warmherzige Lächeln von Oma Resi. Zwanzig Jahre hatte er sie nicht gesehen. Sie musste jetzt über achtzig sein.

»Hallo? Ist jemand zu Hause?«

Er folgte den Geräuschen im Stall.

»Hallo? Ist da jemand?«

Ein Mann in grünem Arbeitsoverall und Gummistiefeln kam aus dem Stall und stellte eine Schaufel weg: »Kann ich Ihne helfe?«

»Mein Name ist Johann Briamonte, ich habe als Kind hier Milch, Eier und Brot geholt. Bei Oma Resi.«

»Ah, die Oma!« Sein Gesicht hellte sich auf. »Sie isch im Garde un fuederet d' Hase. Welle Sie hindere go?«

»Ja, klar, darf ich?«

»Natürlich! Sie wisse wo?«

Briamonte nahm den Weg um das Stallgebäude herum und sah schon von Weitem die gebückte Gestalt vor den Hasenställen. Er öffnete das hölzerne Gartentor und trat näher: »Oma Resi?«

Die alte Frau wandte sich um, und Briamontes Herz machte einen Hüpfer: »Kennen Sie mich noch?«

»De Johann! Hä nai! Bue, du bisch aber groß worre!« Sie hatte keine Sekunde nachdenken müssen und ihn sofort erkannt. »De Bue mit de trurige Auge! Isch des schö, dich z'sähne.« Strahlend nahm sie seine Hände in ihre, und er stellte fest, dass sie noch genauso warm, rau und tröstlich waren wie damals.

»Kumm, setz dich her. Du muesch mir verzelle, wie's dir ergange isch. Häsch Zitt?«

»Sehr gerne, aber ich kann jetzt leider nicht, ich muss weiter, aber ich komme wieder. Ich habe mir ein Haus gekauft. Den Buser Hof.«

»Hä nai! Wie schön! Dann kunnsch halt, wenn's der basst.«

Als er kurz darauf vor seinem Haus stand, fühlte es sich richtig gut an. Er ging an der Fassade entlang, begutachtete die steile, geschwungene Auffahrt zur Scheune und stieg die Rampe hoch, um das doppelflügelige, halb verfallene Holztor zu öffnen, das über das hohe Gras schrappte. Die Scheune war leer, bis auf ein paar alte Gerätschaften im hinteren Teil. Perfekt. Garagenproblem gelöst. Er legte den mächtigen Riegel wieder vor, machte noch ein Sprachmemo für die Mulde, die halb auf dem Gehweg und halb auf der Straße stand: »Absperrband und Warndreieck besorgen.« Dann rief er seinen Hund und fuhr in Richtung Vorderdorf. Zeit für Operation Mayer. Mal sehen, ob die Büchse wieder auftauchte. Den grauen Mercedes-Van hinter ihm bemerkte er nicht.

»Mein Mann ist in der Werkstatt.«

»Dann möchte ich Ihre Tochter Eva noch einmal sprechen.«

»Das ist mir aber …«

»Frau Mayer«, fiel er ihr ins Wort. »Der Mörder des Freundes Ihrer Tochter ist noch immer auf freiem Fuß, und Ihre Bedienung ist noch immer verschwunden. Das gefällt mir gar nicht und versursacht mir, ehrlich gesagt, schlaflose Nächte! Ihnen nicht? Oder gibt es einen Grund, weshalb Sie so mauern? Warum *Sie alle* so mauern?«

Waltraud Mayer, die hinter dem Empfangstresen stand, räumte irgendwelche Papiere von links nach rechts und antwortete nicht. Briamonte senkte diskret die Stimme, als ein paar Gäste das Haus verließen und freundlich grüßten: »Frau Mayer, glauben Sie, dass Ihr Mann Gianrico Masiero erschossen hat?«

Briamonte beobachtete ihre Reaktion und war überzeugt, dass sie genau das dachte. Dann hatte er eine geniale Eingebung: »Frau Mayer, ich kann Ihnen versichern, dass *ich* nicht glaube, dass er es war. Und wissen Sie warum?«

»Nein. Sie werden's mir gleich sagen«, kam es widerstrebend und schnippisch.

»Seine ›verschwundene‹ Büchse.« Briamonte machte Anführungszeichen mit den Fingern, um klar zu machen, was er von dieser Aussage hielt, und fuhr im selben Ton fort: »Wissen Sie, ich sage Ihnen jetzt etwas.« Er stützte sich scheinbar lässig auf den Tresen: »Es war dumm von ihm, die Büchse verschwinden zu lassen, denn wäre sie noch da, wo sie hingehört, könnte er damit beweisen, dass er kein Mörder ist. Die Tatwaffe ist nämlich ein Scharfschützengewehr, keine Büchse, aber das weiß er nicht.« Jetzt lachte er laut auf, und Frau Mayer starrte ihn an wie das sprichwörtliche Kaninchen die Schlange. »Das ließe sich so leicht beweisen, aber leider ist das Ding ja *gestohlen* worden.« Er schnippte mit den Fingern. »Pech für ihn, aber da kann ich ihm leider gar nicht helfen. Sehen Sie, Frau Mayer, es lohnt sich nicht, die Polizei zu belügen, das rächt sich immer!« Briamonte spielte scheinbar lässig mit einer Werbebroschüre und holte noch einmal Luft, für den letzten Satz: »Und *jetzt*, Frau Mayer, werde ich mit Ihrer Tochter sprechen. Alleine! Ich gebe Ihnen fünf Minuten, dann gehe ich hinauf.« Als er geendet hatte, sah er zufrieden, dass es in ihrem Kopf arbeitete. Intensiv arbeitete. Sie bedachte ihn mit einem wütenden Blick, dann legte sie ihre Arbeitsunterlagen weg und ging ins erste Obergeschoss, um ihre Tochter zu warnen.

Das Gespräch war dann kaum ergiebiger als das letzte. Nein, ihr Freund habe ihr nichts zur Aufbewahrung gegeben und er habe ihr auch nichts geschenkt. Nein, seinen Schlüssel habe sie nicht. Ja, er wäre auch in ihrem Zimmer gewesen, sie könne sich aber nicht vorstellen, was er hätte verstecken sollen. Ja, sie würde bei Gelegenheit nachsehen, ob er sein Handy bei ihr versteckt habe, obwohl sie ihm ja schon gesagt habe, dass er keines gehabt hätte. Ja, sie hatten Zukunftspläne. Sie wollten gemeinsam nach Freiburg ziehen, dort hätte es ihm gut gefallen. Ja, sie habe gewusst, dass er mit Natalia dort war, und nein, sie sei nicht eifersüchtig gewesen. Und als er am Freitagabend nicht zur Arbeit erschienen sei, habe sie sich natürlich Sorgen gemacht, habe sich aber nicht getraut, ihre Eltern zu fragen. Nein, sie sei nicht zum Treffpunkt gefahren, weil sie so viel Arbeit gehabt habe, und nein, sie habe keine Idee gehabt, wo er sein könne. Doch, sie habe befürchtet, er sei nach Italien zurückgekehrt. Ein wenig sei er schon bedrückt gewesen. Manchmal.

Briamonte ging die Trauer der jungen Frau an die Nieren. Sogar sein Hund mochte nicht näherkommen und lag während des ganzen Gesprächs bei der Tür. Furchtbar, so einen Albtraum erleben zu müssen. Und als wäre das nicht schlimm genug, musste sie noch fürchten, dass der eigene Vater dafür verantwortlich war. Er hätte gerne etwas Nettes gesagt, wusste aber nicht was, deshalb verabschiedete er sich und bat sie noch einmal, das Handy ihres Freundes zu suchen: »Sie wollen doch auch seinen richtigen Namen erfahren, oder nicht?«

Als er wieder vor dem Hotel stand, verzichtete er auf das Gespräch mit Herrn Mayer. Frau Mayer würde schon das Nötige weitererzählen.

In der Zeit, in der sich Briamonte an den Mayerschen Familienangehörigen abarbeitete, frühstückten Mantovani und seine Frau gemütlich auf dem Zimmer, während sie ihre Aufzeichnungen durchblätterte und ihrem Mann den neuesten Plausch aus dem Museum erzählte. Das Bett war übersät mit Notizen und Büchern, das Couchtischchen bog sich unter dem reichhaltigen Frühstück. Sie saß in einem der Sessel, in Pyjama und Morgenmantel, ein Bein untergeschlagen, das Haar mit einem Bleistift hochgesteckt, und schnitt ein Brötchen auf.

»Elisabeth hat fast alle Bilder Winterhalters im Original gesehen. Unglaublich. Sie ist in halb Europa herumgereist.« Sie lachte. »Stell dir vor. Vor zwei Jahren ist sie nach St. Petersburg gefahren. In die Ermitage. Mit dem Auto, alleine, mit einer Ente! Und ich habe schon die Krise gekriegt, als wir kürzlich nachts durchs Wehratal gekurvt sind!«

»Mit einer Ente? Alleine?« Mantovani machte große Augen, obwohl er sie bereits kennengelernt und schon einiges gehört hatte.

»Ja wirklich. Kein Witz! Aber das ist nicht das einzige Verrückte, was sie angestellt hat.«

»Was denn noch?«

»Sie hat Queen Elisabeth und Prinz Charles geschrieben! Sie hat sich und das Museum vorgestellt, hat ihnen mitgeteilt, dass sie gerne Winterhalters Bilder im Buckingham Palast sehen würde und gefragt, ob sie kommen dürfe.«

»Die britische Königsfamilie hat er auch gemalt?«

»Oh ja! Über hundert Porträts! In fünfzehn Jahren. Jedes Jahr war er ein paar Monate am englischen Hof. Queen Victoria nannte ihn ›Winterchen‹.«

»Wirklich?«

»Er hat alle Kinder aufwachsen sehen, und man sagt, er hat gut mit ihnen können.«

Mantovani grinste. »Und? Hat die Queen geantwortet?«

»Und ob sie das hat!«

»Im Ernst? Was denn?«

»Sie hat eine Einladung geschickt.«

»Non ci credo! Das glaube ich nicht!«

»Doch, hat sie. Und Elisabeth ist hingeflogen, mit ein paar Leuten aus dem Verein, und wurde durch den Buckingham Palast geführt. Sogar die privaten Gemächer haben sie gesehen.«

»Und, hat sie sie getroffen?«

»Die Queen? Nein, das nicht, aber sie war zu Hause, als die Delegation aus Menzenschwand anrückte.«

»So eine verrückte, ganz und gar furchtlose und einfallsreiche Frau!«, lachte Mantovani amüsiert.

»Das ist sie! Und Jahr für Jahr lädt sie Prinz Charles aufs Neue ein, das Museum zu besuchen. Bisher hatte er leider keine Zeit. Aber jetzt halte dich fest: Kürzlich hat sie ihm allen Ernstes vorgeschlagen, er könne doch bei seinem Cousin übernachten, Max Markgraf von Baden. Der hätte ein Schloss am Bodensee und es wäre mit dem Helikopter nur etwa eine Stunde von dort bis Menzenschwand. Für die Sicherheit vor Ort würde die hiesige Polizei sorgen.« Caterina wollte sich ausschütten vor Lachen: »Ich stelle mir vor, was für Gesichter die Leute machten, die diese Briefe geöffnet und gelesen haben. Ist das nicht herzerfrischend? Ich sollte sie mit mamma bekanntmachen! Die beiden hätten einen Riesenspaß!«

Du meine Güte, dachte Mantovani, bloß das nicht! Wer wusste schon, auf welche Einfälle die beiden dann kommen würden. Liebevoll betrachtete er seine lachende Frau: »Dieser Auftrag macht dir Freude, stimmt's?«

»Und wie! Es ist irgendwie … diese beiden Maler … sind so besonders. Die Umstände sind so besonders.« Sie suchte nach den passenden Worten: »Dieser Schwarzwald hat etwas so Weltabgeschiedenes, Melancholisches und Düsteres, trotz seiner Schönheit und Magie, dass ich mir immer noch schwer vorstellen kann, wie dieser Bauernbub an den europäischen Höfen ein und aus gegangen ist. Kein Künstler hat je für so viele Königs- und Fürstenhäuser gemalt wie Franz Xaver!«

»Du redest jetzt auch schon von Franz Xaver, als würdest du ihn kennen«, stellte Mantovani schmunzelnd fest.

»Wirklich? Das ist witzig.« Sie biss in ihr Brötchen und

fuhr mit vollem Mund fort: »Wo war ich? Ach ja, die Bildsprache. Phantastisch! Er, der Junge aus dem tiefsten Schwarzwald! In Paris! Am französischen Hof! Er hatte bei allem Talent auch so ein Händchen. Eine solche Einfühlsamkeit.« Caterina redete sich immer mehr in Schwung, und Mantovani hörte ihr zu, während er noch ein Stück Brot mit Schwarzwälder Schinken belegte.

»Wusstest du, dass Kaiserin Eugenie mit ihren Porträts zur Wiederbelebung der Französischen Luxustextilindustrie beigetragen hat, weil alle adeligen Damen Europas dasselbe tragen wollten wie die Kaiserin? Heute würde man sie als Influencerin bezeichnen. Das haben ihm die zeitgenössischen Kritiker übrigens immer wieder vorgeworfen.«

»Die Mode?«

»Na ja, indirekt. Sie haben ihm wortwörtlich vorgeworfen, ›Glanz, Eleganz und Luxus der wahren Schönheit vorzuziehen‹.«

»Wirklich?«

»Ja. Das stimmt. Elisabeth sagt, dass er sich zu Lebzeiten einiges hatte anhören müssen, weil er es vorgezogen hat – ich zitiere –, ›zarte Gefühle, Leichtigkeit und Schönheit zu malen statt Dramaturgie, Tod und Schwere‹.« Sie trank einen Schluck Kaffee und blätterte in ihren Notizen: »Du musst dir mal anhören, was ein Kritiker über sein Gemälde *Florinde* geschrieben hat. Er schrieb, die Figuren seien ›Wachsfiguren, die um die Auslage eines Coiffeurs konkurrieren‹! Ist das nicht empörend?!«

»Das ist hart. Aber was sagt die Fachfrau?«

»Er war ein Genie! In einem der Kataloge stand, er hätte eine ›aristokratische Lässigkeit‹ besessen. Das stimmt, finde ich. Zwei Bauernbuben aus Menzenschwand, mit aristokratischer Lässigkeit.«

»Das ist tatsächlich außergewöhnlich.«

»Man glaubt die Menschen auf den Porträts persönlich zu kennen. Am besten gefällt mir das Bild der kleinen Prinzessin Alice von England im historischen Kostüm, das hier, sieh mal.« Sie blätterte Seite hundertsiebenundzwanzig auf. »Zauberhaft! Findest du nicht?«

So verplauderten sie das Frühstück und überlegten anschließend, was sie unternehmen wollten. »Wärst du mir arg böse, wenn ich noch ein wenig schreibe? Was macht euer Fall? Hast du schon etwas vom Commissario gehört?«

»Nein. ich rufe ihn nachher an.«

## 33

Als er den Bullen herauskommen sah, legte er das Fernglas weg und wartete, bis er weggefahren war. Dann ließ er den Motor an, parkte vor dem Hotel und humpelte, sich immer wieder umsehend, die Treppe hoch und verschwand im Eingang. Nur wenige Sekunden später schrillte der Feueralarm durch den Roten Fuchsen, und die Menschen eilten hinaus ins Freie.

Er erkannte sie kaum wieder. In wenigen Tagen war aus der blühenden, rotwangigen und fröhlichen jungen Frau, die zu ihrem Liebsten geradelt war, ein kraftloses Geschöpf mit stumpfem, unfrisiertem Haar, verquollenen Augen und rot fleckigem Gesicht geworden. Kaum, dass er sie in der Menschenmenge erspäht hatte, drängte er sich zu ihr durch, nahm sie am Arm und kam ganz nahe an ihr Ohr: »Ciao bella, sono suo fratello. Vieni. Ich bin sein Bruder. Komm!« Sie drehte sich zu ihm um, sah ihm ungläubig ins Gesicht und ließ sich widerstandslos von ihm wegführen, über die Straße zum Parkplatz. Und als alle Augen auf die mit Sirene und Blaulicht heranrasende Feuerwehr gerichtet waren, setzte er sie mit einem gezielten Schlag außer Gefecht, verfrachtete die Bewusstlose in seinen Van und fuhr weg.

## 34

»Wir können wieder rein? Fehlalarm? Uffa, Mantovani, sono congelata! Ich bin erfroren!«

Zurück im Zimmer legte sie ihren Laptop weg und nahm eine heiße Dusche, während ihr Mann mit Briamonte telefonierte. Als sie frisch duftend und rot wie ein gekochter Hummer zurückkehrte, hatte Mantovani schon eine Beschäftigung für sich organisiert.

»Ich werde nachher zum Commissario gehen.«

»Wann?«

»In einer guten Stunde. Er ist noch in St. Blasien.«

»Gibt es etwas Konkretes?«

»Nein, nein, er baut sein Haus aus, hier in Menzenschwand. Ich werde ihm ein bisschen helfen. Wenn sich etwas Neues ergibt, müssen wir aber vielleicht noch einmal nach Freiburg.«

»Versprichst du mir, dass ich dann mitkann? Ich will nach einer Jacke schauen.«

Um halb eins stand Mantovani vor der angegebenen Adresse und machte große Augen. Briamonte baute hinten im Garten die eben erworbenen Gartenstühle und den Tisch auf, als der Hund anschlug.

»Signor Mantovani, herzlich willkommen in meinem neuen Palazzo.« Er machte eine urkomische Verbeugung und öffnete das Gartentor.

»Accidenti!«, entfuhr es Mantovani, als sein Blick über das Haus wanderte. Ein uralter Schwarzwaldhof. *Sehr* renovierungsbedürftig, auf einem verwilderten Grundstück, umgeben von einem morschen, windschiefen Staketenzaun.

»Kommen Sie, ich habe gerade einen Tisch und Stühle für den Garten gekauft. Weihen wir sie ein.« Er führte seinen Gast ums Haus herum, wo der die große Birke, zwei knorrige Obstbäume und ein halbes Dutzend vernachlässigter Vogelbeerbäume und Holunderbüsche bewunderte, die sich tapfer gegen kniehohes Gras und verblühte Wiesenblumen behaupteten. Der Blick ins vordere Tal und auf die Berge ringsum war phantastisch. Und wenn man genau hinsah, konnte man noch erahnen, wo früher der große Bauerngarten war. Dort, am Ende des Grundstücks, wo sich Blumen, Kräuter, Kohl und Kartoffeln selbstständig gemacht hatten und einen undurchdringlichen Dschungel bildeten.

»Wunderschön«, meinte er ehrlich angetan. »Und sehr ambitioniert.«

Briamonte grinste schief und tischte auf, was er in St. Blasien gekauft hatte: Bauernbrot, Leberwurst, Schwarzwälder Schinken, Räucherwürste, Käse und einen kleinen Käsekuchen. Die Kiste alkoholfreies Tannenzäpfle stellte er in die uralte emaillierte Badewanne, die, mit algengrünem Regenwasser gefüllt, am Rand des ehemaligen Gartens stand. Er öffnete zwei Flaschen mit dem Autoschlüssel und reichte Mantovani eine: »Salute!«

Sie setzten sich und blickten eine Weile schweigend in die Ferne. Briamonte ertappte sich bei dem Gedanken, dass er sich seinen italienischen Kollegen als Freund wünschte.

»Läuft die Suche noch?«, fragte Mantovani nach einer Weile: »Ein riesiges Gebiet.«

»Ja. Aber nicht mehr lange. Die Suchmannschaften wollen noch ein paar Ortsgruppen mehr hinzuziehen, aber sie machen nachts eine Pause. Von zwei bis sechs. Mich macht die ganze Sache regelrecht fertig. Ich bin noch nicht mal eine Woche hier und habe mich selten so … nutzlos gefühlt«, gestand Briamonte seinem Kollegen.

»Wo waren Sie vorher?«

»In Frankfurt.«

»Was haben Sie da gemacht?«

»Ich war Leiter des Fachkommissariats für deliktübergreifende organisierte Kriminalität.«

»Warum haben Sie gewechselt, wenn die indiskrete Frage erlaubt ist?«

»Ach je. Midlife-Crisis. Überdruss. Private Gründe. Sehnsucht. Dummheit. Ich weiß es nicht.«

Mantovani nickte nachdenklich. »Ich wurde vor einigen Jahren von meiner Verlobten verlassen, von jetzt auf nachher, wegen eines anderen, nach zehn Jahren Beziehung. Das hat mir den Boden unter den Füßen weggezogen. Als ich wieder einigermaßen klar denken konnte, habe ich mich nach Mailand versetzen lassen und neu angefangen. Und mein Glück gefunden«, erzählte Mantovani freimütig. »Es ist nie leicht, aber ich glaube, dass es sich immer lohnt. Ich habe kürzlich einen tollen Spruch gelesen: Wer ins kalte Wasser springt, taucht ein in ein Meer aus Möglichkeiten. Oder so ähnlich. Das ist es für mich definitiv gewesen.«

»Wo kommen Sie ursprünglich her?«

»Aus Sardinien.«

»Schön. Da wollte ich immer mal hin. Ich bin hier aufgewachsen, in Menzenschwand, nur ein paar Straßen weiter.«

»Ach wirklich? Dann sind Sie ja ein echter Schwarzwälder?«

»Ja und nein. Das ist, glaube ich, ein Teil meines Problems. Ich bin hier aufgewachsen, habe mich aber nie wirklich dazugehörig gefühlt. Meine Mutter war die, die ›den Italiener‹ geheiratet hat, und ich war das ›Italienerkind‹. Ich weiß nicht, wie es jetzt ist, aber vor dreißig, vierzig Jahren war das echt noch ein Thema hier.«

»Und jetzt haben Sie ein Haus gekauft und wollen es noch einmal versuchen?«

»Nun ja, so ähnlich. Ich habe nur diese Heimat. Frankfurt war es jedenfalls nicht. Menzenschwand ist wunderschön, und außerdem ist meine Mutter noch hier.« Und Oma Resi, ergänzte er in Gedanken. »Sie sagt, ich sei kein guter Sohn, weil ich mich so wenig um sie kümmere. Na ja, ist nicht ganz ernst gemeint.«

»Stimmt das?«

»Das mit dem schlechten Sohn? Ja, schon, aber ich glaube, sie verzeiht mir. Und ich denke, sie freut sich, dass ich wieder hier bin.« Briamonte lächelte. »Sie sagte heute, dass ich ewig nicht gelächelt hätte. Ich fürchte, sie hat recht.«

»*Meine* Mutter hat mir damals jede Woche Pakete geschickt, mit allem, was ihre Koch- und Backkünste hergaben. Sie hat geglaubt, ich würde verhungern.«

Briamonte lachte.

»Aber seit ich verheiratet bin, nicht mehr. Jetzt schickt sie hand gestrickte Babyschühchen und Mützchen ... die äußerst subtilen Winke italienischer Mütter.« Mantovani grinste breit und hob sein Bier: »Be'. Alle nostre mamme! Na dann, auf unsere Mütter!«

Sie tranken noch ein zweites Bier und machten sich über die Schwarzwälder Spezialitäten her, die Mantovani so schätzen gelernt hatte. Nach einer Weile wurde die Stimmung nachdenklicher.

»Masiero hat auch eine Mutter, komisch nur, dass ihn offenbar niemand zu vermissen scheint. Irgendwie traurig. Nur Eva Mayer weint um ihn.« Briamonte stellte die leere Flasche weg. »Allein deswegen müssen wir seinen Mörder finden. Oder seine Mörderin.«

»Vielleicht ist er ein Waisenkind?«

»Glauben Sie wirklich?«

»Wäre doch möglich?«

»Schon. Über den falschen Namen habe ich schon Dutzende Male nachgedacht. Warum hatte der junge Mann eine falsche Identität?«

»Genau genommen, kann ich mir nur ein Szenario vorstellen«, erwiderte Mantovani.

»Jetzt bin ich aber gespannt.«

»Zeugenschutzprogramm.«

»Zeugenschutzprogramm? Meinen Sie wirklich?«

»Na ja, es ist die einzige Erklärung, die mir einfällt. Gianrico Masiero ist in Italien gänzlich unbekannt. Er ist weder als Krimineller in den Akten, noch als Vermisster gemeldet.«

»Interessante Theorie, aber die Lebensläufe, die die Zeugen im Zeugenschutzprogramm bekommen, halten doch normalerweise einer Überprüfung stand. Masieros Lebenslauf war ziemlich dilettantisch gefälscht, für ein professionelles offizielles Schutzprogramm, meine ich.«

»Schon, da stimme ich Ihnen zu. Vielleicht ist es aber kein offizielles Programm, sondern ein privat initiiertes? Ein inoffizielles Schutzprogramm, sozusagen?« Mantovani zuckte mit den Schultern: »Das würde auch erklären, dass er gefunden wurde. Dass seine Tarnung nicht funktioniert hat, falls er von jemandem gesucht worden war.«

»Hm. Sie meinen wahrscheinlich auch die Tatwaffe? Die Waffe eines Profis?«

»Ja. Schon auch. Aber das sind ohnehin alles Hypothesen. Wir wissen im Grund genommen gar nichts. Ich gehe davon aus, dass Herr Mayer raus ist. Dann wissen wir nur, dass eine junge Frau verschwunden ist, die möglicherweise die Täterin ist. Falls sich diese Vermutung oder Annahme, wie auch immer Sie es nennen wollen, nicht bestätigt, müssen wir wieder von vorne anfangen. Das heißt, dass wir überlegen müssen, warum ein junger Italiener mit falscher Identität hier in Menzenschwand lebte. Wenn wir das Warum wissen, haben wir mit großer Wahrscheinlichkeit auch auf das andere Warum eine Antwort, nämlich, warum er sterben musste.«

Briamonte seufzte tief. »Ja. Wir sollten grundsätzlich noch einmal über die Identität des Jungen nachdenken.«

»Ja. Und darüber, wie er, *falls* er sich hier versteckt hat, gefunden werden konnte«, ergänzte Mantovani.

»Die Informationen des Netzbetreibers müssten bald vorliegen. Fehlt nur eine Kleinigkeit: sein Handy.«

»Haben Sie schon daran gedacht, eine Durchsuchung nach dem Handy zu beantragen? Das wäre noch eine letzte Option, oder was denken Sie?«

In dem Moment klingelte Briamontes Telefon. Kollegin Precht. Er nahm an und wanderte die nächsten zehn Minuten im Garten auf und ab. Als er zurückkehrte, ließ er sich resigniert auf den Stuhl fallen. Mantovani sah ihn erwartungsvoll an.

»Nichts. Gar nichts. Natalias Freunde können sich nicht erklären, wo Natalia sein könnte. Bleiben nur noch die Eltern. Sobald der Dolmetscher zur Verfügung steht, wird die Kollegin sie anrufen.«

»Hm, nicht gerade ermutigend.«

»Nein. Aber wenn die Dinge so liegen, werde ich noch einmal eine Durchsuchung beantragen. Diesmal müssen wir das ganze Haus durchsuchen. Wir brauchen Masieros Handy.«

»Herr Mayer wird Sie erschießen, das steht fest«, prophezeite Mantovani düster.

Briamonte wählte die Waldshuter Nummer: »Schopferer, würden Sie bitte einen weiteren richterlichen Durchsuchungsbeschluss für den Roten Fuchsen beantragen? Die werden nicht begeistert sein, aber wir brauchen Masieros Handy.«

»Werde ich veranlassen. Die Angaben des Netzbetreibers sind übrigens gerade gekommen. Ich habe sie Ihnen per Mail geschickt, aber sie sind wenig aufschlussreich. Die Nummer war zuletzt vergangenen Freitag hier in Menzenschwand angemeldet. Der exakte Ort lässt sich leider nicht feststellen, aber alles spricht dafür, dass er sich zu dem Zeitpunkt nicht weit vom Hotel aufgehalten hat. Ich habe eben die Daten des italienischen Mobilfunkanbieters angefordert. Vielleicht erfahren wir mehr, wenn wir die Rechnungen mit Rufnummernnachweis bekommen. Ich halte Sie auf dem Laufenden.«

Briamonte legte auf. »Mein Kollege wird die Daten des italienischen Mobilfunkanbieters anfordern. Vielleicht kommen wir so weiter. Auch wenn es eine Prepaid-Karte ist, wovon ich ausgehe, sollten wir seine Angaben bekommen. Wenn er die nicht schon mit einem gefälschten Ausweis gekauft hat.«

»Die Mayers haben keine Ausweiskopie von ihm?«

»Nein. Sie haben ihn unter Gianrico Masiero angemeldet.« Briamonte langte nach einem Stück Käsekuchen. »Die Idee des Zeugenschutzprogrammes geht mir nicht aus dem Kopf. Schickt man in Italien Zeugen ins Ausland?«

Mantovani sah ihn schulterzuckend an. »Warum nicht? Davon habe ich, ehrlich gesagt, keine Ahnung. Aber die Anfrage Ihres Kollegen an die italienischen Behörden sollte doch, falls dem so wäre, irgendeine Reaktion zeigen. Der Zeuge ist ja bereits tot, da kann ja nichts mehr schiefgehen. wobei …« Er dachte kurz nach: »*Ich* persönlich glaube nicht, dass er in einem offiziellen Schutzprogramm war. Zu dilettantisch, allenfalls in einem privaten.«

»Wieso nicht? Wäre doch denkbar. Also mir fallen auf Anhieb ein halbes Dutzend Gründe ein, warum sich ein junger Mann eine neue Identität zulegen und abtauchen will.«

»Mir auch, wobei sich bei mir tatsächlich die Frage nach der Mutter stellt. Ich glaube nicht, dass ein junger Italiener seine Mutter im Unklaren darüber lässt, wo er ist und wie es ihm geht, falls er tatsächlich untergetaucht ist.«

»Und wenn sein Leben davon abhinge, dass er keinerlei Spuren hinterlässt?«

»Das kann ich so nicht beantworten. Mir ist, ehrlich gesagt, so ein Fall noch nicht untergekommen.«

»Wie auch immer. Die Tatwaffe und der Präzisionsschuss sprechen meiner Meinung nach für einen professionellen Täter.«

»Das stimmt.«

Die Männer verstummten wieder.

»Mir fallen nur zwei Optionen ein: Mord aus Eifersucht oder Ausschaltung eines Zeugen. Aber wenn Masiero tatsächlich abtauchen musste, warum fälscht er so dilettantisch seine Arbeitszeugnisse?«

»Vielleicht konnte er es nicht besser?«

Briamonte sah seinen Kollegen an. Da war was dran. Er hatte keine Ahnung, welchen Bildungsgrad und welche Möglichkeiten der junge Mann gehabt hatte.

»Aber wie machen wir weiter? Was würden *Sie* tun?«

Mantovani machte ein ratloses Gesicht. »Das ist schwer zu beantworten, viele Möglichkeiten gibt es in diesem Fall nicht mehr. Wir müssen das Telefon finden. Und Natalia, ansonsten abwarten, manchmal bleibt einem nur das. Und wenn wir Glück haben, kommt noch etwas Interessantes zum Vorschein.«

»Ja.«

»Falls es sich bei dem Mörder um einen Profi handelt, stehen die Chancen ohnehin schlecht. Der wird sich schwer identifizieren und noch schwerer fassen lassen.«

»Ich fürchte, Sie haben recht«, erwiderte Briamonte düster.

»Wollen wir ein bisschen den Container füllen?«, fragte Mantovani jetzt, bewusst das Thema wechselnd: »Wenn Sie ein Paar Handschuhe für mich haben, würde ich Ihnen sehr gern ein bisschen zur Hand gehen. Das wird uns ein bisschen den Kopf lüften.«

»È sicuro? Sind Sie sicher?«

»Sicuro, sicuro.«

»Dann sage ich nicht Nein.«

## 35

Langsam tauchte sie aus der Dunkelheit auf, und einer nach dem anderen schalteten sich ihre Sinne wieder ein. Sie lag auf der Seite. Ein fahrendes Auto. Kalter Rauch. Schweiß. Ranziger Mann. Neue Autopolster. Genickschmerzen. Gefesselte Hände. Vorsichtig öffnete sie die Augen und blinzelte durch die Wimpern. Die Rückseite vom Fahrersitz. Vorbeiziehende Bäume. Unwegsames Gelände. Gedrosselte Geschwindigkeit. Dann setzte schlagartig ihr volles Bewusstsein wieder ein, mit nackter Panik und unbändigem Überlebenswillen. Nur mit Mühe unterdrückte sie den Impuls, sich aufzusetzen, und blieb liegen. Ihre Gedanken überschlugen sich und rasteten dann ein. Nicht ihr Vater hatte Gianrico erschossen, sondern der Mann, der am Steuer dieses Wagens saß. Jetzt war sie dran. Instinktiv wusste sie, dass sie nur eine Chance hatte. Dass sie das Überraschungsmoment nutzen musste, wenn sie entkommen wollte. Mit

Entsetzen sah sie durch die halb geschlossenen Augen den dunkler werdenden Wald und spürte, wie der Wagen langsamer wurde und schließlich stoppte. Ihr Puls raste, als sie regungslos auf jedes Geräusch lauschte. Das Anziehen der Handbremse, das Lösen des Gurtes, der schwere Atem des Mannes, das Öffnen und Schließen der Fahrertür und – das Plätschern von Urin im Laub. Wieder Schritte.

Jetzt! Die Autotür ging auf, und sie hielt den Atem an. Von groben Händen gepackt, wurde sie vom Rücksitz gezogen. Aber in dem Moment, als sie den Boden unter ihren Füßen spürte, riss sie die Augen auf, schrie aus vollem Hals und biss dem überraschten Mann dann so fest in den Arm, dass er aufbrüllte. Sie biss so fest zu, dass sie Blut schmeckte und er sie hart ins Gesicht schlug. Aber sie spürte keinen Schmerz. Verzweifelt schlagend und tretend konnte sie sich seinem Griff entwinden und davonstolpern, hinein in den Wald.

## 36

Während Eva Mayer um ihr Leben rannte, erlebte das Hotel Gasthof Zum Roten Fuchsen den zweiten hochnotpeinlichen Polizeieinsatz innerhalb weniger Tage. Erst die Beschlagnahmung der Computer, jetzt eine Hausdurchsuchung. Die Eheleute Mayer tobten. Herbert Mayer schnappte sich seine Flinte und verschwand, übelste Verwünschungen ausstoßend, in Richtung Wald, und Waltraud Mayer musste an sich halten, um die Contenance zu wahren. Am liebsten hätte sie den anwesenden Beamten ins Gesicht gezischt, was sie von ihnen und dieser Behördenwillkür hielt, aber ihre Tochter konnte sie dazu überreden, stattdessen Kaffee und Kuchen für die diensthabenden Polizisten bereitzustellen. Doch selbst die Küche wurde kleinteilig auseinandergenommen, und Waltraud Mayer floh weinend auf die Gästetoilette.

Briamonte, zur Untätigkeit verurteilt, setzte sich zu den Eheleuten Mantovani, die auf der Terrasse bei Kaffee und Kuchen saßen.

Das Durcheinander der Hausdurchsuchung brachte die Rede unweigerlich auf Gianrico Masiero.

»Kannst *du* dir vorstellen, warum ein junger Mann aus Bozen mit schlecht gefälschter Identität in den Schwarzwald kommen sollte?«, fragte Mantovani seine Frau. »Ihr Frauen habt doch eine ganz besondere emotionale Intelligenz, uns fällt kein wirklich plausibler Grund ein, außer einem Zeugenschutzprogramm, aber dafür war das Ganze zu dilettantisch.«

»Bozen? Wieso Bozen?«

»Er stammte aus Bozen.«

»Niemals! Er kam eindeutig aus Norditalien und nicht aus Südtirol! Ich könnte fast wetten, dass er einen Genueser Dialekt hatte.«

Mantovani setzte sich ruckartig auf. »Bist du sicher?«

»Natürlich nicht *ganz* sicher, aber er hörte sich an wie meine Cousine aus Genua. Du hast ihn doch auch gehört.«

Briamonte und Mantovani wechselten einen Blick. Wenn das stimmte, warf das ein ganz neues Licht auf den Toten. Verdammt! In dem Augenblick klingelte es in Briamontes Hosentasche.

»Sie haben das Handy.«

Eine Minute später standen er und Mantovani in der Küche des Restaurants und sprachen mit dem Einsatzleiter der Hausdurchsuchung.

»Wo haben Sie es gefunden?«

»Hier«, der Mann zeigte auf einen Edelstahlküchenblock

mit großen Schubladen, »An der Oberseite des untersten Schubladenfachs. Festgeklebt mit Panzerband.«

Briamonte war sichtlich erleichtert und betrachtete das Gerät: »Hat es noch Akku?«

»Nein, leider.«

»Bringen Sie es bitte gleich ins Labor, obwohl ich wenig Hoffnung habe, dass sie es knacken können. Und danke für die gute Arbeit!«

Als die Kollegen abgezogen waren, setzten sie sich in den leeren Frühstücksraum und besprachen das weitere Vorgehen. Plötzlich war wieder Bewegung in den Fall gekommen. Die Vermutung, dass Masiero nicht aus Bozen, sondern aus Norditalien oder genauer aus Genua stammte, hatte Briamonte alarmiert. Plötzlich schien es nicht mehr ganz so abwegig, dass der junge Tote sich hier versteckt hatte, denn die Mafia agierte dort ebenso aktiv wie überall im Land. Da sollte sich doch ein Hinweis finden lassen!

»Haben Sie von hier aus Zugriff auf Ihre Datenbanken in Italien?«

»Ja, sicher.«

»Dann würde ich vorschlagen, dass wir uns die Arbeit teilen. Wenn Sie einverstanden sind und nichts anderes vorhaben, natürlich. Ich durchforste die einschlägigen Sozialen Medien nach Bildern von unserem Toten, und Sie schauen nach, ob Sie ein Porträt von ihm in Ihrer Verbrecherkartei haben. Ist mühsam, ich weiß, aber ohne Namen bleibt uns nichts anderes übrig. Vielleicht haben wir ja Glück.«

»Va bene.«

Briamonte verabschiedete sich und verbrachte am Küchentisch seiner Mutter die nächsten Stunden auf Facebook, Twitter, YouTube und Instagram, auf der Suche nach dem jungen Italiener.

## 37

Eva Mayer stapfte Stunde um Stunde durch den Wald, auf der Suche nach einem Waldweg einer Straße oder Mobilfunkempfang. Nachdem sie, durch die Kabelbinder um ihre Handgelenke behindert, tiefer und tiefer in den Wald geflohen war, in angstvoller Erwartung des tödlichen Schusses, war sie jetzt sicher, dass ihr niemand mehr folgte. Aber sie hatte sich hoffnungslos verlaufen. Irgendwann war es ihr gelungen, ihr Telefon aus der hinteren Gesäßtasche zu ziehen, doch es gab keinen Empfang. Den Sonnenstand konnte sie so tief im Wald nicht ermitteln, weshalb sie versuchte, sich am Moosbewuchs der Bäume zu orientieren. Als Kind hatte sie ihren Vater jahrelang in den Wald begleitet und war überzeugt gewesen, dass sie jederzeit nach Hause finden würde, aber langsam dämmerte ihr, dass das nicht so einfach war, wenn man nicht wusste, wo man sich befand. Der Schwarzwald war groß, aber aufgeben war keine Option. Jetzt nicht mehr!

## 38

Mit pochenden Schmerzen in Arm und Knöchel fuhr er fluchend durchs Dorf, um von der gegenüberliegenden Talseite in den Wald zu kommen und eine ideale Schussposition zu finden. Da! Der Scheißbulle schon wieder! Managgia! Er hatte ihn gesehen! Seine Fingerknöchel wurden weiß, weil er das Lenkrad so fest umklammerte. Der Wagen musste weg, aber er konnte nicht mehr klar denken! Der Dauerstress auf fremdem Terrain und die Misserfolge der letzten zweieinhalb Wochen setzten ihm so zu, dass er sich einem Zusammenbruch nahe fühlte. Nachdem ihm das Mädchen im Wald entkommen war und er realisierte, dass er weder hinterherhumpeln noch so schnell sein Gewehr zusammenschrauben konnte, hatte er laut gebrüllt und außer sich vor Wut mit einem Ast auf die umliegenden Bäume eingedroschen, bis er nicht mehr konnte. Völlig abgekämpft hatte er dann eine halbe Flasche Wasser getrunken und anschließend die blutende Bisswunde gespült. Jetzt war er, wieder einmal, gezwungen zu improvisieren. Sie hatte ihn gesehen. Deshalb musste sie sterben, Handy hin oder her. Er hasste unvorhergesehene Situationen! Zu Hause war alles klar geregelt. Jeder kannte seinen Platz, jedermann wusste, was passierte, wenn man Mist baute. Alles und alle waren berechenbar. Ein natürlicher Lauf der Dinge. Dieser Auftrag aber brachte ihn an die Grenzen seiner physischen und psychischen Belastbarkeit. Er war kein Denker. Er war ein Macher. Einer der ausführte. Hin, erledigen, weg. Und jetzt?! Che cazzo di merda! Er wollte weg, so schnell wie möglich! Aber wie konnte er das tun, ohne die Daten? Seine schlechte Verfassung hinderte ihn am Denken. Er fand keine Lösung und fühlte sich wie eine in die Enge getriebene Ratte. Cazzo! Cazzo! Cazzo! Wutentbrannt schlug er auf das Lenkrad. Als er um die Kirche herumfuhr, kam ihm wieder in den Sinn, dass er das Hotel besser abfackeln und verschwinden sollte. Nach diesem Debakel konnte er sich ohnehin nicht mehr blicken lassen, sein Ruf als Problemlöser war irreparabel beschädigt. Und alles wegen diesem stronzo! Cazzo! Vielleicht könnte er den Brand nutzen, um seinen eigenen Tod zu inszenieren? Und sich eine neue Identität und ein neues Gesicht zuzulegen? Professionell. Nicht so stümperhaft wie dieser coglione! In Rumänien gab es geeignete

Adressen, wie er wusste. Ein halbes Jahr sollte ausreichen. Geld genug hatte er. Doch im selben Moment, durchfuhr es ihn kalt. Die würden ihm den Geldhahn zudrehen, sobald sie merkten, dass etwas nicht stimmte. Wenn er nicht bald zurückkehrte und beweisen konnte, dass er die Angelegenheit erledigt hatte, war er geliefert! Also abfackeln. Aber zuallererst musste die Kleine weg!

## 39

Am späten Nachmittag war er mit seinem Hund kurz draußen, als plötzlich ein Wagen neben ihm hielt. Der Revierförster.

»Wie geht es Ihnen? Haben Sie alle Informationen über das Revier und die Ansitzbelegung bekommen? Wie läuft die Ermittlung? Ich habe gehört, dass auch die junge Bedienung der Mayers gesucht wird. Stimmt das?«

»Leider ja. Ich hoffe, dass wir sie bald finden. Es tut mir leid, dass ich eine solche Unruhe ins Dorf gebracht habe.«

»Das ist doch nicht Ihre Schuld!«

»Ja schon, aber ich bin im Laufe der Ermittlung schon so ziemlich jedem hier auf den Schlips getreten.«

»Das haben Mordermittlungen so an sich, oder nicht? *Ich* finde, Sie machen Ihre Arbeit gut, immerhin ist ein Mensch getötet worden! Das ist nicht der Zeitpunkt für gekränkte Eitelkeiten. Nur weiter so!«

Briamonte hob die Augenbrauen. Interessant. »Sagen Sie, kann ich Sie etwas Privates fragen?«

»Sicher.«

»Ich habe im Dorf ein Haus gekauft, das Grundstück ist ziemlich verwildert, und ich würde gerne etwas Ordnung schaffen. Leider kenne ich mich nicht aus, was besser stehen bleiben sollte und was nicht. Würden Sie sich den Wildwuchs mal ansehen?«

»Der Buser Hof?«

»Ja.«

»Ach *Sie* sind das! Ich habe gehört, dass ein Polizist den Hof gekauft hat, dachte aber an einen Pensionär. Ich komme gerne mal vorbei. Wann passt es Ihnen am besten? Jetzt zum Beispiel, da hätte ich noch eine halbe Stunde Zeit.«

»Wenn das so ist, sehr gerne jetzt gleich.«

»Steigen Sie ein!«

»Und der Hund?«

»Darf auch.«

Nikolaus Dannecker kannte den Hof. »Der hätte mir auch gefallen, aber für so einen Umbaumarathon bin ich zu alt, außerdem wäre mir meine Frau aufs Dach gestiegen.«

Briamonte führte ihn ums Haus herum, in den Garten. Dannecker lief das Grundstück ab und begutachtete die Sträucher und Bäume. »Wie wollen Sie den Garten nutzen?«

»Nicht als Golf- oder Cricket-Platz«, scherzte Briamonte. »Nein, im Ernst, genau genommen gefällt mir eine gewisse Wildnis. Es wäre nur schade, wenn sich die Bäume und Sträucher gegenseitig behindern würden; an der Stelle, wo jetzt Tisch und Stühle stehen, kann ich mir auch eine Grillstelle vorstellen. Und wenn ich den Bauerngarten wiederbeleben könnte, wäre ich auch nicht unglücklich.«

»Ich nehme an, das wäre da hinten?«

»Ja, genau.«

»Dann würde ich Ihnen empfehlen, den Vogelbeerbaum dort wegzunehmen. Ebereschen ziehen viel zu viel Nährstoffe, da hätten Sie mit Ihrem Garten sonst Mühe.«

»Okay. Und die beiden Obstbäume?«

»Die würde ich von einem Fachmann zuschneiden lassen.« Der Förster trat näher. »Apfel und Birne, schön, da werden Sie Freude haben. Ansonsten würde ich nichts groß verändern.«

»Und die da?« Briamonte zeigte auf ein gutes Dutzend kleine Sträuchlein, deren magere Äste gerade so eben aus dem hohen Gras ragten.

»Das ist Holunder, den können Sie gut wachsen lassen, solange er nicht stört. Man sagt, er hielte böse Geister fern.«

»Und die Vogelbeerbäume hier? Zuschneiden?«

»Nein, Ebereschen schneidet man nicht. Ich würde sie, bis auf den da vorne, alle stehen lassen. Für die Tiere.«

»Vögel, ich weiß.«

»Ja, aber nicht nur. Siebenschläfer, Hasel- und Feldmäuse mögen sie auch.«

»Ist es nicht kontraproduktiv, wenn ich einen Bauerngarten anlegen will und mir mit den Vogelbeeren die Mäuse anlocke?«

Der Förster schmunzelte. »Die kommen sowieso, aber es gibt erstens genügend Raubvögel, Käuze und Katzen hier, und zweitens ist es sicher ein Vergnügen, die Rotkehlchen, Kleiber und Singdrosseln im Garten zu haben. Wenn Sie wollen, könnten Sie da vorne noch eine Kornelkirsche, Zierkirsche oder Felsenbirne pflanzen, dann hätten Sie auch Schmetterlinge und Bienen.«

»Das klingt gut. Ich würde auch gerne Wiesenblumen auf der Rasenfläche säen.«

»Wenn Sie speziell Bienen anlocken wollen, könnten Sie auch einen Faulbaum pflanzen. Den mögen sie besonders gerne.«

»Faulbaum? Nie gehört!«

»Ja, Faulbaum, auch Pulverholz oder Schießbeere genannt. Die Kohle des Holzes wurde für die Herstellung von Schwarzpulver verwendet, wobei die Rinde ein bisschen faul riecht. Das müssten Sie sich überlegen.«

»Interessant! Dann lasse ich mal den Gärtner kommen.«

»Nun, ansehen kann er es sich ja mal, aber den Obstbaumschnitt macht man normalerweise erst im Februar, März, kurz vor dem Laubaustrieb.«

»Könnten Sie mir jemanden empfehlen? Könnten Sie mir generell ein paar gute Handwerker empfehlen? Ich glaube, einen Dachdecker brauche ich am dringendsten.«

»Ich schreibe Ihnen ein paar auf. Erinnern Sie mich nächste Woche noch einmal dran, ja?«

»Kann ich Ihnen eigentlich etwas zu trinken anbieten? Ein Wasser? Ein alkoholfreies Bier? Steht hier schon gekühlt in der Wanne.«

»Nein danke, ich muss demnächst los. Die Waldarbeiter warten. Wollen Sie mit? Dann zeige ich Ihnen ein bisschen den Wald rund ums Tal.«

Zehn Minuten später waren sie unterwegs.

Sie überquerten den großen Parkplatz und fuhren die schmale asphaltierte Straße entlang, in Richtung Wasserfälle. Kurz nach dem Café Kuckuck bogen sie nach links ab, zur »Schässlong dü Boa«, einem Aussichtsplatz, von dem aus man das ganze Tal überblicken konnte. Briamonte staunte nicht schlecht. Hier hatte sich echt was getan in den letzten zwanzig Jahren. Das sah sogar er, der als Kind kaum mal aus dem Haus gegangen war. Nach einer kurzen, wissenschaftlichen Exkursion in die Glazialgeschichte des Tales fuhren sie zur Menzenschwander Kluse, wo Dannecker ihm die drei zuvor thematisierten, quer verlaufenden Endmoränenwälle aus der letzten Eiszeit zeigte.

»Der Albtalgletscher verlief hier, und der Krunkelbachtalgletscher kam von links. Sehen Sie?« Er zeigte in Richtung Krunkelbachtal. »Der Gletscher von dort hat sich tiefer eingegraben und diesen hier aufgestaut.«

Briamonte kamen endlose, langweilige, trockene Erdkundestunden mit veralteten Schulbüchern und Filmmaterial aus den sechziger Jahren in den Sinn, und er stellte fest, dass ihn das Thema, so engagiert vorgetragen, am Ort des eiszeitlichen Geschehens erheblich mehr interessierte als damals.

Nach einem kurzen Halt bei den Waldarbeitern fuhren sie einmal rund ums Tal. Der Förster berichtete Briamonte über die Umgestaltung des bestehenden Waldes mit überwiegendem Fichtenbestand zu einem gesunden Mischwald. Über eine Million Buchen, gemischt, mit einzelnen Weißtannen, Ahornbäumen, Linden, Eschen und Ulmen, hatte er die letzten dreißig Jahre im Wald pflanzen lassen. Unterwegs hielt er immer wieder an, um die Jungbäumchen zu kontrollieren und die Schutzklammern gegen Wildverbiss wieder ganz oben an den diesjährigen Triebknospen anzubringen, während Briamonte den Hund ein paar Schritte laufen ließ.

Als sie auf der rechten Talseite über schmale Forstwege in Richtung Vorderdorf fuhren, fiel ihnen der dunkelgraue Mercedes-Van auf, der auf einem Holzlagerplatz vor der Holzbeige stand. Schweizer Kennzeichen. AI. Appenzell Innerrhoden.

»Den habe ich schon mal gesehen. Ein seltsamer Schweizer.«

»Manche Leute halten die Verbotsschilder für unverbindliche Empfehlungen! Das ist wirklich ärgerlich!« Der Förster stieg kurz aus, um zu sehen, ob jemand im Auto war, und kam unverrichteter Dinge wieder zurück.

»Haben Sie das Kennzeichen fotografiert?«, fragte Briamonte: »Ich lasse es überprüfen.«

»Ich schicke es Ihnen. Es ist ja schön, wenn die Leute den Wald als Naherholungsgebiet nutzen, aber nicht, wenn sie auf verbotenen Waldwegen herumfahren!«

»Denken Sie, dass das ein Wilderer ist?«

»Nein, nein. Ich tippe auf ein romantisches Stelldichein.«

Kurz vor Einbruch der Dunkelheit ließ sich Briamonte vor dem Fuchsen absetzen. Kein Anruf in den letzten eineinhalb Stunden, Mantovani schien auch nichts gefunden zu haben. Aber in dem Moment, als er die Treppe zum Hotel hochstieg, klingelte sein Handy. Kollegin Precht.

»Ich habe eben mit Natalias Eltern gesprochen.«

»Oh, und?«

»Natalia ist nicht bei ihnen. Sie sind sehr besorgt darüber, dass sie verschwunden ist. Ihre Mutter sagte, dass sie von einem jungen Kollegen erzählt hätte, der ihr wohl gefiel. So hat sie es jedenfalls interpretiert.«

Briamonte spitzte sofort die Ohren: »Das ist ja interessant. Was noch? War sie in letzter Zeit anders als sonst?«

»Nein. Ihre Mutter berichtete, dass sie jede Woche anruft und ein wenig erzählt, aber immer nur kurz. Sie sei ein eher zurückhaltendes Mädchen, ruhig, pflichtbewusst und ehrgeizig.«

»Sagte sie, wann sie zuletzt von ihr gehört hat?«

»Ja, vergangenen Freitag.«

»Kann sie sich vorstellen, dass ihre Tochter spontan verreist ist?«

»Nein. Es sähe ihr nicht ähnlich, dass sie ohne eine Nachricht auf Reisen ginge, beziehungsweise unentschuldigt von ihrer Arbeit fernbliebe. Ach ja, und sie erzählte mir, dass Natalia eine hervorragende Biathletin wäre, deshalb hatte sie unbedingt in Freiburg studieren wollen. Damit sie im Winter ausreichend Trainingsgelegenheiten hätte.«

Briamonte fiel beinahe das Handy aus der Hand: »Wie bitte?«

»Ja. Natalia war ukrainische Vize-Meisterin.«

»Verdammt!«

»Sie sagen es.«

»Das muss ich erst einmal verdauen. Ich melde mich, danke.« ›Kristina‹ brachte er nicht über die Lippen. Briamonte war so überrascht, dass er unbedingt sofort mit Mantovani sprechen musste. Zwei Stufen auf einmal nehmend, eilte er die Treppe hoch, nicht ahnend, dass er in dem Augenblick das Fadenkreuz eines Scharfschützengewehrs durchkreuzte.

## 40

Gottserbärmlich frierend und fluchend lag er seit Stunden auf der Lauer. Wieso zur Hölle dauerte es so lange, bis das kleine Miststück wieder nach Hause kam? So weit war er doch gar nicht gefahren! Der Waldboden um den umgestürzten, moosigen Baumstamm war feucht, und mit der Dämmerung kam nicht nur die Dunkelheit, sondern auch ein Schwall kalter Luft. Angeekelt wischte er sich immer wieder winzige Waldbewohner von der Hand, und der Gedanke an Spinnen, die in seine Hosenbeine krabbeln könnten, ließ ihn schaudern. Die Kälte kroch unerbittlich in ihm hoch, von seinem pochenden Knöchel im feuchtkalten Laub bis zu seinem brennenden, heiß gewordenen Arm. Gerade als er aufstehen und sich ein wenig die Beine vertreten wollte, hörte er Motorengeräusche und duckte sich tiefer hinter den Stamm. Ein Auto kam langsam den Waldweg entlang, und er hörte das knirschende Geräusch der Räder auf dem Schotter. Plötzlich stoppte es und der Motor ging aus. Das Schlagen einer Autotür, Schritte und der tanzende Lichtkegel einer Taschenlampe. Managgia! Die haben sein Auto gesehen! Regungslos blieb er in der Dunkelheit liegen und wagte kaum zu atmen. Doch nach wenigen Minuten wurde der Wagen wieder angelassen und fuhr davon. Es dauerte ewig, bis er das Zittern in den Griff bekam und sich wieder beruhigte. Nachdem er sich vergewissert hatte, dass niemand zurückgekommen war, um den Wald rund um seinen Van abzusuchen, wagte er, ein wenig die Beine zu vertreten, wobei er sich ständig das Fernglas vor die Augen hielt, um sein Opfer nicht zu verpassen. Die Bisswunde schmerzte so sehr, dass er das Fernglas kaum halten konnte. Cazzo, cazzo, cazzo! Diese kleine bissige Schlampe! Der einzige Trost waren die Benzinkanister, die er hinten im Wagen hatte. Er würde morgen früh die Erfolgsmeldung weitergeben, das nötige Geld abheben, die Hütte niederbrennen und dann nach Rumänien abhauen. In einem halben Jahr, gerade richtig zur Frühlingszeit, würde er als Ettore de Rossi wieder in Italien auftauchen. Er grinste. Ettore de Rossi, das klang seriös. Il Signor Ettore de Rossi würde irgendwo in einer kleinen Bar am Meer sitzen und den hübschen Passantinnen hinterherschauen. Alla salute!

Plötzlich erkannte er den Bullen, der vor dem Hotel aus einem fremden Auto stieg und dann telefonierte. Rasch legte er das Fernglas weg und hob sein Gewehr. Er hatte den verfluchten sbirro genau im Fadenkreuz, durch den Nachtsichtvorsatz an seinem Zielfernrohr grünlich erhellt, und war einen Augenblick lang versucht abzudrücken. Aber dann würde er die Kleine nicht kriegen, also senkte er die Waffe.

## 41

Die Eheleute Mantovani saßen beim Abendessen und freuten sich, ihn zu sehen.

»Buonasera! Come sta, Commissario?«

»Mir geht's gut, danke. Störe ich?«

»Certo che no! Si sieda! Natürlich nicht! Setzen Sie sich! Essen Sie mit uns!« Die junge Italienerin war bildschön wie immer und strahlte heute ganz besonders: »Faccia un brindisi con noi! Stoßen Sie mit uns an!«

Briamonte setzte sich nur zu gerne zu den beiden. »Was gibt es zu feiern?«

»Ich habe meinen ersten Auftrag als Kunsthistorikerin beendet!«

»Auguri! Glückwunsch!«

Mantovani organisierte ein drittes Glas und schenkte ihm ein. Die Neuigkeiten aus der Ukraine mussten warten.

Nach dem Essen war Caterina mit Elisabeth Kaiser verabredet, und die Männer zogen sich wieder in den leeren Frühstücksraum zurück, wo Briamonte endlich über die neuesten Ermittlungsergebnisse berichten konnte.

»Mantovani, holen Sie das Riechsalz. Natalia Danyljuk ist Ukrainische Vize-Meisterin im Biathlon.«

Sein italienischer Kollege war sprachlos.

»Ist es denn zu glauben, dass dieser … Fall, eine solche Berg- und Talfahrt ist?« Briamonte unterdrückte ein ordinäres Schimpfwort, und Mantovani schüttelte ungläubig den Kopf.

»Verdammt! Wir können doch nicht *noch* eine Hausdurchsuchung beantragen! Die denken in Waldshut ich sei komplett plemplem!«

Mantovani kratzte sich ratlos am Kopf. »Die polizeiliche Suchmeldung hat auch nichts gebracht, oder?«

»Nein, aber wenn die Dinge so stehen, sollten wir sämtliche Überwachungskameras der Umgebung überprüfen. Irgendwie muss sie ja weggekommen sein, wenn sie kein Auto hat.«

»Das ist keine schlechte Idee.«

Briamonte griff zum Handy. »Schopferer, bitte veranlassen Sie die Überprüfung sämtlicher Überwachungskameras aller Bahnhöfe im Radius von fünfzehn Kilometern.«

»Mache ich. An Masieros Handy und der DNA-Analyse der Hautpartikel an seinen Hosentaschen sind sie übrigens mit Hochdruck dran. Ich gebe Ihnen Bescheid, sobald ich etwas erfahre.«

»Danke, Schopferer!«

Er legte auf und wandte sich wieder an Mantovani: »Sie bleiben an der Genua-Spur dran? Ich bleibe weiter an Facebook und Co.«

In dem Augenblick kam eine vollkommen aufgelöste Frau Mayer hereingeplatzt: »Herr Briamonte, ich muss Sie unbedingt sprechen!«

»Was gibt's?«

»Meine Tochter!«

»Was ist mit Ihrer Tochter?«

»Sie ist verschwunden! Großer Gott! Es liegt ein Fluch auf diesem Haus!«

»Was heißt ›verschwunden‹?«

»Sie ist nicht auf ihrem Zimmer und auch sonst nirgends.«

»Vielleicht ist sie ein bisschen an die frische Luft gegangen?«, versuchte Briamonte die aufgeregte Frau zu beruhigen: »Setzen Sie sich doch.« Er nötigte sie an einen der Tische und reichte ihr eine Serviette, mit der sie sich die Tränen abtupfte: »Erzählen Sie. Wieso glauben Sie, dass sie verschwunden ist?«

»Ich wollte ihr vorhin das Essen bringen, und da war sie nicht in ihrem Zimmer.«

»Ist das so außergewöhnlich? Das Haus ist groß.«

»Schon, aber seit Gianricos Tod ist sie nicht mehr dieselbe. Sie hat jeden Lebenswillen verloren, und ich habe Angst, dass sie sich etwas antut.«

Briamonte betrachtete die Frau, die vor wenigen Stunden noch so selbstbewusst und aufsässig aufgetreten war, und verspürte beinahe Mitleid.

»Wann haben Sie sie zuletzt gesehen?«

»Heute Morgen, so gegen Mittag, als der Feueralarm losging.«

»Der Feueralarm?« Briamonte sah fragend zu Mantovani.
»Ach ja. Heute Mittag, kurz bevor ich zu Ihnen gekommen bin, ging ein Alarm los. War aber nichts, nach einer halben Stunde sind wir wieder rein.«

»Und da war Ihre Tochter noch da?«

»Ja. Ganz sicher. Ich dachte noch, dass sie zu dünn angezogen war.«

»Und heute Nachmittag haben Sie sie nicht mehr gesehen?«

»Nein, ich hätte nach ihr sehen sollen! Aber es war so viel los! Erst der falsche Alarm, dann die Hausdurchsuchung. Die Gäste mussten beschwichtigt werden, und kurz darauf war Kaffeezeit.«

»Hm. Was meint Ihre älteste Tochter dazu?«

»Sie hat sie auch nicht gesehen, aber sie sagt auch, dass sie sicher ein wenig spazieren gegangen ist.«

»Wo ist eigentlich Ihre mittlere Tochter? Die wohnt nicht mehr hier?«

»Nein. Sie lebt in Offenburg, ist verheiratet und hat zwei Kinder.«

»Verstehen sich die beiden jüngeren Schwestern gut? Wäre es möglich, dass sie zu ihr gefahren ist?«

»Ohne mir etwas zu sagen?«

»Vielleicht wollte sie Sie nicht stören?«

Frau Mayer sah ihn unschlüssig an, und Briamonte riet ihr, sie anzurufen. »Wenn sie nichts gehört hat, kommen Sie wieder. Dann sehen wir weiter. In Ordnung?«

Frau Mayer ging telefonieren, und er betrachtete nachdenklich den hoch konzentrierten Mantovani, dessen flinke Finger über die Tastatur eilten. Heute, vor genau einer Woche, hatte er die letzten Sachen gepackt. Den letzten Abend hatte er alleine in der leeren Wohnung verbracht, mit seinem Hund, einer Pizza, einem Bier und einer großen Packung Ben & Jerry's vom Lieferservice. Gefühlt ein halbes Leben her.

Frau Mayer war keine fünf Minuten weg. »Sie ist nicht bei ihr! Was sollen wir tun?«

»Wo ist Ihr Mann? Hat der sie vielleicht gesehen?«

»Der ist nicht da.«

»Wo ist er denn? Könnte sie mit ihm gegangen sein?«

»Nein«, antwortete sie zögernd, »das hat sie schon lange nicht mehr gemacht. Früher, als Kind, hat sie ihn oft begleitet.«

»Er ist im Wald?«

»Ja, ich denke schon.«

»Frau Mayer, jetzt bitte ehrlich: Glaubt Ihre Tochter, dass ihr Vater ihren Freund umgebracht hat?«

Frau Mayer sagte nichts und tupfte sich die Augen.

»Na gut. Hat Ihre Tochter ein Handy?«

»Ja sicher.«

»Haben Sie sie schon angerufen?«

»Ja, aber es heißt, der Teilnehmer sei nicht erreichbar.«

»Dann ist es entweder ausgeschaltet, hat keinen Akku mehr oder keinen Empfang.«

»Können Sie nicht noch einmal die Hunde herholen?«

»Die Suchhunde? Nun, da müsste schon ein wirklich guter Grund vorliegen.«

»Sie ist suizidgefährdet!«

»Sieht das Ihre andere Tochter genauso? Könnte ich sie sprechen, bitte?«

»Sie ist vorne im Restaurant.«

»Würden Sie so nett sein und sie herbitten? Ich will mich kurz mit ihr austauschen, bevor ich irgendetwas veranlasse.«

Frau Mayer erhob sich und öffnete die Tür, als ihr Telefon klingelte. »Eva?! Gott sei Dank! Ich hab dich überall gesucht! Wo bist du?! Du klingst so abgehackt!«

Plötzlich verstummte sie, und ihre Augen weiteten sich vor Entsetzen: »*Was???* … *Wo?* … Bist du verletzt?! … Bleib ruhig, mein Schatz, der Kommissar ist hier neben mir! … Wir holen dich. Du weißt nicht, wo du bist? Großer *Gott*! … Nicht weinen, bleib dran, ich …«

Briamonte verfolgte irritiert das Telefonat und gab ihr ein Zeichen, den Lautsprecher einzuschalten, aber sie war zu aufgeregt, um das zu verstehen: »Bleib ruhig, mein Schatz! Ich frage gleich den Kommissar, nicht auflegen.« Sie wandte sich vollkommen aufgelöst zu ihm: »Meine Tochter wurde entführt! Sie konnte sich befreien und läuft seit Stunden im Wald herum! Sie weiß nicht, wo sie ist. *Bitte!* Helfen Sie ihr!«

Briamonte nahm ihr das Handy aus der Hand und schaltete als Erstes den Lautsprecher laut: »Eva? Hören Sie mich? Johann Briamonte hier. Sie müssen ganz ruhig bleiben, wir holen Sie ab. Können Sie irgendetwas sehen, woraus Sie schließen können, wo Sie sind?«

»Nein! Hier ist nur Wald! Ein kleiner Pfad …«

»Das ist kein Problem. Wir werden Ihr Handy orten. Sind Sie da, wo Sie sich gerade befinden, in Sicherheit?«

»Ich glaube schon. Ich habe ihn abgehängt.«

»Das ist gut. Wie viel Akku haben Sie noch?«

»Ich muss schnell nachsehen … Nur noch sieben Prozent.«

»Gut, das sollte reichen. Ihre Mutter wird mir Ihre Handynummer geben, und ich werde alles Nötige veranlassen, damit wir Sie so schnell wie möglich nach Hause bringen können.«

»Bitte machen Sie schnell! Ich hab Angst!«

»Das verstehe ich, aber bleiben Sie ruhig. Wir kommen so schnell wie möglich. Bleiben Sie, wo Sie sind, schalten Sie Ihr Handy in den Akkusparmodus und widerstehen Sie der Versuchung, aufs Display zu gucken – das verbraucht zu viel Akku. Wenn Sie sich nicht sicher fühlen, können Sie sich im Unterholz verstecken, aber gehen Sie nicht weg! Ich übergebe Sie jetzt wieder Ihrer Mutter. Reden Sie mit ihr. Kopf hoch, Sie schaffen das!« Briamonte ließ sich von Waltraud Mayer die Telefonnummer ihrer Tochter geben und rief dann in Waldshut an, um eine Ortung zu beantragen. »Es ist *sehr* eilig, Schopferer. Das Mädchen ist seit Stunden im Wald und wahrscheinlich ziemlich unterkühlt! Geben Sie auf jeden Fall auch gleich bei der Rettungsleitstelle Bescheid, die sollen sich bereithalten!«

Mantovani, der kein Wort verstanden hatte, war alarmiert: »Was ist passiert? Etwas Schlimmes?«

»Eva Mayer ist heute Mittag entführt worden. Sie konnte sich befreien und irrt seit Stunden im Wald umher!«

»Accidenti! Natalia?« Mantovani war ebenso erschrocken, wie Briamonte.

»Nein, wohl ein Mann. Ich frage sie gleich nach der Personenbeschreibung.«

Waltraud Mayer übergab ihm noch einmal ihr Handy, doch Eva war außerstande, eine Beschreibung ihres Peinigers zu geben. Von Weinkrämpfen geschüttelt, versicherte sie, dass sie sich nicht erinnern könne. Er hätte komisch gerochen. Und er wäre ihr bekannt vorgekommen. Mehr wüsste sie leider nicht mehr.

Nach einer Viertelstunde lag die Ortung vor. »Schopferer, schicken Sie einen Streifenwagen und einen Krankenwagen los, ich komme direkt dorthin. Schicken Sie mir den Standort aufs Telefon?« Dann fiel ihm ein, dass er sein Auto vor seinem Haus hatte stehen lassen: »Frau Mayer, wir nehmen Ihren Wagen. Kommen Sie. Mantovani, kann ich Gismo so lange bei Ihnen lassen?«

## 42

Elisabeth Kaiser hatte sich etwas Besonderes ausgedacht für den heutigen Abend. Mit je einer Fackel in der Hand gingen die beiden Frauen vom Museum aus die Hinterdorfstraße entlang, in Richtung Wasserfall. Die Stimmung war hervorragend. Bevor sie aufbrachen, hatten sie auf den fertigen Artikel angestoßen. Die Nacht war kühl und feucht, aber klar. Ein leichter Nebelhauch lag auf den Wiesen, vom aufgegangenen Mond geisterhaft beleuchtet. Der große Parkplatz war leer, und als sie die kleine Allee ins hintere Tal gingen, erzählte Elisabeth erst vom versunkenen Kloster in Bernau, dann vom sagenumwobenen Feldsee, dem kleinen, dunklen Karsee am Feldberg, in dem die Geister gefangen waren. In längst vergangenen Zeiten hätten die ortsansässigen Pfarrer die Geister in den betroffenen Häusern in Flaschen gelockt, diese verkorkt und anschließend im Feldsee versenkt. Nur der grauenhafte Dengele-Geist habe nie im Wasser bleiben wollen. Er trieb seit jeher sein Unwesen am Feldberg und lockte in dichtem Nebel verirrte Wanderer ins Verderben. Caterina lachte dünn, als die Übersetzung vollständig angekommen war. Natürlich glaubte sie nicht an solche Geschichten, aber Elisabeth hatte ein Talent, diese Sagen so anschaulich zu wiederzugeben, dass ihr schon ein wenig mulmig wurde. Zumal, außer ihnen, kein Mensch unterwegs war. Als sie am Waldrand ankamen und das leise

Rauschen des Wasserfalls zu hören war, zögerte sie deshalb einen Moment.

»Kommen Sie! Sie müssen keine Angst haben! Ich wollte Sie nicht erschrecken. Das, was ich Ihnen zeigen will, ist magisch.«

»Va bene. Andiamo.«

Es war in der Tat magisch. Der gesamte Wasserfall war von oben bis unten beleuchtet. Caterina hielt inne und bestaunte die illuminierten Wasserkaskaden und die im Licht funkelnden Wassernebel.

»Subber, odder?«

Während die beiden Frauen die Treppenstufen neben dem märchenhaften Wasserfall erklommen, um das Spektakel auch von oben zu betrachten, fuhr Briamonte mit Frau Mayer an den angegebenen Standort, um Eva Mayer abzuholen. Es war komplizierter als gedacht, aber nach einer halben Stunde, hatten sie sie gefunden, und er rief unendlich erleichtert in Waldshut an: »Schopferer, wir haben sie.«

Mutter und Tochter fielen sich weinend in die Arme, und Briamonte holte den Verbandskasten hervor. Er schnitt die Kabelbinder durch und wickelte die stark ausgekühlte junge Frau in die Rettungsdecke. Anschließend platzierte er sie mit ihrer Mutter auf die Rückbank und fuhr über den holprigen Wanderweg wieder zurück auf die Hauptstraße. Eva Mayer war so aufgelöst, dass sie kein deutliches Wort herausbrachte. Vielleicht konnte ihr der Notarzt etwas geben. Nach schier endlosen zehn Minuten sah er in der Ferne das Blaulicht. »Sie kommen.«

Die junge Frau wollte partout nicht ins Krankenhaus, also wurde sie nach Hause gebracht. Briamonte fuhr alleine mit Frau Mayers Wagen zurück und überlegte unterdessen, wie er weiter vorgehen musste. Da auch die sedierte Eva

Mayer keine verwertbare Angabe über ihren Entführer machen konnte, war eine Fahndung nicht durchführbar. Mit den Angaben ›hat schlecht gerochen‹ und ›kam mir bekannt vor‹ konnte er beim besten Willen nichts in die Wege leiten. Erfolgversprechend konnte allenfalls eine Befragung sämtlicher Hotelgäste und Mitarbeiter sein, die während des Feueralarms vor dem Haus gestanden und möglicherweise etwas beobachtet hatten, denn das war das Einzige, an was sie sich sicher erinnern konnte – dass sie während des Feueralarms entführt wurde. Er müsste es machen wie Hercule Poirot, der Meisterdetektiv aus der Feder der begnadeten Agatha Christie, der am Ende seiner Ermittlungen gerne alle Beteiligten in einem Salon versammelte und den Mörder entlarvte.

Was für ein Mist! Was zur Hölle sollte das? Wer zum Teufel könnte ein Interesse daran haben, Eva Mayer zu entführen? Natalia vielleicht? Erst Masiero töten, dann Eva? Aus Eifersucht? Rache? Aber Natalia roch weder schlecht, noch war sie ein Mann. Außerdem wäre es viel einfacher gewesen, ihrer vermeintlichen Nebenbuhlerin im Haus etwas anzutun. Wer war es also dann? Und warum? Abgesehen davon kam ja gar keine Forderung. Auffallend war die zeitliche Kohärenz all dieser Fälle. Der Mord an Masiero, das Verschwinden von Natalia und jetzt die Entführung von Eva Mayer. Das *musste* alles irgendwie zusammenhängen! Aber wie? Was war der gemeinsame Nenner? Alle drei waren jung und mehr oder weniger gleich alt. Sollte da die Gemeinsamkeit liegen? Aber was, verdammt? Was verband diese drei jungen Leute, abgesehen von ihrem Bezug zum Fuchsen? Hatte das Hotel Überwachungskameras? Soviel er wusste, waren keine installiert.

Im Lichtkegel des kleinen Geländewagens tauchte ein Fuchs auf, der über die Straße lief und eilig in der Nacht verschwand. Ausgerechnet! Sollte das ein Zeichen sein? Eine Wolke schob sich vor den Mond und es wurde stockdunkel. Briamonte schaltete das Radio ein und drehte es laut, um den rechts und links vorbeiziehenden schwarzen Wald draußen zu lassen.

Als er zurückkam, saßen im Restaurant noch einige wenige Gäste am Stammtisch, doch die Mitarbeiter waren bereits am Aufräumen. Sein Hund kam ihm wedelnd aus dem Frühstücksraum entgegen. Mantovani saß noch dort, wo er ihn vor beinahe zwei Stunden verlassen hatte. Er machte ihm ein Zeichen und ging dann erst noch zwei Bier holen, bevor er sich dazusetzte und ihm ein Glas rüberschob.

»Mantovani, ich bin am Ende meines Lateins.«

»Das glaube ich Ihnen, aber Sie können sich trösten: Ich bin ebenfalls keinen Schritt weitergekommen.«

»*Wer* um Himmels Willen könnte ein Interesse daran haben, Eva Mayer zu entführen? Und *warum*? Das ergibt für mich alles keinen Sinn!«

»Sie sagten am Telefon, dass es Natalia sicher *nicht* gewesen ist.«

»Ja. Sie erinnert sich lediglich daran, dass es ein Mann gewesen sei, der schlecht gerochen habe und ihr irgendwie bekannt vorgekommen wäre.«

»Phantastisch.« Mantovani verdrehte resigniert die Augen.

»Ich fürchte, dass ich morgen früh, zur Frühstückszeit, den Hercule Poirot geben muss. Wer hat etwas gesehen, gehört – oder gerochen?«

## 43

Er hat sie verpasst! Danebengeschossen! Merda!! Che cazzo di merda!! Sein Frust explodierte in einem gewaltigen Urschrei, als er sah, wie sie weiterlief und, eingehüllt in eine goldene Folie, gestützt von zwei Sanitätern, im Eingang verschwand. Rasend vor Zorn warf er das Gewehr zu Boden und tobte sich an dem Baumstamm aus, hinter dem er die letzten Stunden verbracht hatte. Noch *nie* hatte er sein Ziel verfehlt! *Nie!* Mai, mai mai!!! Non ce la faccio più! Ich halte es nicht mehr aus! Schluss! Aus! Ende! Jetzt müssen sie dran glauben! Alle! Als er seine Wut wieder einigermaßen unter Kontrolle hatte, spürte er, dass sein Arm mittlerweile so sehr schmerzte, dass es sich nicht mehr normal anfühlte. Steifbeinig humpelte er zu seinem Van und kramte die Schmerztabletten hervor, die er vorgestern wegen seines Knöchels gekauft hatte. Er drückte die letzten vier Tabletten aus dem Blister und spülte sie mit einem Schluck aus der Wasserflasche hinunter. Sobald die Schmerzen etwas nachließen, würde er das Hotel abfackeln. Was konnte die Kleine noch groß erzählen, heute Nacht? Eben. Er verzog das Gesicht zu einer furchterregenden Grimasse und war beinahe stolz auf sein Improvisationstalent.

## 44

»Johann, aufwachen. Dein Handy.«

»Hm?«

»Du musst aufwachen, dein Handy klingelt ohne Pause.«

Briamonte tauchte unendlich langsam aus dem Tiefschlaf auf und blinzelte seine Mutter an, die ihn an der Schulter rüttelte.

»Was gibt's?«

»Dein Handy, ist sicher wichtig. Soll ich für dich drangehen?«

»Nein, nein«, stöhnte er. »Ich komme schon.«

Sie reichte ihm das Mobiltelefon, das im gleichen Moment wieder anfing zu klingeln.

»Guten Morgen, Schopferer.«

»Guten Morgen. Habe ich Sie geweckt?«

»Nein, nein«, log Briamonte wenig überzeugend: »Ich war gerade beim Zähneputzen.«

»Wir haben einen Namen zu Masieros Telefonnummer.«

»Wirklich?!« Jetzt war er wach: »Und?!«

»Eine gewisse Francesca Capasso.«

»Wer ist sie? Wo wohnt sie? Haben Sie sie schon angerufen?«

»Natürlich, mit meinem hervorragenden Italienisch!«, konterte Schopferer belustigt. »Sie ist zweiundfünfzig Jahre alt und lebt in Genua.«

»Und weiter?«

»Weiter komme ich leider nicht. Mein Italienisch.«

»Ach so, natürlich, ich kümmere mich gleich darum. Konnte die Technik das Telefon knacken? Ich nehme an nicht. Es ist leider ein iPhone 8 irgendwas, wenn ich es richtig gesehen habe.«

»Stimmt, ging nicht, also keine Daten.«

»In Frankfurt haben wir in solchen Fällen die Unterstützung der Israelis angefordert. Cellebrite, ein Unternehmen für Datenforensik. Die entwickeln Schutzsysteme, können solche aber auch knacken, aber ich denke, wir versuchen erst diese … Wie heißt sie noch?«

»Francesca Capasso.«

»Danke … diese Francesca Capasso zu erreichen, dann sehen wir weiter. Ich fahre jetzt gleich ins Hotel und melde mich, sobald ich etwas Neues erfahre.«

Briamonte nahm eine kalte Dusche und setzte sich dann an den Frühstückstisch. Seine Mutter schenkte ihm Kaffee ein und betrachtete dabei ihren Sohn, der trotz seiner sichtbaren Müdigkeit entspannter dreinblickte als noch vor einer Woche. Er sah nicht mehr düster und resigniert aus, und der verbitterte Zug um den Mund, den er vergangene Woche noch hatte, war verschwunden. »Wie kommst du voran, ich meine ihr?«, fragte sie.

»Seit gerade eben hoffentlich ein bisschen besser. Vielleicht wissen wir heute noch, wer der junge Mann wirklich war.«

»Das wäre schön, dann haben seine Angehörigen Gewissheit.«

Briamonte schenkte sich Kaffee nach: »Ich habe übrigens Oma Resi besucht.«

»Wirklich? Hat sie dich noch erkannt?«

»Ja, sofort.«

Um kurz nach acht brach er auf, um Mantovani die neuesten Neuigkeiten zu verkünden und die Hotelgäste und Mitarbeiter des Fuchsen zu befragen. Er ließ den Hund bei seiner Mutter und lief um halb neun die Treppe zum Hotel hoch, als sein Blick zufällig auf den großen metallenen Hotelnamen fiel, der quer über dem Hoteleingang hing. Nanu? In dem Buchstaben F prangte ein kreisrundes Loch, und in der Mauer obendrüber noch eines. Wo stammten solche Löcher her? War da dem Handwerker die Bohrmaschine ausgerutscht? Als er die Hotellobby betrat und einen Blick in den Frühstücksraum warf, saßen die Eheleute Mantovani bereits beim Frühstück.

»Buongiorno.«

Er setzte sich zu den beiden an den Tisch und wartete, über dies und das plaudernd, darauf, dass Mantovani sein Frühstück beendet hatte, bevor er mit der Neuigkeit herausplatzte. Caterina verabschiedete sich kurz darauf zu einem Ausflug mit Elisabeth Kaiser, und er nahm Mantovani mit auf einen kleinen Spaziergang.

»Sie heißt Francesca Capasso, mit Adresse in Genua. Können Sie damit etwas anfangen?«

»Certo di sì! Ich mache mich gleich an die Arbeit.«

»Ich muss jetzt noch einmal Eva Mayer befragen, und dann die Gäste und Mitarbeiter.«

Mantovani nickte. »Machen wir es so: Ich recherchiere alles, was ich über Francesca Capasso finde, und Sie befragen die Gäste. Wir treffen uns später, dann rufen wir sie an. Falls sie noch eine andere Telefonnummer hat, einverstanden?«

Zwei Stunden später hatte Briamonte alle Personen gesprochen, die den gestrigen Feueralarm miterlebt hatten. Niemandem war etwas aufgefallen. Alle zeigten sich erschüttert darüber, dass gewissermaßen vor ihrer Nase die Tochter der Wirtsleute entführt werden konnte, und alle waren erleichtert, dass sie wohlbehalten wieder zurück war.

Eva Mayer war leidlich wohlauf, konnte sich aber weiterhin an nichts anderes erinnern, als dass der Mann schlecht gerochen hätte und ihr bekannt vorgekommen war. Er hatte sie angesprochen, und sie war ihm gefolgt. Gewissermaßen in Trance, da sie seit dem Tod ihres Freundes nicht mehr viel mitbekommen habe. Das war immerhin ein vager Anhaltspunkt und würde erklären, warum niemand etwas bemerkt hatte. Und sie hatte keine Ahnung, warum sie entführt worden war.

»Sagt Ihnen der Name Francesca Capasso etwas?«, fragte Briamonte zum Schluss.

»Nein. Wer ist das?«

»Das wissen wir noch nicht.« Er erhob sich. »Passen Sie auf sich auf, ja? Gehen Sie bitte nicht alleine aus dem Haus, solange wir den Entführer nicht gefasst haben, versprechen Sie mir das? Und falls Ihnen noch etwas einfallen sollte, egal wie unwichtig es Ihnen scheinen mag …«

»Ich habe ihn gebissen«, sagte sie jetzt unvermittelt, als sei ihr das gerade eingefallen.

»Wie bitte?«

»Ich habe ihn gebissen, in den Arm, ganz fest, und habe Blut geschmeckt.« Plötzlich sprang sie auf und rannte ins Bad, wo sie sich geräuschvoll übergab.

Das war interessant! Ein klitzekleiner Hinweis nur, aber immerhin. So könnten sie wenigstens alle Apotheken, Ärzte und Krankenhäuser informieren, für den Fall, dass der Täter medizinische Hilfe suchte.

Kurz nach elf kam Mantovani mit seinem Computer die Treppe herunter. »Macht es Ihnen etwas aus, unser *Büro* woanders aufzuschlagen?« Briamonte tippte vielsagend an sein Ohr, und so bezogen sie kurz darauf ihren neuen Standort im Wohnzimmer von Briamontes Mutter, die mit Georg und dem Hund auf einer Wandertour am Feldberg war.

Das, was Mantovani gefunden hatte, war hochinteressant. Vincenzo Capasso war ein großer Reeder in Genua und Francesca Capasso seine zweite Ehefrau. Eduardo Capasso, alias Gianrico Masiero, war deren Sohn.

»Eduardo Capasso also.«

»Ja, er hatte einen Abschluss der University of Toronto, Kanada. Rechtswissenschaften.«

»Er war Jurist?«

»Ja. Ich habe über Facebook jede Menge Bilder von ihm gefunden, da hat er aber noch ein bisschen anders ausgesehen. Schauen Sie.«

Masiero, beziehungsweise Capasso, war vor einem Jahr noch glatt rasiert gewesen und hatte sein Haar etwas länger und zurückgekämmt getragen.

»Gute Arbeit, Mantovani. Aber warum, um Himmels willen, verdingt sich ein studierter Jurist aus Genua hier in Menzenschwand als Bedienung?«

»Gute Frage, aber dazu habe ich eine ganz spezielle Vermutung.«

»Ja? Lassen Sie hören! Ich platze vor Neugierde!«

»Sein Vater ist schon lange im Visier von Polizei und Staatsanwaltschaft. Vincenzo Capasso steht im Verdacht, in diverse schmutzige Geschäfte verwickelt zu sein. Giftmüll, Drogenhandel und Wirtschaftskriminalität.«

»Wirklich?«

»Ja. Eduardo war der Jüngste Sohn und durfte in Kanada studieren, das war vielleicht der Preis dafür, dass er später ins Familienimperium mit einsteigt. Als Syndikus, sozusagen, aber möglicherweise mochte er das dann nicht mehr.«

»Aha. Interessant. Klingt plausibel, aber wie wahrscheinlich ist das?«

»Sicher bin ich natürlich nicht, aber der alte Capasso zeigt sich gerne mit seinen drei Söhnen aus erster Ehe in der Öffentlichkeit. Alle drei keine Chorknaben. Er geriert sich als Wohltäter und lässt keine Gelegenheit aus, in der Presse zu erscheinen.«

»Und der jüngste? Eduardo?«

»Der ist eben nirgends dabei, ziemlich auffällig meiner Meinung nach. Sein Abschluss ist schon ein Jahr her, er könnte also längst ins Familienbusiness eingestiegen sein; stattdessen kommt er nach Menzenschwand und wird dort erschossen.«

Briamonte betrachtete nachdenklich die zahlreichen Fotos, die Mantovani über die Familie gefunden hatte. Der alte Capasso, silberhaarig, braungebrannt und selbstsicher, daneben seine drei Söhne, nicht minder selbstbewusst und siegessicher. »Und Sie denken jetzt, er könnte sich geweigert haben, ins Geschäft einzusteigen, weil er erfahren hat, was die nebenbei so treiben?«

»Wäre doch möglich, oder?«

»Aber warum musste er dann abtauchen?«

»Vielleicht wollten sie ihn nicht gehen lassen?«

»Ist das Grund genug, seine Existenz aufzugeben, eine neue Identität anzunehmen und als *Jurist* hier in Menzenschwand einen Kellnerjob anzunehmen?«

»Diese Familienclans sind nicht zu unterschätzen. Deren Macht reicht *sehr* weit, und wer sich widersetzt, muss mit dem Schlimmsten rechnen.«

»Das weiß ich schon, aber …«

»Vielleicht hat er etwas in der Hand gehabt, gegen seinen Vater und seine Brüder.«

»Damit sie ihn in Ruhe lassen?«

»Könnte doch sein, oder? Eduardo hat sein Handy versteckt, mehr noch, er hat seiner Freundin erzählt, er besitze keines. Ich kann mir gut vorstellen, dass wir darauf kompromittierende Daten finden, wenn wir es geknackt kriegen.«

»Weshalb der Clan beschlossen hat, ihn auszuschalten.«

»So in etwa.«

Briamonte lehnte sich seufzend zurück: »Das ist der erste *wirklich* plausible Ansatz seit einer Woche! Aber …«, er richtete sich ruckartig wieder auf, »das bedeutet auch, dass wir es tatsächlich mit einem Profi zu tun haben, verdammt! Das war mein erster Gedanke, als ich das Bild des Toten gesehen habe. Dieses präzise Loch, mitten in der Stirn. Und … natürlich, Eva! Der Mörder glaubt, dass sie das Telefon hat. *Deshalb* wurde sie entführt, da könnte ich drauf wetten.«

»Ja, gut möglich. Das beschäftigt mich auch, seit ich das hier gelesen habe.«

Briamonte war alarmiert. »Wenn das so ist, müssen wir Personenschutz beantragen, bis der Entführer gefasst ist. Bin gleich zurück.«

Als er zurückkam, war ihm noch etwas eingefallen.

»Wahrscheinlich hat Natalias Verschwinden auch damit zu tun.«

»Wie meinen Sie?«

»Na ja, sie hatte Eduardos Telefonnummer.«

»Ach so, aber das wusste doch niemand.«

»Ich finde aber den zeitlichen Zusammenhang von Eduardos Tod und ihrem Verschwinden ziemlich auffallend.«

»Das stimmt, aber wenn wir mit dem Wissen über Masieros beziehungsweise Capassos Familie über die Sache nachdenken, erscheint ihr Verschwinden in einem ganz anderen Licht, oder nicht? Auch wenn sie möglicherweise in Eduardo verliebt gewesen war und mit einem Gewehr gut umgehen konnte.«

Briamonte setzte sich. Irgendetwas spukte in seinem Kopf herum, ergab aber noch keinen klaren Gedanken. Nachdenklich betrachtete er seinen Kollegen. »Wie auch immer. Eva Mayer bekommt erst mal Personenschutz, und ich werde als Nächstes Eduardos Mutter anrufen. Vielleicht kann sie uns einen Hinweis geben, wer hinter ihrem Sohn her ist. Ich gehe davon aus, dass sie seine Flucht mitorganisiert hat, wenn sie ihm schon eine Handynummer auf ihren Namen besorgt hat.«

## 45

Von hohem Fieber und heftigem Schüttelfrost handlungsunfähig gemacht, die Bisswunde geschwollen, heiß und höllisch schmerzend, lag er stöhnend und fluchend im Fond seines Wagens. Heute Nacht war er zitternd und schwitzend erwacht und außerstande gewesen, auch nur einen Finger zu rühren, ganz zu schweigen einen Großbrand zu legen. Er war so geschwächt, dass er es nicht einmal geschafft hatte, den Wagen ins Dorf zu fahren, auf einen weniger auffallenden Parkplatz. Che merda! Che cazzo di merda!!! Die Schmerztabletten waren auch verbraucht, er musste allein deswegen dringend wegfahren! Aber wie? Unter allergrößter Anstrengung kletterte er auf den Fahrersitz und ließ den Wagen an. Diese Schmerzen! Wie in Trance fuhr er den schmalen Weg entlang, während der Tag anbrach und der Wald erwachte. Er wollte zuerst nach St. Blasien, in die Apotheke, aber kaum war er aus dem Wald heraus, war klar, dass er es nicht schaffen würde. Vollkommen nass geschwitzt und zitternd vor Erschöpfung, parkte er seinen Wagen auf dem Parkplatz bei der L146 oberhalb des Dorfes und quälte sich wieder in den Fond, um sich etwas auszuruhen. Nur ein paar Minuten die Augen schließen, dann würde es schon gehen.

## 46

Das Gespräch mit Signora Capasso kam zuerst gar nicht zustande. Briamonte erreichte sie unter einer Festnetznummer, aber sie legte auf, nachdem er sich als Polizist vorgestellt hatte. Erst beim dritten Anlauf, mit einem Hinweis auf Eduardo, gelang es ihm, ein paar Worte zu wechseln und einen Rückruf zu erbitten. Es sei wirklich *dringend* und er verstünde gut, wenn sie jetzt nicht sprechen könne, aber er erwarte *wirklich dringend* ihren Anruf, um welche Uhrzeit auch immer.

»Die Frau scheint Angst zu haben«, konstatierte Mantovani.

»Sieht so aus. Ich fürchte, dass wir auf der richtigen Spur sind, sonst hätte sie nicht so reagiert. Wir sollten die Fotos der drei Söhne Capassos ausdrucken und Eva vorlegen.

Vielleicht erinnert sie sich an einen von den dreien? Ich weiß nicht, wie lange es dauert, bis die Signora zurückruft.«

Kurz darauf waren die beiden unterwegs zurück zum Hotel. Mantovani ging kurz aufs Zimmer, und Briamonte klopfte an Eva Mayers Tür, nachdem er ihrer Mutter Bescheid gegeben hatte.

Evas Reaktion war eindeutig. Sie zeigte sofort auf Vittorio, den jüngsten der drei. Er hätte aber einen Bart gehabt.

Aha, sie erinnerte sich doch noch an etwas. Nicht wirklich, aber was das anging, war sie ganz sicher.

»Wissen Sie, wer er ist?«, fragte sie dann. »Kennen Sie jetzt Gianricos richtigen Namen?«

»Ja. Ihr Freund hieß Eduardo Capasso, er war achtundzwanzig Jahre alt und stammte aus Genua.«

Die junge Frau verstummte, und als er merkte, dass ihre Augen überliefen, blickte er zu Boden: »Wir hoffen, dass wir seinen Mörder bald fassen können, aber bleiben Sie bitte unbedingt in Ihrem Zimmer, bis ich Ihnen Entwarnung gebe! Es wird jemand unten sein, der auf Sie aufpasst, Sie müssen sich keine Sorgen machen, aber ich wäre Ihnen sehr dankbar, wenn Sie auch nicht ans Fenster gehen würden.«

»Wieso?«

Briamonte wollte ihr keine Angst machen, aber er konnte auch nicht riskieren, dass sie von einem Scharfschützen am Fenster niedergestreckt wurde.

»Sie können mir die Wahrheit sagen. Bitte.«

Briamonte holte tief Luft. »Wir vermuten, dass Eduardos Mörder ein Profi ist und aus großer Entfernung schießen kann. Wir glauben, dass er Sie entführt hat, um etwas zu bekommen, von dem er überzeugt ist, dass Sie es haben beziehungsweise wissen, wo es ist. Er hat zwar nicht bekommen, was er wollte, aber Sie haben ihn gesehen.«

Sie wurde noch blasser. »Gianricos … Ich meine Eduardos Handy?«, fragte sie hellsichtig: »Sie haben so oft danach gefragt. Besaß er denn eines?«

»Ja, wir haben es gefunden, bei der letzten Hausdurchsuchung. So konnten wir den Karteninhaber ermitteln und seinen richtigen Namen herausfinden. Wir gehen davon aus, dass sich darauf Informationen befinden, die sein Mörder haben will.«

»Er wollte mich schützen.«

»Ja, das wollte er zweifellos. Versprechen Sie mir, dass Sie in Ihrem Zimmer und vom Fenster wegbleiben? Ich melde mich bei Ihnen, sobald ich mehr weiß, einverstanden?«

Sie nickte.

Als er wieder vor der Tür stand, griff er zum Handy. »Schopferer, wir haben einen Namen und ein Bild. Er heißt Vittorio Capasso, ist zweiundvierzig Jahre alt, Italiener und steht im dringenden Verdacht, seinen Bruder ermordet und eine junge Frau entführt zu haben. Ich schicke Ihnen gleich ein Bild, lassen Sie auch eine Version mit Bart anfertigen, die junge Frau meint, er hätte Bart getragen. Und schreiben Sie ihn international zur Fahndung aus.« Kaum hatte er aufgelegt, als ein Anruf kam. Kristina. Sein Herz machte tatsächlich einen kleinen Hüpfer, als er annahm.

»Die Suche nach Natalia wird heute eingestellt. Der Einsatzleiter meinte, dass Sie jederzeit eine erneute Suche beauftragen können, falls sich neue Hinweise ergeben sollten.«

»Gut. Oder nein, nicht gut. Wissen Sie, ob die Überprüfung der Überwachungskameras schon läuft?«

»Ja, bisher aber ergebnislos, ist aber auch ein Riesenberg an Datenmaterial. Das wird dauern, fürchte ich.«

»Sagen Sie …« Briamonte war vor die Eingangstür getreten und blickte auf die gegenüberliegende Talseite, als im selben Moment der sprichwörtliche Groschen fiel. Er drehte sich abrupt um und sah zu den Löchern auf dem Namenszug des Hotels hoch. Verdammt! »Kristina. Bitte schicken Sie *sofort* jemanden von der Spurensicherung hierher, in den Fuchsen. Die sollen sich zwei Löcher im Namenszug über dem Hoteleingang ansehen. Und bitte überprüfen Sie so schnell wie möglich ein Schweizer Kennzeichen aus Appenzell Innerrhoden. Ich schicke es Ihnen gleich.«

»Haben Sie etwas gefunden?«

»Vielleicht.«

Verdammt, verdammt, verdammt! War der Mörder respektive Entführer auf der Lauer gelegen, als Eva nach Hause gekommen war? Um sie umzubringen, nachdem sie entkommen war? Weil sie ihn gesehen hatte und identifizieren könnte? Waren die Löcher in dem Namenszug und der Wand Einschusslöcher? Lag er möglicherweise immer noch dort auf der Lauer? Plötzlich machte sich ein Kribbeln breit, das er nur zu gut kannte und das ihn jedes Mal überfiel, wenn ein Fall kurz vor der Aufklärung stand. In dem Zustand war er dann besonders sensibel für alle Geräusche, Gerüche, Schwingungen und Zusammenhänge. Als er aufgelegt hatte, kehrte er in die Lobby zurück, um aus einer potenziellen Schusslinie heraus zu sein, und rief Mantovani an: »Wollen Sie mit mir etwas nachsehen gehen?«

Er wollte. Nach einem kleinen Abstecher zu Hause, bei dem er seine Waffe einsteckte und seinen Kollegen über seine Vermutung aufklärte, waren sie unterwegs auf die gegenüberliegende Waldseite.

Briamonte machte den Motor schon lange vor dem Holzlagerplatz aus und ließ den Wagen ausrollen, nur zur Sicherheit. Falls dort tatsächlich ein Scharfschütze auf der Lauer lag, wollte er ihm kein leichtes Ziel bieten. Er ließ den Wagen dann stehen und wollte die letzten hundert Meter zu Fuß gehen.

»Bleiben Sie hier, ich komme gleich wieder.«

Auf jedes Geräusch lauschend, schlich er bis zu der großen Holzbeige, doch der Van war weg. Er war erleichtert und enttäuscht gleichzeitig. Um sicherzugehen, stapfte er rund um die aufgetürmten Stämme noch ein paar Meter durch den Wald, konnte aber nichts Auffälliges entdecken. Hm. Die Sicht zum Fuchsen war hervorragend, immerhin, darin hatte er sich nicht getäuscht. Er ging zurück und stieg wieder ins Auto. Mantovani sah ihn fragend an.

»Nichts. Ich war *so* sicher.«

»Vielleicht ist er weggefahren, weil er gestern entdeckt wurde.«

»Es hätte *alles* erklärt. Wissen Sie, wenn das stimmen würde, was mir vorhin blitzartig in den Sinn gekommen ist, dann hat der Mörder Masieros Schlüssel an sich genommen und im Hotel nach dem Handy gesucht. Dann ist es aber auch denkbar, dass Natalia ihn bei seiner Suche erwischt hat.«

Mantovani sah ihn nachdenklich an. »Dann sollten wir den Leichenspürhund ins Hotel kommen lassen.«

## 47

Elisabeth Kaiser hatte ein Programm mit diversen Sehenswürdigkeiten zusammengestellt, das sie den beiden italienischen Gästen unbedingt noch zeigen wollte, bevor sie abreisten, da aber Mantovani wieder mit Kommissar Briamonte unterwegs war, beschlossen die beiden Frauen, nach Freiburg zu fahren und einen Einkaufsbummel zu machen. Der Dom in St. Blasien, das Bauernhofmuseum und der Feldsee mussten deshalb warten, bis sich Mantovani freimachen konnte. In der roten Ente schaukelten sie nach Freiburg, wo sie im SamS Café am Münsterplatz als Erstes einen

Kaffee tranken, die Sonne genossen und das bunte Treiben auf dem Bauernmarkt beobachteten.

»Was willst du zuerst machen?«, fragte Elisabeth, die Caterina mittlerweile freundschaftlich duzte.

»Ich würde gerne eine Jacke kaufen, eine Winterjacke, und vielleicht ein Paar Schuhe.«

»Als Italienerin Schuhe in Deutschland kaufen? Das ist lustig! Wir fahren nach Italien, um schöne Schuhe zu finden.«

Caterina lachte. »Das stimmt, aber ich kaufe im Urlaub gerne Dinge, die ich dann jeden Tag benutzen und mich daran erfreuen kann.«

»Hast du schon an eine Kuckucksuhr gedacht? Das wäre doch typisch für hier.«

»Oje, hab ich, aber mein Mann hat gedroht, dem Kuckuck das Häuschen zuzunageln, falls ich auf die Idee käme, so ein Ding zu kaufen!«

Elisabeth Kaiser lachte schallend. »Jessas nai! Dann besser keine Uhr. Wie wär's mit Strohschuhen? Die gibt's drüben, auf der anderen Seite vom Münster.«

Während die Frauen Strohschuhe, eine Winterjacke und einen Herrenpyjama kauften und anschließend zum Mittagessen in die Markthalle gingen, saßen Briamonte und Mantovani, dick eingepackt, im Garten seines Hauses und aßen Semmelknödel in Steinpilzrahmsauce, die sie aus dem Fuchsen mitgenommen hatten. Briamonte hätte seinem Kollegen gerne die schöne Aussicht von der Terrasse der Krunkelbachhütte gezeigt, aber er wollte vor Ort sein, wenn der Leichenspürhund kam. Die Sonne schien schon den siebten Tag in Folge, doch es war jetzt bereits empfindlich kühl. Die Feuchtigkeit des Nachtfrostes hing noch im Gras, und es roch nach modrigen Blättern und nasser Erde.

Ein paar unermüdliche Bienen summten durch den Wildwuchs, und am Himmel kreiste ein Bussard. Briamonte zog sich den Schal enger um den Hals. »Geht's mit der Kälte?«

»Ja, geht.« Mantovani sah aus, als wolle er auf eine Nordpolarmeerexpedition.

Als Briamonte die Teller wegräumte und den Zwetschgenkuchen auspackte, klingelte sein Telefon. Kollegin Precht. Die Spurensicherung hatte aus der Wand zwei Projektile herausgeholt, die Anfrage bezüglich des Kennzeichens lief noch.

»Mann!«, entfuhr es Mantovani. »Sie hatten recht.«

»Ja.« Briamonte ließ sich auf den Stuhl fallen und fuhr sich mit beiden Händen durch die Haare. »Verdammt, der hat es auf Eva Mayer abgesehen. Sie müssen die Projektile noch vergleichen, aber ich verwette meinen Allerwertesten darauf, dass sie alle aus derselben Waffe stammen!«

»Könnte es nicht auch sein, dass er Masiero zuerst vor dem Hoteleingang erschießen wollte? Der Fluchtweg ist von dem Waldweg aus deutlich besser als dort hinten im Tal.«

»Sie meinen, dass die Einschusslöcher schon länger da sein könnten und der Mercedes-Van gar nichts damit zu tun haben muss?«

»So ungefähr. Ich meine nur, wir sollten uns vor voreiligen Schlüssen hüten. Wir haben keine Ahnung, wann diese Schüsse gefallen sind und wer das Ziel sein sollte.«

»Ich gebe Ihnen recht, doch mein Bauchgefühl sagt mir, dass die Schüsse Eva galten. Und da sie seit Eduardos Tod das Haus nicht verlassen hat, bin ich mir auch ziemlich sicher, dass ihr Entführer den Feueralarm ausgelöst hat, um sie aus dem Haus zu locken.«

»Wenn er aber doch den Schlüssel hatte.«

»Hätte er immer noch nicht gewusst, in welchem der

beiden Gebäude, auf welchem Stockwerk und in welchem Zimmer sie wohnt.«

»Das stimmt auch wieder.«

»Er *musste* sie aus dem Haus locken, wenn er sie entführen wollte.«

»Weil er nicht gefunden hat, was er suchte.«

»Genau.« Briamonte rieb sich das stoppelige Kinn: »Ich frage mich nur, warum Natalia seine Nummer hatte und Eva nicht.«

»Vielleicht kannte sie ihn schon vorher?«

»Kann nicht sein. Natalia war erst seit Juli hier.«

»Okay, aber sie waren gemeinsam in Freiburg. Vielleicht hat ihm Natalia ihre Nummer gegeben, für den Fall, dass er in Freiburg verloren geht?«

»Und er hat sie bei irgendeiner Gelegenheit angerufen?«

»Ja, wäre doch möglich. Sie hat dann seine Nummer gespeichert.«

»Schon.«

»Sagten Sie nicht, dass Natalia ihn letzten Samstag angerufen hätte? Als er bereits tot war?«

»Ja«, erwiderte Briamonte zögernd.

»Sie machte sich vielleicht Sorgen.«

»Sie denken, er hätte mit ihr über seine Situation gesprochen?«, fragte Briamonte.

»Da bin ich mir nicht sicher, nein, eigentlich glaube ich das nicht. Damit hätte er sie unnötig in Gefahr gebracht, seiner Freundin hat er ja auch nichts erzählt. Ich vermute mal, aus genau diesem Grund.«

»Ja, das wäre alles denkbar. Wir wissen es erst sicher, wenn wir die Einzelnachweise der Mobilfunkanbieter haben. Ich fürchte nur, dass sich der Mörder hier noch herumtreibt und Eva ernsthaft in Gefahr ist. Wir können nicht auf die Einzelverbindungsnachweise warten.«

»Was, wenn wir ihm geben, was er will?«, fragte Mantovani jetzt unvermittelt.

»Wie meinen Sie das?«

»Wir könnten ihn doch das Telefon ›finden lassen‹, gewissermaßen.« Mantovani beugte sich grinsend vor. »Wenn der Täter tatsächlich noch in der Nähe ist und alles beobachtet, dann könnten wir doch eine erneute Hausdurchsuchung fingieren und unter großem Tamtam ein Handy finden. Ihre Kollegen könnten vors Haus treten, wo Sie gerade ins Gespräch vertieft sind, zum Beispiel mit mir, und ihnen das Telefon zeigen. Der Mörder würde das sehen und vielleicht den Polizeiwagen überfallen, der das Telefon ins Labor bringen soll.«

»Mantovani, mir scheint, Sie schauen zu viele schlechte Krimiserien.« Briamonte lachte, aber Mantovani schien Feuer und Flamme zu sein von dieser Idee. Doch bevor er weiterreden konnte, klingelte Briamontes Handy, und er setzte sich ruckartig auf: »Signora Capasso, buongiorno.«

Das Gespräch ging eine halbe Stunde. Er informierte sie so behutsam wie möglich über den Tod ihres Sohnes, schickte ihr dessen Foto und lauschte anschließend eine ganze Weile mitfühlend ihrem Weinen, bis sie weitersprechen und seine Fragen beantworten konnte. Schließlich legte er auf und lehnte sich seufzend zurück.

»Und? Was sagt sie? Ist sie Masieros Mutter? Ich meine Eduardos Mutter?«

»Ja. Ist sie. Es ist genauso, wie wir es vermutet haben. Nein, eigentlich schlimmer. Die Spannungen zwischen Vater und Sohn, die nach Eduardos Rückkehr aus Kanada entstanden waren, hätten sicher irgendwie beigelegt werden können, meinte sie. Aber seine Halbbrüder wären unerbittlich gewesen. Eifersucht, Neid und Missgunst hätten sich zu einem gefährlichen Konflikt hochgeschaukelt, wobei Eduardo mindestens ebenso starrsinnig gewesen sei wie seine Brüder, oder genauer Halbbrüder. Sie hatte ihm schließlich in einer Nacht-und-Nebel-Aktion zur Flucht verholfen und ihm geraten, sich gut zu verstecken, bis sich die Wogen geglättet hätten. Sie dachte, sie könne intervenieren. Was sie nicht wusste, war, dass Eduardo kompromittierende Daten entwendet hatte. Als Lebensversicherung gewissermaßen, wobei er aber wohl eine Grenze überschritten habe.«

»Dann hat sie die gefälschten Arbeitszeugnisse gemacht?« fragte Mantovani dazwischen.

»Ja.«

»Wie hat sie das erfahren? Das mit den Daten?«

»Von Eduardo selbst. Er hätte ihr erzählt, dass er damit das ganze Firmenimperium stürzen und seinen Vater und seine Brüder für Jahre ins Gefängnis bringen könne. Niemand würde es wagen, ihm ein Haar zu krümmen. Dazu stünde zu viel auf dem Spiel. Meinte er.«

»Er hat sich verzockt«, sagte Mantovani lakonisch.

»Ja. Das hat er, wobei sie sicher sei, dass Eduardo sein Wissen niemals gegen seine Familie verwendet hätte. Das habe sie auch immer versucht zu vermitteln, seine Brüder aber hätten darauf beharrt, dass Eduardo die Strafe eines Verräters verdiene. Erbarmungslos. Ein klassischer Brüderzwist, meinte sie, immer schon, drei Kains und ein Abel. Sie drückte es genauso aus. Die älteren Brüder seien schon immer eifersüchtig gewesen, auf ›il Principe di Papà‹.«

»Sagte sie, welcher der drei hinter ihm her war?«

»Vittorio, der Jüngste, so wie wir vermutet hatten. Als sie hörte, dass er ›geschäftlich verreisen‹ müsse, hätte sie ihren Sohn gewarnt.«

»Worauf der sein Handy versteckt hat.«

»Und sie nicht mehr angerufen hat. Zur Sicherheit.«

»Wann ist das gewesen?«

»Vor drei Wochen etwa.«

»Hat sie gesagt, ob Vittorio zurück ist von seiner ›Geschäftsreise‹?«

»Sie sagte, er sei noch nicht wieder da, und seine Brüder und sein Vater seien besorgt.«

»Also ist er noch hier. Mist!«

»Ja. Wahrscheinlich.«

»Denken Sie, dass sie weiß, was ihr Mann und ihre Stiefsöhne so treiben?«, fragte Mantovani.

»Das habe ich so nicht gefragt, doch ich vermute, dass sie ihrem Sohn nicht zur Flucht geraten und verholfen hätte, wenn die vier Männer unbescholtene Bürger wären, die mit Altarkerzen und Hostien handeln«, antwortete Briamonte sarkastisch. Dann klingelte sein Handy schon wieder. Seine Kollegin. Nachdem er aufgelegt hatte, sah ihn Mantovani fragend an.

»Der Van ist ein Mietwagen eines großen Schweizer Autovermieters, seit drei Wochen vermietet. Könnte genau hinkommen.«

»Weiß man, wer ihn gemietet hat?«

»Dürfen sie nicht sagen ohne einen richterlichen Beschluss.«

»Und jetzt?«

»Meine Kollegin wird sich darum kümmern, aber das kann dauern. Ich schlage vor, dass wir die Augen offen halten. Die Eheleute Capasso kommen her, um ihren Sohn zu identifizieren.«

»Wann?«

»Sobald sie eine offizielle Einladung bekommen. Ich kümmere mich gleich darum.«

## 48

Er glühte, fror, fluchte und stellte seinem genuesischen Schutzheiligen San Giovanni Battista eine veritable Spende in Aussicht, wenn er ihn seine Mission beenden ließe und ihn wohlbehalten in seine Heimat zurückbrächte. Im schüttelfrostdurchbebten Fieberdelirium durchlebte er einen Albtraum nach dem anderen, während er spürte, dass sich die Entzündung weiter ausbreitete. Trotz seines umnebelten Bewusstseins war ihm mittlerweile klar, dass er nur eine Chance hatte, diese Infektion zu überstehen – er brauchte einen Arzt. Da er aber fürchtete, dass alle Ärzte und Krankenhäuser von diesem *Scheißbullen* informiert worden waren, blieb ihm nur ein Veterinär. Aber wo zur Hölle sollte er einen Tierarzt herbekommen? Unter größter Anstrengung suchte er das deutsche Wort für Veterinario, dann die nächste Praxis mit Wochenendnotdienst – und heulte dann auf. St. Blasien! Wie sollte er da hinkommen in seinem Zustand? Völlig entkräftet ließ er sich wieder aufs Polster fallen. Cazzo! Aiutami! Hilf mir!

## 49

Nach dem Gespräch mit Signora Capasso räumten die beiden Männer die Reste des Mittagessens zusammen und kehrten in den Fuchsen zurück. Briamonte wollte nachsehen, ob der Personenschutz schon da war und auf den Leichenspürhund warten, Mantovani wollte kurz aufs Zimmer.

Waldshut hatte einen jungen Kollegen in Zivil geschickt –

kluger Schopferer –, der mit Frau Mayer hinter der Rezeption stand und vorgab, er wäre Angestellter des Hauses. Briamonte begrüßte ihn, wechselte ein paar Worte und gab ihm den Ausdruck mit dem Konterfei Vittorio Capassos in die Hand. Als er sich zum Gehen wandte, merkte er, dass Frau Mayer noch etwas auf dem Herzen hatte.

»Ja?«

»Äh, Herr Kommissar, mein Mann will Sie sprechen.«

Briamonte stellte sich blöd. So kindisch wie rachsüchtig, aber egal.

»Ach ja? Weswegen denn?«, flötete er mit Unschuldsmiene, obwohl er schon ahnte, was der Alte wollte.

»Er sagt … äh … Sie sollen …«

Briamonte ließ sie nicht ausreden: »Ich warte hier auf den Leichensuchhund. Wenn er etwas von mir will, soll er kommen.«

»Den *was*?!«

»Den Leichensuchhund, der muss sich die beiden Zimmer Ihrer Angestellten ansehen. Begleiten Sie uns dann nach oben, oder wollen Sie mir den Schlüssel geben?«

Sie ging wortlos nach hinten ins Büro und kam ebenso wortlos zurück. Wütend knallte sie den Generalschlüssel auf den Tresen und verschwand im Restaurant. Briamonte und der junge Kollege wechselten achselzuckend einen Blick.

Keine zwei Minuten später kam Herr Mayer ums Eck, in der Hand ein Jagdgewehr.

»Da isch meine Büchse.«

»Was soll ich damit?«

»Überprüfen.«

»*Was* soll ich genau überprüfen?« So leicht wollte er es ihm dann doch nicht machen.

»Ich hab den Kerl net erschosse.«

»Wo war sie?«

»Muss ich des sage?«

Briamonte betrachtete den störrischen alten Wirt und seufzte. So gern er seinem Impuls gefolgt wäre, den Mann für seinen Stammtischstumpfsinn, seine Lügen und seine Unverschämtheit zu bestrafen, rief er sich innerlich zur Mäßigung. Er würde hier die nächsten Jahre, wenn nicht gar Jahrzehnte verbringen und wollte sich nicht mehr Feinde machen als nötig. Er wusste, dass er Masiero nicht getötet hatte, und wenn er jetzt seine Büchse wieder hergeschafft hatte, hatte er das aus Angst getan. Das musste reichen.

»Nein, müssen Sie nicht. Nur eines noch, Herr Mayer, und ich möchte diesmal bitte eine ehrliche Antwort!«

»Was denn?«

»Haben Sie den Faden ins Geweih gehängt, damit Ihre Tochter nicht zur Bachsenke radelt?« Briamonte beobachtete ihn genau und sah, wie er mit sich rang.

»Ja«, sagte er schließlich.

»Warum?«

»Ich wollt, dass sie sich aufregt.«

»Über Eduardo?«

»Wer isch jetzt des?«

»Pardon, ich meine Gianrico?«

»Ja.«

»Indem Sie ihr Date verhinderten?«

»Ja.«

»Verstehe ich das richtig. Ihre Tochter sollte glauben, dass Ed… Gianrico ihr den Faden hinhängte, damit er in aller Ruhe jemand anderen treffen konnte?«

»Ja, so in etwa.«

»Natalia?«

»Ja.«

»Wie oft haben Sie das gemacht?«

»Ein paar Mal.«

»Hatten Sie keine Angst, dass das auffliegt? Die beiden sprachen doch miteinander?«

Herr Mayer zuckte die Achseln. Briamonte ließ seinen Blick nachdenklich auf dem Alten ruhen und winkte dann ab. »Das wäre alles. Danke für Ihre Ehrlichkeit. Ich wünsche mir für Ihre Tochter, dass sie Ihnen das verzeihen kann.«

Der junge Polizist hinter dem Tresen hatte die Unterhaltung interessiert verfolgt und setzte gerade an, etwas zu fragen, als der Hundeführer mit dem Leichenspürhund das Foyer betrat.

Briamonte erhob sich und bemerkte, dass der Hund offensichtlich bereits Witterung aufgenommen hatte. Das verhieß nichts Gutes! Er begrüßte den ebenfalls irritierten Hundeführer und führte ihn nach oben, erst in Natalias, dann in Eduardos Zimmer, wo der Hund prompt anschlug. Im Schrank. Verdammt!

»Kann er sich irren?«

»Unwahrscheinlich, wenn er so deutlich Meldung gibt.«

»Das heißt also, dass die Leiche der jungen Frau hier im Schrank war?«

»Ja, davon können Sie ausgehen.«

Briamonte betrachtete den lebhaften Labrador: »Kann er die Spur aus dem Zimmer heraus weiterverfolgen? Dumme Frage wahrscheinlich, denn er hat, glaube ich, unten schon etwas gewittert, oder?«

»Das kann er.« Der Hundeführer ließ seinen Hund neben sich sitz machen, führte ihn dann vor die Zimmertür und gab ihm ein Kommando, worauf er sofort die Spur aufnahm und die Treppe hinuntereilte. Die Fährte führte quer durchs Foyer bis zur Eingangstür, wo er einen Augenblick warten musste, bis die Türe geöffnet wurde. Draußen auf der Straße verlor sich dann die Spur. Wie schon die Flächensuchhunde vor einer knappen Woche trabte er hin und her und setzte sich schließlich erwartungsvoll neben sein Herrchen.

»Die Spur endet hier. Höchstwahrscheinlich wurde sie in ein Auto verladen.«

Briamonte traf diese Gewissheit mehr, als er gedacht hatte. Zwar hatten sie keine Leiche, doch sie konnten mit an Sicherheit grenzender Wahrscheinlichkeit vom Tod der jungen Ukrainerin ausgehen.

Nachdem Briamontes Mutter und Georg nach Hause gekommen waren, freuten sie sich, seinen italienischen Kollegen persönlich kennenzulernen, den dieser spontan auf einen Whisky eingeladen hatte.

»Buongiorno! Piacere di conoscerLa! Freut mich, Sie kennenzulernen!«

Briamonte staunte über das gute Italienisch seiner Mutter.

»Wo ist Ihre Frau? In Freiburg? Rufen Sie sie doch an, dass sie herkommt, wenn sie zurück ist. Mit Elisabeth Kaiser? Wunderbar! Die soll gleich mitkommen!«

Während Georg sich am großen Grill auf der Terrasse zu schaffen machte, holte Briamontes Mutter Würstchen und Steaks aus der Kühltruhe und einen Armvoll Gemüse aus der Vorratskammer. Mantovani und Briamonte setzten sich um den großen Küchentisch und halfen dabei, das Gemüse zu putzen, zu schälen und zu schneiden. Der Hund, erfreut über so viel Betriebsamkeit, lief wedelnd von einem zum anderen und legte sich anschließend vollkommen erschöpft mitten in die Küche.

Am frühen Abend kamen Caterina und Elisabeth dazu, und bald war das Haus von Stimmengewirr, Gelächter und freudigem Fiepen erfüllt. Frau Briamonte beobachtete ihren Sohn, den sie noch nie so gelöst und lustig erlebt hatte, und hatte plötzlich die Hoffnung, dass er seine Dämonen doch noch besiegen und ein Stück weit seine verpasste Kindheit nachholen könnte.

Mantovani war ein ausgemachter Spaßvogel und erzählte unter den Lachsalven seiner Zuhörer anschaulich, wie er, als Bergbewohner wasserscheu wie eine Katze, einst versucht hatte, das Surfen zu lernen. Auf Sardinien nicht gerade ein seltenes Hobby, für ihn aber ein ganz und gar unmögliches Unterfangen. Nachdem er geschlagene zwei Stunden die Strandbesucher unterhalten und die Rettungsschwimmer in Alarmbereitschaft gehalten hatte, hatte ihm der Surflehrer schlussendlich das Board persönlich an den Strand getragen und ihm geraten, doch lieber Kakteen zu züchten.

Der Abend war ganz wunderbar, und als sich die Gäste weit nach Mitternacht verabschiedeten, legte Briamonte seiner Mutter in einer seltenen Anwandlung den Arm um die Schulter. »Danke, Mama.«

## 50

»Von wem, sagten Sie, wäre der Biss? *A dog?* Ah.« Ein Hund also. Als ob. Hält der mich für blöd? Er reinigte kopfschüttelnd die Wunde und legte einen Verband an. »And your dog ran away? Was he badly hurt?« Während er den ungepflegten, mürrischen Patienten versorgte, der in einem sehr schlechten Allgemeinzustand war, fragte er ihn aus. Er hätte seinen Hund bringen wollen, der aber von einem anderen Hund angefallen und gebissen worden wäre – so wie er auch. Aber er sei abgehauen, als er die Praxisklingel betätigt habe. Wer's glaubt, wird selig, dachte er, aber der Mann hatte eine übelst infizierte Bisswunde, die er nicht unbehandelt lassen wollte. »You have to go to a doctor for humans. I am only a veterinarian. For your dog, you understand? I can call an ambulance for you.«

Sein Gegenüber reagierte überaus heftig auf das Wort Krankenwagen: »No ambulance! You me give a …« Er piekte mit dem Zeigefinger in den Oberarm.

Ernsthaft? Er wollte eine Spritze? Von einem Tierarzt? Als der Mann sein Zögern bemerkte, griff er in die Hosentasche, holte ein Bündel Hunderter hervor, zog drei Scheine heraus und legte sie auf den Behandlungstisch. Na wenn das so war … Er verpasste ihm drei Spritzen – Tetanus, Cortison, ein Schmerzmittel – und legte ihm anschließend noch eine Schachtel Antibiotika hin: »Twice a day. Two.« Er zeigte zwei Finger. Manche Touristen sind schon speziell. Ja nun, jedem das Seine. Trotzdem würde er nachher die Polizei rufen.

Als er seinem seltsamen Patienten in die Jacke geholfen hatte, brachte er ihn noch vor die Tür und sah, wie er in einen nagelneuen Mercedes-Van stieg. Schweizer Kennzeichen, leicht zu merken. Mehr dachte er nicht mehr, denn das Geschoß durchbohrte seine Stirn – genau in der Mitte.

## 51

Briamonte erwachte am nächsten Morgen ausgeruht und gut gelaunt. Der erste traumlose, tiefe Schlaf seit Langem. Er streckte sich wohlig und sah auf die Uhr. Halb acht. Noch kein Anruf. Das war gut. Hund und Kater lagen eng aneinandergeschmiegt zu seinen Füßen und blinzelten schläfrig. Das Licht fiel gestreift durch die Lamellen der hölzernen Fensterläden. Er schwang die Beine von der Couch, tappte barfuß in die Küche, trank ein großes Glas Wasser und begann dann, die Küche aufzuräumen und Kaffee zu machen.

Er ließ die Geschirrspülmaschine laufen und setzte sich mit einer Tasse Kaffee an den Küchentisch. Vor genau einer Woche, am ersten Morgen in seinem neuen Leben, hatte er hier gesessen und wieder zurückgewollt. Kaum zu glauben. Lichtjahre her. Und es fühlte sich auf einmal gut an, sein künftiges neues Leben.

Nach einem ausgiebigen Frühstück mit seiner Mutter und Georg rief er in Waldshut an. Von den Kollegen erfuhr er, dass die Eheleute Capasso am späten Nachmittag in Basel landen würden und die Fahndung nach Vittorio Capasso und dem dunkelgrauen Van noch immer ergebnislos war. Nicht gut, aber so hatte er heute Vormittag immerhin Zeit für sich beziehungsweise einen langen Spaziergang mit seinem Hund und ein bisschen Bodendielen-Herausreißen in seinem Haus. Er richtete sich eine Thermoskanne mit Kaffee und ein paar belegte Brote, nahm etwas Hundefutter mit und deponierte alles bei sich im Haus, bevor er weiterging in Richtung Geißenpfad.

Am frühen Nachmittag kehrte er zurück, ausgepowert und zufrieden. Er duschte und machte sich dann auf den Weg, um Mantovani abzuholen, der mit ihm nach Freiburg fahren wollte, um die Eheleute Capasso zu sehen. Doch als er sich dem Hotelparkplatz näherte und sein Blick über die geparkten Fahrzeuge wanderte, zuckte er plötzlich zusammen – dort stand der verdächtige graue Van mit dem Schweizer Kennzeichen! Appenzell Innerrhoden. Verdammt, seine Waffe lag zu Hause! Rasch fuhr er rechts ran, ließ seinen Hund im Wagen und näherte sich vorsichtig dem Mercedes.

Als er näher kam, hörte er eine Männerstimme. Italienisch! Dann ging alles blitzschnell. Briamonte riss die Fahrertür auf, zerrte den überraschten Mann vom Fahrersitz und brachte ihn zu Boden, wo er ihn fixierte. Ein Knie zwischen den Schultern, den rechten Arm auf den Rücken gebogen, begann der Mann Zeter und Mordio zu brüllen und sich zu wehren, sodass Briamonte sichtlich Mühe hatte, den tobenden Kerl zu bändigen. Er hatte sich den Mann kleiner vorgestellt. Als er versuchte, sein Handy aus der Tasche zu ziehen, ohne sein Opfer loszulassen, hörte er aus Richtung des Hotels seinen Namen. Immer wieder und immer lauter, bis Mantovani auf einmal neben ihm stand, völlig außer Puste: »Briamonte, lassen Sie ihn los. Das ist mein Schwiegervater!«

## 52

Nachdem er den Leichnam des Tierarztes in einem einsamen Waldstück entsorgt hatte, fuhr er ein Stückchen weiter, wo er ungestört den Motor laufen lassen konnte, um sich in molliger Wärme gründlich auszuruhen. Ein paar Stunden Schlaf, dann sollte es besser gehen. Die Wirkung der Spritzen spürte er jetzt schon. *Grazie, San Giovanni!* Er fühlte sich entschieden besser und war wieder sicher, dass er seine Mission zu Ende führen konnte. Sissignore!

## 53

Briamonte erlebte den peinlichsten Moment seines Lebens. Nachdem er von seinem Opfer abgelassen hatte, half er dem Mann auf die Beine. Der Schwiegervater sah aus wie der personifizierte Golem und wäre Briamonte am liebsten an die Gurgel gegangen. Mantovani klopfte ihm mit lachenden Augen den Staub von den Schultern und beeilte sich, die beiden bekannt zu machen.

»Paolo, Chef, darf ich dir meinen deutschen Kollegen

Johann Briamonte vorstellen. Il *Commissario* Johann Briamonte? Und Briamonte, darf ich Ihnen meinen Schwiegervater vorstellen? Il Commissario Paolo Bordoni.«

Briamonte blickte in die wutentbrannten Augen seines Gegenübers, und sein Blick wanderte zu seiner Stirn, an der noch Erde und kleine Kieselsteinchen klebten. Heilige Scheiße! Der Mann war ein Koloss, so groß wie er und sicher zwanzig Kilo schwerer. Ein wütender Koloss! Peinlich berührt, streckte er ihm die Hand entgegen: »Mi dispiace! Sono mortificato! Tut mir leid! Ich schäme mich zu Tode! Bitte verzeihen Sie mir diesen Überfall! Habe ich Sie verletzt? Ich habe Sie mit dem Mörder verwechselt, hinter dem wir seit einer Woche her sind. Er fährt den gleichen Wagen mit einem sehr ähnlichen Kennzeichen. Es tut mir wahnsinnig leid!« Er sah Hilfe suchend zu Mantovani hinüber, der, von unterdrückten Lachsalven geschüttelt, konzentriert zum Hotel blickte, wo Caterina eben in der Eingangstür erschien und über die Straße zum Parkplatz kam.

»Papà! Stai bene?« Sie lachte hemmungslos und fiel ihrem Vater um den Hals, auch um ihn zu besänftigen. »Hai già fatto la conoscenza di Johann Briamonte. Du hast schon Bekanntschaft mit Johann Briamonte gemacht? Poverino! Du Ärmster!« Sie hakte ihren Vater unter, zwinkerte Briamonte zu und knuffte ihren lachenden Mann. »Lasst uns alle reingehen. Mamma wartet schon.«

Die Überraschung war gelungen. Commissario Bordoni war mit seiner Frau zu einem Spontanbesuch in den Schwarzwald aufgebrochen, nachdem sie zehn wunderschöne Tage am Lago Maggiore verbracht hatten. Kurz vor der Grenze hatte dann der alte Volvo seinen Geist aufgegeben, weshalb sie einen Mietwagen genommen hatten. Das Kennzeichen war *nicht* exakt das gleiche, sondern eben *nur* beinahe! Er warf einen zornigen Seitenblick auf Briamonte, der prompt errötete, was ihm seit der Oberprima nicht mehr passiert war, doch Signora Bordoni lächelte ihm zuversichtlich zu: »Er wird Ihnen das verzeihen. Keine Sorge.«

Während die beiden Frauen das Zimmer bezogen, bestellte Mantovani einen Kaffee für alle und klärte seinen Schwiegervater ausführlich über die beiden Mordfälle und die Ermittlungen auf, die diesen Ort seit einer Woche in Atem hielten und letztlich der Grund für Briamontes ›stürmische Begrüßung‹ waren.

»Und jetzt«, schloss er seinen Bericht, indem er auf die Uhr sah, »müssen wir leider los. Die Eheleute Capasso kommen nach Freiburg, um ihren toten Sohn zu identifizieren. Das will ich mir nicht entgehen lassen.«

»Wenn ich das richtig verstanden habe, vermutet ihr, dass Eduardo brisantes Material auf seinem Handy gespeichert hat?«, fragte Bordoni jetzt, der der Schilderung der Ereignisse konzentriert gelauscht hatte.

»Ja, wieso?«

»Dann darf es der alte Capasso auf keinen Fall mitnehmen!«

»Nein, natürlich nicht«, mischte sich jetzt Briamonte ein, der in der Zwischenzeit seine Fassung wiedergewonnen hatte: »Wie werden den Inhalt entschlüsseln – das wird eine Weile dauern –, aber es wird Ihnen selbstverständlich alles zur Verfügung stehen. Wenn das stimmt, was wir vermuten, ist das eine ganze Menge. Die dürfen nicht ungestraft davonkommen.«

»Sie sprechen ausgezeichnet Italienisch.«

Mantovani warf Briamonte einen aufmunternden Blick zu. *Sehen Sie? Alles gut. Er wird Sie nicht töten.* Laut sagte er: »Gehen wir? Ich sage nur Caterina schnell Bescheid.«

»Gut, ich warte im Auto.«

Mantovani lachte die ganze Fahrt nach Freiburg über und steckte Briamonte an, wobei der noch immer im Boden versinken wollte. Himmel! Commissario Bordoni! Unter seinem Knie! Im Staub!

»Großer Gott«, wieherte Mantovani. »Sie hätten sich sehen sollen! Wie Clint Eastwood als Rächer! Absolut filmreif. Dumm nur, dass es mein Schwiegervater war!« Er konnte gar nicht aufhören zu lachen, und als sie ins Institutsviertel fuhren, mussten sie sich erst wieder beruhigen. Sie wischten sich die Lachtränen aus dem Gesicht, fuhren sich über die Haare und stiegen nach einem Kontrollblick in den Rückspiegel aus.

Das Rechtsmedizinische Institut war ein heller Klinkerbau aus den Sechzigern, lag mitten in der Stadt und verfügte über eine seitliche Rampe für Kranken- oder Leichenwagen. Sie betraten das Gebäude, wiesen sich aus und begrüßten die Eltern des Toten, die schon im Vorraum saßen. Vincenzo Capasso war ein kaltäugiger, vierschrötiger, braungebrannter Siebziger im dunkelblauen Maßanzug, seine Frau eine junggebliebene, elegante Fünfzigerin im schwarzen Chanel-Kostüm, die ihnen kaum in die Augen blickte.

Briamonte und Mantovani wechselten einen Blick. Capasso würde eine harte Nuss werden.

Die Identifikation war kurz und dramatisch. Signor Capasso hielt einen kleinen Taschenspiegel vor Mund und Nase seines Sohnes, worauf Signora Capasso zusammenbrach und von Mantovani hinausgeführt wurde. Briamonte war entsetzt. Eine Szene wie aus *Charade*, einem Klassiker mit Cary Grant und Audrey Hepburn, wo dem Toten nicht nur ein Spiegel vorgehalten, sondern sogar eine Nadel in die Hand gestochen wurde, um sicherzugehen, dass er wirklich tot war.

Wieder draußen, im Wartebereich, kam der Alte dann auch gleich zur Sache. »Wo sind seine persönlichen Sachen?«

Briamonte hatte damit gerechnet und antwortete knapp: »Die Kleidung, die er getragen hat, sind hier, der Rest noch im Hotel, in dem er gearbeitet hat. Sie können sie …«

»Und seine persönlichen Sachen? Sein Laptop? Sein Handy? Sein USB-Stick?«

»Einen Laptop oder andere Datenträger haben wir nicht gefunden, und sein Handy ist ein Beweisstück in diesem Mordfall. Es befindet sich zur Auswertung bei der Kriminaltechnik.«

»Ich verlange die Herausgabe!« Kein ›Bitte‹, kein ›Ich würde gerne …‹ Capasso bevorzugte die Befehlsform.

»Nein, das geht nicht.« Ebenso kurz und deutlich.

»Sagt wer?«

»Sage ich!«

»Ich will Ihren Vorgesetzten sprechen!«

»Signor Capasso.« Briamonte holte tief Luft. »Es ist Ihnen vielleicht entgangen, dass Sie sich hier auf deutschem Boden befinden, in einem gottlob funktionierenden Rechtsstaat. Das, was *Sie* möchten, ist hier nur von untergeordnetem Interesse. *Uns* geht es hier um die Aufklärung eines Doppelmordes, den Mord an Ihrem *Sohn*, nebenbei bemerkt. Und Sie bekommen sein Handy, sobald wir den Inhalt ausgewertet haben. Keine Minute früher!«

Briamonte beobachtete die anschwellende Zornesader auf der Stirn seines Gegenübers und die dunkle Röte, die sich über Gesicht und Hals ausbreitete. Sein Kragen schien plötzlich zu eng zu sein, und er zischte mit furchterregendem Blick und sprühendem Speichel: »Das werden Sie bereuen!«

»Soll das eine Drohung sein?«, fragte Briamonte ungerührt. »Dann nur zu. Kollege Mantovani hier, von der

Polizia di Stato, freut sich schon darauf, Ihre formelle Beschwerde entgegenzunehmen.«

Signora Capasso zog bei dem darauffolgenden Wutausbruch den Kopf ein, und Briamonte wartete beinahe darauf, dass der tobende Alte ihm einen Grund lieferte, ihm einen Faustschlag zu versetzen.

»Sind Sie fertig?«, unterbrach er schließlich kühl den aufgebrachten Senior. »Nehmen Sie Ihren Sohn gleich mit?«

»*Cosa? Was?*«

»Ob Sie Ihren Sohn gleich mitnehmen?«

»Ja. Und sein Handy!«

»Ich sagte Ihnen schon, dass das nicht zur Debatte steht!«

Plötzlich packte der Mann seinen Mantel und verschwand grußlos durch die Glastür. Signora Capasso erhob sich, zuckte hilflos die Schultern und wollte ihm folgen, als Briamonte sie aufhielt: »Signora, haben Sie noch eine Minute für mich?«

»Sì.«

»Haben Sie Vittorios Telefonnummer?«

»Ja.«

»Können Sie ihn anrufen?«

»...«

»Ist das gefährlich für Sie?«

Sie nickte.

»Hören Sie, es wäre ungemein wichtig, wenn Sie Vittorio anrufen könnten und ihn bitten würden, sich zu stellen. *Wir* haben, was er sucht. Eduardos Telefon, nicht das Mädchen. Er ist überdies international zur Fahndung ausgeschrieben, kann also nirgends mehr hin. Jeder Grenzübergang hat sein Foto und das Kennzeichen seines Mietwagens. Verstehen Sie, was ich Ihnen sage?« Das war zwar etwas übertrieben, aber Briamonte hoffte darauf, bei der trauernden Mutter auf offene Ohren zu stoßen.

Sie nickte.

»Können Sie sich vorstellen, ihn anzurufen und zu bitten, sich der Polizei zu stellen?«

Jetzt schüttelte sie den Kopf.

»Und wenn Sie seine Telefonnummer meinem Kollegen hier geben, Ispettore Mantovani? Er könnte ihn anrufen und ihn überreden aufzugeben. Was meinen Sie? Denn wenn er es nicht tut, garantiere ich für nichts.«

Signora Capasso nahm wortlos ihr Handy aus der Handtasche, suchte die Nummer heraus und hielt sie ihm hin.

Briamonte machte ein Foto. »Danke.« Dann fiel ihm noch etwas ein: »Darf ich Ihnen noch etwas zeigen?«

Sie nickte zögerlich, und er suchte Winterhalters Porträt der unbekannten jungen Frau aus dem Museum.

»Kennen Sie jemanden, der diesem Mädchen gleicht? Ihr Sohn hat es oft betrachtet, in einem kleinen Museum.«

Signora Capasso brach erneut in Tränen aus. »Seine Schwester Cecilia. Sie ist vor drei Jahren bei einem Autounfall ums Leben gekommen.«

Kurz nach achtzehn Uhr waren sie auf dem Weg zurück nach Menzenschwand. Briamonte gab eine Ortung von Vittorio Capassos Telefon in Auftrag, anschließend fuhren sie durch die Stadt, in Richtung Schauinsland.

»Glauben Sie wirklich, dass er sich stellen wird?«, fragte Mantovani, nachdem er eine Weile nachdenklich die vorbeiziehenden Gebäude betrachtet hatte.

»Ich weiß es nicht. Die Psyche solcher Leute ist mir ganz und gar fremd. Aber irgendwas lässt mir keine Ruhe.«

»Was denn?«

»Na ja, den Mord hat er ausgeführt, aber die Daten hat er nicht gefunden. Die Entführung war ein Misserfolg. Er ist angeschlagen, und die Fahndung nach ihm läuft, was er vermutlich weiß oder sich zumindest denken kann. Dennoch scheint er immer noch hier in der Nähe zu sein.«

»Sie fragen sich, was er als Nächstes vorhaben könnte?«

»Ja. Ich überlege mir, welche Optionen er hat. Jetzt, wo er weiß, dass er die Daten, hinter denen er so hinterher war, nie bekommen wird? Das bedeutet doch, dass er nicht die Wahl hatte, ohne zurückzukommen, oder? Deshalb frage ich mich, was er tun wird. Ich denke, er weiß, dass wir das Handy gefunden haben, spätestens dann, wenn sein alter Herr ihn darüber informiert. Der macht ihm doch sicher jetzt die Hölle heiß!«

»Sie glauben, dass er mit seiner Familie in Kontakt ist?«

»Schon. Warum auch nicht? Könnte jetzt nur problematisch werden, wenn er den Auftrag vermasselt hat. *Diesen* Teil des Auftrags.«

»Denken Sie, dass sie ihn ausschalten werden?«

»Gut möglich, die haben ja schon den Mordauftrag für einen Bruder beziehungsweise Sohn erteilt. Warum nicht noch einer?«

»Dann hat er ja keine Chance mehr und könnte sich gleich stellen. So bliebe er wenigstens am Leben.«

»Na ja, wenn ich versuche, mich in seine Lage zu versetzen, dann komme ich nur auf *eine* Lösung, und die lautet *nicht*, sich den Behörden zu stellen.«

»Wie meinen Sie das?«

»Wenn er am Leben bleiben will. Das vermute ich aber nur. Dann bleibt ihm nur der Ausweg, dass er selbst stirbt.«

»Das müssen Sie mir erklären.«

»Wenn er seinen eigenen Tod vortäuscht und dann untertaucht.«

»Wirklich?«

»Diese mafiösen Clans sind erbarmungslos. Haben Sie nie Roberto Saviano gelesen?«

»*Gomorrha*?«

»Ja, und seine anderen Bücher und Artikel.«

»Doch. klar.«

»Es ist wirklich genauso, wie er es beschreibt. Folglich bin ich beinahe überzeugt, dass Vittorio Capasso seinen Tod inszenieren wird. Und zwar so, dass es alle mitkriegen, und das kann nichts Gutes bedeuten.«

»Was könnte das sein?« Briamonte überlief es kalt, denn Mantovanis Besorgnis schien sehr groß zu sein.

»Können Sie Polizeischutz für das Hotel beantragen?«

»Sie denken, dass er dort irgendetwas vorhat?«

»Möglich. Dort gehen viele Menschen ein und aus. Es tut mir leid, dass ich jetzt erst darauf komme, aber der Auftritt des Vaters vorhin hat mir gewissermaßen die Augen geöffnet. Vittorio Capasso ist absolut skrupellos und kaltblütig. Er hat seinen eigenen Bruder und mutmaßlich Natalia Danyljuk ermordet. Und er wird keine Sekunde zögern, etwas Furchtbares anzurichten, nur damit er davonkommt.«

»Wo könnte er hin? Eine neue Identität?«

»Sicher. Das wäre das, was ich an seiner Stelle tun würde, eine Weile ins Ausland. Vielleicht in den Osten, über irgendeine der kilometerlangen grünen Grenzen? Ein paar kosmetische Operationen, eine kleine Haartransplantation, ein neuer Name, falsche Papiere, ein gefälschter Lebenslauf, und fertig ist die neue Identität. Wenn das gut gemacht ist, könnte er theoretisch auch wieder zurück nach Italien.«

»Ich fürchte, damit könnten Sie recht haben«, Briamonte fuhr in Günterstal an der Tankstelle kurz raus, um in Waldshut anzurufen: »Schopferer, wir brauchen, zusätzlich zu der Ortung des Telefons, eine kurzfristige, großräumige Überwachung des Roten Fuchsen. Wir haben die Eltern des Toten und des mutmaßlichen Mörders gesprochen und es gibt Anlass zur Sorge.«

»Denken Sie, dass Vittorio Capasso noch in der Nähe ist?«

»Nicht nur das. Wir fürchten, dass er etwas Großes vorhat.«

»Im Hotel? Großer Gott!«

»Geben Sie mir Bescheid, wann die Kollegen vor Ort sein können? Wir sind in einer Stunde oben.«

Mantovani sah ihn nachdenklich an. »Denken Sie, dass ich ihn wirklich anrufen soll? Was, wenn er sich provoziert fühlt? Und dann etwas Unüberlegtes und *ganz Dummes* macht?«

»Da bin ich leider auch überfragt. Vorhin dachte ich noch, dass es eine gute Idee wäre, ganz besonders, wenn ihn seine Stiefmutter anruft. Aber ich kann mir natürlich vorstellen, dass das schlimme Konsequenzen für sie hätte, weil sie so zugeben würde, dass sie Bescheid weiß und Eduardo zur Flucht verholfen hat.« Briamonte seufzte. »Wenn ich nur wüsste, was richtig wäre und was nicht.«

»Ich mach's!«, verkündete Mantovani plötzlich: »Geben Sie mir die Nummer!«

## 54

»Quale sbirro di merda sei? Lo scuro o il biondo? Welcher Scheißbulle bist du? Der dunkelhaarige oder der blonde?« Er wollte sich ausschütten vor Lachen. »Cosa vuoi? Sag das noch mal, was willst du? … Sei matto? Bist du verrückt? Mai! Niemals! Ci vediamo all' inferno! Wir sehen uns in der Hölle!« Hässlich lachend legte er auf. Mit schweißnassen Händen. Obwohl er sich so cool und überlegen gegeben hatte, hatte ihn dieser Anruf bis ins Mark erschreckt. Die hatten seine Nummer! Von wem?! Die wussten, wer er war! Cazzo! Wer war der verfluchte Verräter?! Enzo?

Cesare? Wollten die ihn opfern? Oder vielleicht Francesca, die Hure? Um sich für den Tod ihres kleinen Prinzen zu rächen? Merda! Jetzt musste es schnell gehen, denn jetzt konnten sie ihn orten! *Scheißbullen!* Mit fliegenden Fingern nahm er die Sim-Karte heraus, steckte sie in den weichen Boden neben seinem Wagen und warf das Handy dann in hohem Bogen in den Wald. San Giovanni sei Dank wusste er plötzlich ganz genau, was er zu tun hatte. Planänderung! Er startete den Motor und fuhr zurück, zu der Stelle, wo er die Leiche des Tierarztes abgelegt hatte.

## 55

»Er hat gefragt, welcher der Scheißbullen ich wäre, der dunkle oder der blonde. Der Irre kennt uns.«

»Verdammt! Und was hat er gesagt?«

»Dass er sich niemals stellen würde, ob ich verrückt wäre und dass wir uns in der Hölle sehen.«

»Fahren wir nach Hause.« Briamonte startete und fuhr weiter, während Mantovani seinen Schwiegervater informierte. Nur zur Sicherheit.

Als würde er ahnen, dass es plötzlich brenzlig wurde, fuhr Briamonte hart an der Grenze des Erlaubten nach Menzenschwand zurück. Dennoch brauchten sie eine knappe Stunde, bis sie ins Vorderdorf abbogen, wo ihnen das Ganze beinahe absurd vorkam. Das Dorf lag friedlich da, die Abendluft war klar und frisch, der Mond ging gerade auf. Briamonte setzte Mantovani vor dem Hotel ab und fuhr nach Hause. Sie würden sich nachher noch einmal treffen, wenn die Polizeistreifen da wären.

»Hallo, Johann, isst du mit uns?«, wollte seine Mutter von ihm wissen.

»Nein, ich muss noch mal los.«

Draußen vor der Tür steckte er seine Waffe in die Jackentasche.

Es war sternenklar, und Briamonte atmete tief die kalte Nachtluft ein, die nur hier oben so roch. Nach Wald, verfeuertem Holz, Kuhstall und modrig feuchten Wiesen. Zügig schritt er die Hinterdorfstraße in Richtung Vorderdorf entlang, getrieben von einer undefinierbaren inneren Unruhe. Es drängte ihn, in der Nähe dieser Menschen zu sein, für die er sich verantwortlich fühlte, wobei er nicht hätte sagen können, was genau er tun wollte oder sollte. In einer halben Stunde etwa würden die Kollegen im Tal Streife fahren, dann könnte er sich ein wenig entspannen. Die Tatsache, dass Vittorio Capasso wusste, wer er und Mantovani waren, hatte ihn mehr erschreckt, als er zugeben wollte, und er fühlte sich auf der menschenleeren Dorfstraße wie Freiwild. Wer wusste schon, wo dieser Wahnsinnige lauerte – mit einer Präzisionswaffe, die auf tausend Meter genau ihr Ziel traf und höchstwahrscheinlich auch mit einem Nachtzielfernrohr ausgestattet war! Sein Hund trabte wedelnd hin und her, unbekümmert und entspannt, hier und da eine Duftnote hinterlassend. Im Adler war einiges los, der Parkplatz war voll und einen Augenblick lang kam er sich albern vor. Alles schien so friedlich und normal.

Selbst im Museum brannte noch Licht. Sicher Elisabeth Kaiser, die eines ihrer vielen Events vor- oder nachbereitete, von denen seine Mutter ihm erzählt hatte.

»Gismo? *Gismo!*«

Sein Hund, der gerade noch vor ihm hergelaufen war, war kurz vor dem Museum auf den kleinen Parkplatz abgebogen, der vollkommen im Dunkeln lag. »Gismo! Komm her, alter Junge!« Nichts. Er hielt inne und lauschte. Plötzlich bekam er eine Gänsehaut, denn der Hund hörte ausgezeichnet, und es war ungewöhnlich, dass er nicht zurückkam oder zumindest Laut gab. Leise überquerte er den Parkplatz und ging auf das Gebäude zu. Jetzt roch er es. Benzin. Beißend und intensiv. Rasch zog er sein Telefon aus der Tasche, machte die Taschenlampe an und folgte dem verhängnisvollen Geruch. Da! Ein Benzinkanister, und noch einer! Großer Gott! Alles war benzingetränkt! Briamonte prüfte beunruhigt seine nassen Sohlen und lauschte angestrengt in die Dunkelheit, die von seinem Licht nur schwach erleuchtet wurde. Nicht nur der Boden war feucht, auch die Hausmauer war fleckig, und er wusste mit einem Mal, was das sollte. Verdammt! Tief in den Schatten des Gebäudes geduckt, jeden Moment einen Schuss erwartend, wählte er Mantovanis Nummer.

»Mantovani«, flüsterte er: »Mantovani, verstehen Sie mich? Das Museum. Ich kann nicht lauter sprechen. Das Museum, schnell! Alarmieren Sie die Feuerwehr.« Bevor er das Gespräch beendete, hörte er hinter dem Haus ein splitterndes Geräusch. So schnell und so leise er konnte, lief er im Schutz der Mauer am Haus entlang und hielt an deren Ende einen Moment inne, ehe er vorsichtig um die Ecke blickte. Das, was er sah, ließ ihn zurückprallen. Flammen loderten aus dem ersten Stock des Gebäudes, und Capasso war gerade im Begriff, einen Molotow-Cocktail anzuzünden. Die Flamme des Feuerzeugs befand sich schon gefährlich nahe an dem benzingetränkten Lumpen. »Stopp! Hände hoch!« Wie hieß das noch mal auf Italienisch? Scheiße! »Fermo! Mani in alto!!!«

Zu Füßen des Mannes lagen ein halbes Dutzend Kanister neben einer dunklen, regungslosen Gestalt, gespenstisch erhellt von den lodernden Flammen. »Fermo! Stopp!« Was hätte er anderes sagen sollen? Die Waffe bebte in seinen Händen. Wenn der Irre das Feuerzeug fallen ließe, würden sich die Flammen hier draußen blitzartig ausbreiten und auch ihn verschlingen. Vittorio Capasso lachte hämisch und begann sich rückwärts zurückzuziehen, das brennende Feuerzeug provozierend an sein Wurfgeschoss haltend: »Che vuoi, sbirro?! Was willst du, Bulle?« Er lachte, schrill, kehlig und rau, als hätte er komplett den Verstand verloren.

Ja, was wollte er? Briamonte wog in Sekundenbruchteilen die Risiken ab. Wenn er *nicht* schoss, würde der Wahnsinnige den Molotow-Cocktail anzünden, durchs nächste Fenster werfen und in der Nacht verschwinden. Wenn er schoss, könnte ihm das brennende Feuerzeug aus der Hand fallen und das Benzin in Brand setzen.

Er schoss.

Das erste Mal auf einen Menschen.

Vittorio Capasso fiel, und Briamonte hielt die Luft an.

## 56

Briamonte rannte los, um sicherzugehen, dass Vittorio Capasso außer Gefecht gesetzt und das Feuerzeug erloschen war. Glatter Schulterdurchschuss. Gut. Dann drehte er den Bewusstlosen auf den Bauch und fesselte seine Hände auf dem Rücken notdürftig mit seinen Jackenärmeln. Anschließend sah er nach der Gestalt am Boden. Ein Mann, etwa vierzig, mit einem kleinen runden Loch in der Stirn. *Scheiße, nichts mehr zu machen.* Also spurtete er ins Museum, um Elisabeth Kaiser herauszuholen. Seinen Hund musste er nachher suchen.

Zum Glück für das Museum war die Feuerwehr schnell da und konnte Schlimmeres verhindern. Mantovani und sein Schwiegervater standen fassungslos auf der anderen Straßenseite und beobachteten das Spektakel, als sich Briamonte und die leichenblasse Elisabeth Kaiser zu ihnen gesellten.

»War das Capasso?«

»Ja. Er ist verletzt, wird es aber überleben.«

»Das Feuer?«

»Nein, ich …«

»Sie?!«

»Ich habe ihn angeschossen. Er wollte …« Briamonte verstummte, und Mantovani klopfte ihm unbeholfen auf die Schulter.

## 57

In dieser Nacht war an Schlaf nicht mehr zu denken. Rettungswagen, Polizei und Feuerwehr erhellten blaublinkend die Nacht, während sich Schaulustige aus dem ganzen Dorf, die Fotos und Videos machten, an den Absperrungen drängten. Vittorio Capasso wurde ins Krankenhaus gebracht, die noch nicht identifizierte Leiche ins Rechtsmedizinische Institut nach Freiburg, und die Feuerwehr bemühte sich um eine Abschätzung der Lage, um das kontaminierte Erdreich rund um das Museum schnellstmöglich abzutragen.

»Sie sagen also, dass der Tote schon am Boden lag, als Sie auf den Verdächtigen geschossen haben?«

»Ja.« Briamonte saß seinem Chef gegenüber, in einem Einsatzfahrzeug der Polizei. Merkwürdiges Gefühl. Kriminalhauptkommissar Lautenspiel, Leiter des Kriminalkommissariats Waldshut-Tiengen, den er bei seinem Einstellungsgespräch als umgänglichen und väterlichen Typ Mann kennengelernt hatte, zeigte jetzt eine andere Seite. Er war distanziert und kurz angebunden. Unpassend und unnötig, wie Briamonte fand, zumal er derjenige gewesen war, der ihn unbedingt in Waldshut hatte haben wollen. Abgesehen davon, hatte er sich nichts zuschulden kommen lassen. Im Gegenteil.

»Wie hieß er noch gleich, der sie bedroht hat?«

»Vittorio Capasso. Er hielt einen Molotow-Cocktail und ein brennendes Feuerzeug in der Hand, während ich in der Benzinlache stand.«

»Aber er hatte keine Schusswaffe bei sich?«

Briamonte schwoll der Kamm. »Natürlich nicht! Wie hätte er neben der Flasche und dem Feuerzeug noch eine Waffe halten können? Bei allem Respekt, ich übernehme die volle Verantwortung für diesen Schuss auf ihn, aber wenn Sie sich nicht hinter mich stellen, dann können Sie gleich meine Entlassungspapiere unterschreiben!«

»Oh, nicht doch! So war das nicht gemeint! Sie haben gute Arbeit geleistet und Schlimmeres verhindert. Wenn Sie mir dennoch Ihre Waffe geben könnten, nur eine Formsache.«

Briamonte legte schweigend seine Waffe auf das kleine Klapptischchen. »War's das jetzt? Kann ich jetzt meinen Hund suchen gehen?«

»Ja, sicher. Sie sind doch …«

»Ich wohne hier und stehe Ihnen für Fragen jederzeit zur Verfügung, wenn Sie das meinen, aber nicht jetzt. Sie entschuldigen mich?«

Wütend stapfte Briamonte davon und begab sich schnurstracks hinter das Gebäude, wo die Spurensicherung starke Scheinwerfer aufgebaut hatte, um den Tatort optimal auszuleuchten.

»Einen Hund habt ihr nicht gesehen?«

»Nein. Ihrer? Wie sieht er denn aus?«

»Ja, meiner. Wie ein Wolf, ein bisschen, aber heller. Er ist vorhin hier verschwunden.«

Der Beamte im weißen Schutzanzug richtete sich auf und sah sich um: »Also hier ist nichts, wahrscheinlich ist er weggelaufen.«

Hoffentlich, dachte Briamonte.

Nachdem er zu Hause seine von Benzin durchtränkten Schuhe gewechselt, eine andere Jacke angezogen und seine besorgte Mutter beruhigt hatte, machte er sich mit einer starken Taschenlampe ausgerüstet auf den Weg, seinen Hund zu suchen. »Gismo! *Gismo!*«

Als der Morgen graute und er schließlich erschöpft die Hinterdorfstraße entlang an seinem Haus vorbeilief, überkam ihn plötzlich das starke Bedürfnis, den Sonnenaufgang in seinem Garten zu erleben. Er öffnete das schiefe Gartentor und lief ums Haus herum.

»*Gismo*!« Da war er. Unter den Gartentisch gekauert, verängstigt, nach Benzin stinkend und zaghaft wedelnd.

## 58

Die folgenden Tage vergingen wie im Flug. Der Tote konnte als Dr. Martin Brunner, Tierarzt aus St. Blasien, identifiziert werden, obwohl er die Papiere von Vittorio Capasso und die Schlüssel des Hotels Zum Roten Fuchsen in den Taschen hatte. Die genaueren Umstände seines Todes mussten noch geklärt werden. Natalia Danyljuks Leiche wurde von einem Pilzsammler in der Nähe von Todtmoos gefunden. Die Todesursache war Genickbruch, mutmaßlich zugefügt durch Vittorio Capasso. Die Firma Cellebrite erklärte sich bereit, bei der Auswertung von Eduardo Capassos Telefon mitzuwirken, und Vittorio Capasso lag im Justizvollzugskrankenhaus Hohenasperg. Er schwieg zu allen Anklagepunkten, obwohl sein genetischer Fingerabdruck an beiden

Opfern nachgewiesen werden konnte. Ebenso zweifelsfrei konnten die Projektile aus den Opfern und der Wand des Hotels seiner Waffe zugeordnet werden, einer Beretta aus der Minerva-Serie. Die Reifenabdrücke seines Mietwagens stimmten überdies mit denen am Tatort überein. Schlechte Karten für Signor Capasso.

Die Eheleute Bordoni und Mantovani verlängerten auf Briamontes charmantes Drängen ihren Aufenthalt um zwei Tage, und so konnte er noch ein paar Ausflüge mit ihnen unternehmen. Endlich der Dom in St. Blasien, eine Seilbahnfahrt auf den Feldberg und eine Wanderung zum Feldsee.

Den letzten Abend vor ihrer Abreise verbrachten alle gemeinsam in Briamontes Garten, wo er, zusammen mit Mantovani und Georg, ein gewaltiges Lagerfeuer entzündet hatte, dessen Flammen hoch in die Nacht züngelten. Es gab Stockbrot, Grillwürstchen und Bier aus der Badewanne. Der Garten war von fröhlichem Stimmengewirr und vom Geräusch des prasselnden Feuers erfüllt. Briamonte blickte, nachdem er lange telefoniert hatte, nachdenklich in die Flammen, als seine Mutter sich bei ihm einhakte: »Was auch immer es ist, es wird alles gut, mein Sohn.«

»Ja, Mama, alles wird gut. Morgen.«

## 59

Nach einer schlaflosen Nacht machte sich Briamonte in den frühen Morgenstunden mit zwei Dutzend Kollegen für den Einsatz bereit. Es waren noch zwei Stunden bis Sonnenaufgang, und es war empfindlich kalt. Er legte seine schusssichere Weste an und besprach sich ein letztes Mal mit dem Mannschaftsführer.

»Können wir?«

»Ja.«

Die Hälfte der Polizisten postierten sich rund um das Hotel, die andere Hälfte begleitete Briamonte ins Haus. Vor dem Zimmer zweihundertfünf gingen sie in Position, die Waffen im Anschlag. Briamonte gab seinem Kollegen ein Zeichen und klopfte dann so lange, bis ein verschlafener Mantovani die Tür öffnete. »Che successo? Was ist passiert?«

Briamonte holte tief Luft: »Salvatore Mantovani, la sto arrestando per istigazione all'omicidio. Ich verhafte Sie wegen Anstiftung zum Mord und Behinderung der Justiz. Bitte ziehen Sie sich an und kommen Sie mit.«

## 60

Auf der Polizeidirektion in Waldshut hatte Mantovani seine freundliche Maske abgelegt, und Briamonte betrachtete resigniert und interessiert zugleich sein Gegenüber. Eine Weile lang hatte er sich tatsächlich vorgestellt, dass der Kollege so etwas wie ein Freund sei. Aber wie so oft hatte sein ursprüngliches Bauchgefühl recht behalten. Salvatore Mantovani war tatsächlich nicht zufällig nach Menzenschwand gekommen. Er war zwar wirklich Polizist, das zumindest stimmte, aber er war ein korrupter Polizist. Ein Krimineller. Einer, der auf der Gehaltsliste eines der einflussreichsten Mafiaclans in Norditalien stand. Einer, der mithilfe der ihm zur Verfügung stehenden Informationstechnologie des Polizeiapparats dafür gesorgt hatte, dass die Dinge glatt liefen. Dass Bewilligungen erteilt wurden, Informationen flossen, Beweise verschwanden und Zeugen verstummten. Mittendrin, bei der *Polizia di Stato* in Mailand und unter den Augen seines ahnungslosen Schwiegervaters, beliebt, unauffällig und anpassungsfähig, hatte er es geschafft, zu einem der wichtigsten Problemlöser seiner Auftraggeber zu werden. Die *L'affare Capasso* war so heikel gewesen, dass er selbst hatte eingreifen und das Ganze überwachen müssen. Der Brüderzwist der Familie hatte bereits höchste Kreise tangiert und war das Letzte, das hatte passieren dürfen.

Zum Glück hatte er eingewilligt, noch zwei Tage länger zu bleiben, so hatte Briamonte ihn ablenken können, während seine Kollegen Schopferer und Kristina, in Kooperation mit den italienischen Kollegen, ganze Arbeit geleistet hatten. In diesem Augenblick fanden zeitgleich zahlreiche Hausdurchsuchungen, Beschlagnahmungen und Verhaftungen in Genua, Mailand und Turin statt.

Mantovani gab den Unantastbaren. Abweisend, arrogant und selbstgewiss saß er mit verschränkten Armen auf seinem Stuhl im Verhörraum: »Nichts von dem, was Sie mir vorwerfen, können Sie beweisen.«

»Vittorio Capasso hat inzwischen ein vollumfängliches Geständnis abgelegt. Er kennt Sie nicht persönlich, aber er hat Sie schwer belastet.«

»Da steht Aussage gegen Aussage. Sie haben *nichts* gegen mich in der Hand!«

»Doch.«

»Und was, wenn ich fragen darf?«

»Ich habe einiges, was Ihnen nicht gefallen wird, aber vor allem habe ich Ihr Telefon.« Briamonte blickte auf das beschlagnahmte Gerät, das vor ihm lag.

»Das können Sie nicht knacken. In diesem speziellen Fall helfen auch Ihre Israelis nichts.«

»Ich muss es nicht knacken, ich habe den Code.«

»Haben Sie nicht.« Mantovani schnaubte verächtlich.

Briamonte lächelte milde und tippte eine sechsstellige Zahlenkombination ein. Das Gerät war entsperrt.

Mantovani wurde aschfahl. »Woher …?«

»Ihre Vorliebe für Schwarzwälder Speck. Sie haben Ihre fettigen Fingerabdrücke auf dem Display hinterlassen. Ihnen ist entgangen, dass ich Sie schon eine ganze Weile beobachte. Sie waren sich eine Spur zu sicher und deshalb unvorsichtig. Che peccato. Zu dumm. Sie haben mich unterschätzt.«

Briamonte scrollte ungerührt im Chatverlauf mit Vittorio Capasso rauf und runter, während der Ex-Kollege zunehmend unruhig wurde.

»Hier.« Briamonte sah von Mantovanis Handy auf. »Nett von Ihnen, sich über den Status des Mordauftrags zu erkundigen. Aber eines muss ich Ihnen lassen, schlau eingefädelt war das Ganze schon. Complimenti. Ihre Frau dachte wirklich, dass sie einen richtigen Auftrag im Museum hätte. Wie wird sie das aufnehmen? Neben all den anderen unangenehmen Entdeckungen?«

Die Frage gefiel seinem Gegenüber nicht: »Was passiert jetzt?«

»Wir werden Sie den italienischen Behörden ausliefern und dann … che ne so io. Was weiß denn ich.« Briamonte hob die Schultern: »Für solche wie Sie haben Ihre korruptionsleidgeprüften Landsleute kein Verständnis. Zwanzig Jahre? Lebenslänglich? Ihre Frau wird vielleicht nicht auf Sie warten wollen, aber sie wird im Fall nicht lange alleine bleiben. So eine bildschöne und kluge Frau. Tja, und Ihre Auftraggeber, die werden möglicherweise ein wenig verärgert sein. Sie sollten sich ab jetzt immer gut umsehen.« Briamonte hatte sich diese Gemeinheit nicht verkneifen können. »Beantwortet das Ihre Frage ausreichend?« Er erhob sich, gab den wachhabenden Polizisten im Raum ein Zeichen, nahm Mantovanis Handy und verließ dann grußlos den Raum. Draußen vor der Tür musste er tief durchschnaufen. Es war reiner Zufall, dass es letztlich so ausgegangen war. Es hätte auch anders kommen können. Schlussendlich war es seine Paranoia, die er so an sich hasste, weil sie jede vertrauensvolle Bindung zu einem anderen Menschen torpedierte, die ihn hatte aufhorchen und genauer hinschauen lassen. Die ihn veranlasst hatte, Schopferer mit ein paar zusätzlichen Recherchen zu beauftragen und die italienischen Kollegen zu kontaktieren. Wenn Mantovani nicht einen Ticken übertrieben hätte mit seiner Perfektion, seinem ungeheuren Wissen über jedes Detail des Schwarzwalds, mit seinem demonstrativen Gejammer über seine Langeweile und seine Unfähigkeit, sich alleine zu beschäftigen … wer wusste es schon? Aber wie auch immer, es war vorbei.

Briamonte meldete sich kurzerhand bei seinem Chef und den Kollegen ab und machte sich auf den Weg nach Hause. Kurz vor der Abzweigung ins Vorderdorf fasste er sich ein Herz und wählte Kristinas Nummer. Sie war überrascht aber erfreut und würde sehr gerne die Tage einen Kaffee mit ihm trinken. Erleichtert fuhr er anschließend zum Joos Hof und fand Oma Resi auf dem Weg zum Hühnerstall. Sie sah ihn prüfend an und drückte ihm dann den Eierkorb in die Hand: »Mir sammle jetzt d' Eier, deno mache mer uns en Kaffee und dann verzellsch mer, gell?«

*Danksagung*

Ich bedanke mich von Herzen für die liebenswürdige Unterstützung bei:

Walter Krögner, Forst-Ingenieur, Öffentlichkeitsarbeit Biosphärengebiet Schwarzwald; Elisabeth Kaiser, Leiterin ›Le Petit Salon‹, Winterhalter-Museum; Norbert Dreher, Revierförster Menzenschwand a. D.; Johann Meier, Bürgermeister St. Blasien a. D.; Ingrid, Wilhelm und Stephanie Kapferer, Restaurant Hotel Waldeck; Peter Böhler; Bergwacht Schwarzwald e. V., Ortsgruppe Menzenschwand; Adrian Elfgang, Skiwacht Feldberg; Joachim Gfrörer, Ortsvorstand Menzenschwand; Benno Kaiser; Michael Schurrer; Gerdi und Dieter Bardelang; Georg Kurath; Liliane Gelpke.